Arno Alexander
Detektiv Kranich

AF197514

Detektiv Kranich

Kriminalroman

von

Arno Alexander

Mit einem Nachwort von Mirko Schädel

Jaron Verlag

Zu dieser Ausgabe:
Grundlage des Textes ist die Ausgabe, die 1933 in der Reihe »1 Mark Goldmann-Buch« im Wilhelm Goldmann Verlag, Leipzig, erschienen ist. Die Rechtschreibung wurde größtenteils der heute üblichen angepasst, offensichtliche Fehler wurden verbessert, manche Eigenarten und Altertümlichkeiten aber auch beibehalten.

1. Auflage 2022
Jaron Verlag GmbH, Berlin
www.jaron-verlag.de
Umschlaggestaltung: Bauer+Möhring, Berlin
Satz und Layout: Prill Partners|producing, Barcelona
Lithografie: Bild1Druck GmbH, Berlin
Druck und Bindung: GGP Media GmbH, Pößneck

ISBN 978-3-89773-972-7

1

Der Geschäftsführer Hübner zupfte sorgfältig die Ärmel seines altmodischen, speckig glänzenden Gehrocks zurecht, rückte den dicken Knoten der immer schief sitzenden Krawatte gerade und betrat mit einem leisen Räuspern das Arbeitszimmer seines Vorgesetzten.

»Herr Direktor, Herr Direktor!«, raunte er leise.

Da die Vorhänge zugezogen waren und im Zimmer kein Licht brannte, vermochte er nicht gleich zu erkennen, ob sein Vorgesetzter anwesend war oder nicht.

»Herr Direktor!«, rief er wieder, diesmal etwas lauter.

Ein verschlafenes Grunzen, begleitet von unwilligem Schnaufen, war zunächst die einzige Antwort.

»Was ist los, Hübner?«, fragte nach einer Weile eine Stimme aus dem Dunkeln.

»Der Kommerzienrat ist da!«, wisperte Hübner.

»Ah!«, kam es erfreut zurück. »Ja, dann machen Sie doch endlich Licht ...«

»Ja, ja, natürlich ...«

Die Deckenbeleuchtung flammte auf.

Direktor Hirschfeld, Leiter und Inhaber der bekannten Berliner Privatdetektei »Jenns & Hirschfeld«, hob seinen schweren Kopf von der Schreibtischplatte. Die kleinen, in Fett verquollenen Äuglein blinzelten, seine gepflegte Hand fuhr hastig über die heiße Stirn und Glatze.

»Also, lassen Sie den Kommerzienrat herein«, sagte er, noch immer etwas benommen, mit schleppender Stimme.

»Um Gottes willen, Herr Direktor!«, ereiferte sich Hübner. »Unsere Vorbereitungen!«

Geschäftig flog der kleine, dürre Mann aus einer Ecke des Zimmers in die andere. Es war staunenswert, wie er es fertigbrachte, beinahe gleichzeitig dem Direktor Kragen und Krawatte anzulegen, die »Asbach-Uralt«-Flasche und die Gläser vom Schreibtisch unters Sofa zu befördern und die billigen Zigarren auf dem Rauchtisch mit dem Kistchen »für besondere Zwecke« zu vertauschen.

»Schon gut, schon gut, Hübner«, wehrte Hirschfeld ab, als der Geschäftsführer sich daran machte, ihm den Rock und die Weste abzubürsten.

»Geht nicht anders! Nur einen kleinen Augenblick Geduld, Herr Direktor! Sie müssen unser Geschäft doch sozusagen standesgemäß vertreten. Rock und Weste müssen sauber sein. Die Beinkleider können ja dreckig bleiben. Die sieht der Kommerzienrat nicht, da Sie ja doch hinter Ihrem Schreibtisch nicht hervorkommen. So! Jetzt noch den Hans – dann ist alles in Ordnung.«

Er stob zur Tür hinaus und kehrte gleich darauf mit einem Mann im Mantel zurück, der verlegen Zylinder und Lederhandschuhe in den Händen drehte.

»Hier!« Hübner suchte alle seine Westentaschen ab. »Aha! Hier haben Sie fünfzig Pfennig. Trinken Sie irgendwo ein Gläschen Bier. Aber erst die Sache richtig machen!«

»Ja, ja«, meinte der andere und schritt nach der Tür, aber Hübner sprang ihm nach und hielt ihn am Mantel fest.

»Wo ist der Scherben? He? Wo ist Ihr Einglas?«

»Das Ding verlier ich ja doch immer wieder ...«

»Los, los! Macht rasch!«, drängte Hirschfeld.

Hübner seufzte.

»Na, schon recht; also ohne Einglas. Aber vergessen Sie nicht die Geschichte mit dem Vorschuss!«

Der Mann nickte und stieß die Tür auf.

Mit einem Schlage veränderte sich das Bild. Der Direktor war aufgestanden und verneigte sich höflich vor dem Mann mit dem Zylinder; Hübner aber katzbuckelte hinter ihm her durch die Tür.

»Habe die Ehre, Herr Baron«, murmelte er ehrfürchtig. »Wird alles zu Ihrer Zufriedenheit erledigt werden.«

Hans, der »Baron«, winkte gnädig mit der Hand.

»Schon recht, mein ... Guter«, sagte er etwas unsicher. Plötzlich wandte er sich noch einmal um. »Ja, da fällt mir gerade ein, Herr Direktor«, rief er laut. »Brauchen Sie nicht noch einen kleinen Vorschuss?«

Der Direktor hob beschwörend beide Hände empor.

»Aber nein, Herr Baron! Die fünftausend Mark, die Sie letzthin zahlten, genügen vollkommen.«

Der »Baron« nickte freundlich und schritt, begleitet von Hübner, durch das Wartezimmer zum Treppenflur.

»In einer Stunde sind Sie wieder da«, flüsterte Hübner dem »Baron« hastig zu. »Heute müssen unbedingt noch die Fenster geputzt werden.«

Der »Baron« trollte davon, Hübner aber betrat wieder das Wartezimmer.

»Der nächste, bitte!«, rief er laut; und dann, als bemerke er den hageren, grauen Mann im Polsterstuhl erst jetzt, fuhr er fort: »Ah, der Herr Kommerzienrat! Habe die Ehre, die große Ehre ... Bitte näherzutreten! Der berühmte Detektiv Hirschfeld, Max Hirschfeld, empfängt Sie natürlich sofort!«

Fünf Minuten später saß der Kommerzienrat dem Direktor gegenüber, und zwischen ihnen lag ein Häufchen Banknoten.

»Ich bin wirklich erstaunt, wie schnell Sie den Fall abgeschlossen haben, Herr Hirschfeld«, sagte der grauhaarige Kommerzienrat mit einem gewinnenden Lächeln. »Ich wäre Ihnen dankbar, wenn Sie mir jetzt den genauen Betrag meiner Restschuld nennen wollten.«

»Sofort, Herr Kommerzienrat«, erwiderte Hirschfeld zuvorkommend und drückte auf einen Klingelknopf. Seit gestern war die Klingelanlage nicht in Ordnung, und Hirschfeld wusste das ganz genau; er hatte aber gute Gründe zu hoffen, dass das Klingelzeichen doch den gewünschten Erfolg haben werde: Hübner konnte es zwar nicht hören, dafür aber sehen – durchs Schlüsselloch.

Der Geschäftsführer erschien nicht gleich. Erst nahm er sich die Zeit, auf einem Bogen Papier geschickt einige Zahlen zu ändern – entsprechend der günstigen Stimmung des Kommerzienrats. Nun erst rannte er geschäftig ins Direktorzimmer – herein, heraus – wartete, bis die Tinte der neuen Zahlen ausgetrocknet war, und legte dann mit ehrerbietiger Miene den Bogen Hirschfeld vor.

»Unsere Restforderung, Herr Kommerzienrat«, erklärte der Direktor mit einem mitleidigen Lächeln, »ist entsprechend dem recht einfachen Falle auch recht gering.« Er schnäuzte sich umständlich die Nase. »Vierhundertneunundneunzig Mark und siebzig Pfennig. Hier ist die Abrechnung.«

Kommerzienrat Sommerfeld hob wortlos zehn Fünfzigmarkscheine von dem Päckchen ab, das vor ihm lag; mit einer lässigen Handbewegung schob er die Banknoten Hirschfeld zu und ließ merkwürdigerweise den Rest des Geldes auf dem Tisch liegen.

»Sagen Sie, bitte«, fragte er kühl, »haben Sie den Fall eigentlich selbst bearbeitet oder ihn durch Angestellte ...« Er zögerte.

»Fast alle Fälle nehme ich mir selbst vor«, wich ihm Hirschfeld geschickt aus. »Wie sollte ich auch sonst das in mich gesetzte Vertrauen meiner Auftraggeber rechtfertigen? Meine Angestellten – übrigens nur allererste Kräfte – haben mich bei meiner Arbeit natürlich zu unterstützen. Sehen Sie, wenn ...«

»Ihre Versicherung genügt ja vollkommen«, unterbrach

ihn der Kommerzienrat etwas kurz und blickte nachdenklich auf den großen Siegelring, der seinen rechten Mittelfinger schmückte.

Direktor Hirschfeld lächelte; aber es war nicht das überlegene Lächeln, das er seinen Angestellten – den allerersten Kräften – gegenüber stets mit Erfolg anwandte. Er fühlte sich augenscheinlich nicht recht wohl in seiner Haut. Was wollte denn der Kommerzienrat noch von ihm? Die Aufgabe war gelöst, die Rechnung beglichen – der Fall also vollkommen erledigt. Was bezweckte der Besucher mit seiner sonderbaren Frage?

»Ich muss Ihnen ein Geständnis machen«, sagte der graue Mann ihm gegenüber langsam, und in seine kalten Augen trat ein Schimmer von Teilnahme. »Der ganze Fall, den Sie lösten, war – konstruiert.«

Er betrachtete sein Gegenüber mit Blicken, die forschend und spöttisch zugleich waren; und das Gesicht Hirschfelds war tatsächlich des Betrachtens wert.

»Ko… ko… konstruiert?«, stammelte er ratlos, und seine Glatze wurde zusehends röter. »Wie … was wollen … Sie damit sagen?«

»Nichts Kränkendes für Sie«, versicherte der Kommerzienrat. »Ich habe einfach einen Kriminalfall – mit Indizien, Alibis und allem, was sonst dazu gehört – aufgebaut, und dann habe ich fünf Privatdetekteien den Auftrag gegeben, diesen Fall zu entschleiern. Verstehen Sie nun?«

»Nein!« Diese Antwort war insofern bedeutsam, als Hirschfeld diesmal ausnahmsweise wirklich genau das sagte, was er dachte.

Der Kommerzienrat hob ein wenig gelangweilt die Augenbrauen.

»Ich wollte mir einen Geschicklichkeitsnachweis verschaffen, denn der Auftrag, den ich in Wirklichkeit zu vergeben habe, ist so schwierig und für mich so wichtig …«

Auch Hirschfeld hatte Augenblicke, wo der Geist über ihn kam.

»Darf ich Ihnen eine Zigarre anbieten, Herr Kommerzienrat? Es plaudert sich dabei gemütlicher«, meinte er mit seinem verbindlichsten Lächeln, denn er hatte endlich begriffen, dass die fünfhundert Mark durchaus nicht gefährdet waren, und dass es eine Möglichkeit gab, noch viel mehr herauszuholen.

»Danke«, lehnte der Kommerzienrat ab. »Ich bin Nichtraucher. Aber bitte – rauchen Sie doch!«

Hirschfeld brannte sich etwas erregt eine Zigarre an.

»Sagten Sie nicht, Herr Kommerzienrat, dass Sie den Prüfungsfall – reizender Gedanke übrigens! – noch vier anderen Detektiven übergeben hätten? Mit welchem Erfolg, wenn ich fragen darf?«

»Sie sind der erste, der die Aufgabe löste. Ein Detektiv kam rascher, dafür aber zu einem falschen Schluss. Zwei haben noch nichts von sich hören lassen, und einer – Sie werden ihn wohl dem Namen nach kennen: Egon Friede – weigerte sich überhaupt, den Fall zu übernehmen.«

Hirschfeld lächelte geringschätzig.

»Friede – hm – ja, ein Anfänger ... Kann natürlich etwas – hm – aber – nur leichte Sachen, wissen Sie ...«

»Mir wurde gesagt, er hätte ein paar recht verzwickte Fälle gelöst ...«

»Glück, weiter nichts.«

»Jeder Mensch, der vorwärtskommen will, muss Glück haben. Ein Detektiv ohne Glück taugt aber schon gar nichts ...«

Hirschfeld rückte etwas gereizt auf seinem Sessel hin und her.

»Natürlich, natürlich! Ihre Anschauungen sind sehr beachtenswert, und Sie haben damit vollkommen recht ... Ich meine aber, dass ein Detektiv noch besser ist, wenn er – wie ich – Glück hat und außerdem hier was ...« Er tippte bedeutsam gegen die Stirn.

Nichts in den Mienen des Besuchers ließ erkennen, ob ihn die Worte Hirschfelds überzeugt hatten oder nicht. Nur der Ton seiner Stimme verriet etwas wie leises Unbehagen, als er jetzt sagte: »Wir wollen zur Sache kommen.« Dann hob er den Kopf und fragte mit leicht gefurchter Stirn: »Sie haben doch sicherlich von der Verurteilung meines Sohnes gehört?«

»Aber gewiss, Herr Kommerzienrat«, bestätigte Hirschfeld eifrig. »Der Fall hat ja in allen Kreisen sehr viel Staub aufgewirbelt ...«

»Wie meinen Sie das?«, rief der Kommerzienrat plötzlich heftig. »Ich habe es mir ein kleines Vermögen kosten lassen, damit dieser Fall so wenig wie möglich besprochen würde ...«

»Ich meinte natürlich nur die Fachkreise!«, rief Hirschfeld vorwurfsvoll.

»Also gut«, sagte der Kommerzienrat wieder ganz ruhig. »Diesen Fall – den Fall Peter Sommerfeld sollen Sie lösen. Ich lasse Ihnen alle diesbezüglichen Akten da, und wenn Sie mir bis morgen eine auch nur halbwegs vernünftige Schilderung des möglichen Sachverhaltes geben, erhalten Sie von mir endgültig den Auftrag. Geld spielt dabei keinerlei Rolle.«

2

Eine halbe Stunde später begleitete Hübner den Kommerzienrat hinaus und betrat gleich darauf das Arbeitszimmer seines Vorgesetzten.

»Sie haben natürlich alles gehört?«, fragte Hirschfeld gut gelaunt.

Hübner lächelte unterwürfig.

»Ganz zufällig, Herr Direktor. Wirklich ganz zufällig. Die Türen bei uns – hm – schließen so schlecht …«

»Schon recht«, wehrte Hirschfeld ab. »Sagen Sie mir lieber, wer von unseren Leuten den ›konstruierten Fall‹ behandelte.«

»Es war der Kranich, Herr Direktor. Georg Kranich, siebenundzwanzig Jahre alt, evangelisch-lutherisch, unverheiratet, kinderlos …«

Mit einer Handbewegung gebot der Direktor dem Redestrom Hübners Einhalt.

»Und wem, denken Sie, können wir den Fall Sommerfeld anvertrauen?«

Hübner zuckte ein paarmal ratlos mit den Schultern.

»Ich kann mir nicht helfen, Herr Direktor! Diesen Fall können wir niemand anderem als eben diesem Kranich übergeben. Die anderen … nein, die bringen hier bestimmt nichts zuwege …«

»Und Kranich? Er schafft's?«

Wieder hob Hübner die Schultern.

»Bin ich ein Prophet, Herr Direktor? Kann ich weissagen? Nein, das kann ich nicht. Aber ich möchte meine schönste Krawattennadel wetten: Der schafft's!«

Hirschfeld runzelte ärgerlich die Stirn.

»Sie wissen, ich kann den Menschen nicht ausstehen …«

»Herr Direktor, wir haben keine Wahl! Der Fall Sommerfeld ist eine ganz böse Geschichte. Wenn Sie ihn nicht dem Kranich geben wollen, dann lehnen Sie ihn lieber gleich ganz ab.«

»Also, dann schicken Sie ihn mal her«, rief Hirschfeld unwirsch, »und – halt! Wo rennen Sie denn hin? Machen Sie seine Abrechnung fertig. Aber es darf kein großer Überschuss zu seinen Gunsten verbleiben. Verstanden?«

»Soll ich lieber einen kleinen Überschuss zu unseren Gunsten machen, Herr Direktor?«

»Nein! Machen Sie es genau so, wie ich eben sagte.«

»Selbstverständlich, Herr Direktor!« Mit diesen Worten huschte Hübner zur Tür hinaus.

Einige Minuten später klopfte es.

»Herein!«, rief Hirschfeld kühl.

Der junge Mann, der freudig lächelnd die Schwelle überschritt, fand einen ganz anderen Hirschfeld vor, als ihn Kommerzienrat Sommerfeld vor einer Viertelstunde verlassen hatte. Jede Spur von Freundlichkeit war aus dem Gesicht des Direktors getilgt; kalt und streng blickten die Augen, und um die Mundwinkel zogen sich scharfe Falten.

»Guten Abend, Herr Hirschfeld«, begann Kranich, ohne sich um die ihm bereits wohlbekannten schlimmen Anzeichen zu kümmern. Seine Hand fuhr hastig über den blonden, etwas zerzausten Scheitel, dann strich er ein paarmal über die Rockaufschläge seines sauberen, aber recht mitgenommenen Anzuges. »Hübner sagte mir, dass der Kommerzienrat Sommerfeld da war …«

»Gestatten Sie vielleicht, dass ich zuerst rede?«, erkundigte sich Hirschfeld spöttisch.

Der junge Mann hielt erstaunt in seiner Rede inne. Nach kurzem Zögern erwiderte er etwas gekränkt: »Wenn Sie meinen, dass dies für unsere Unterhaltung von Vorteil sei, dann … dann gestatte ich es gern.«

Hirschfeld ließ ein wütendes Grunzen hören.

»Er gestattet! Hat man so etwas schon gehört?!«

Kranich schwieg. Da aber der Direktor jetzt ebenfalls schwieg, nahm er gleich darauf doch wieder das Wort: »Ich dachte, Sie wollten mir etwas sagen! Falls nicht, so kann ich ja inzwischen meiner Freude darüber Ausdruck geben, dass der Kommerzienrat gezahlt hat. Gleichzeitig möchte ich diesen Freudenausdruck mit einer Bitte verknüpfen ...«

»Ich rede jetzt!«, polterte Hirschfeld los und schlug mit der Faust auf den Tisch.

Kranich seufzte tief auf.

»Sie reden? Gut. Ich habe zwar nichts davon gemerkt, aber wir wollen uns nicht streiten. Sie haben recht, denn – der Schwächere gibt nach.«

»Wenn Sie jetzt nicht still sind«, zischte der Direktor. »Sie – ich weiß nicht, was ich dann tue!«

»Ich auch nicht«, sagte Kranich und lächelte sanft.

Das Klopfen Hübners enthob Hirschfeld der Antwort.

»Herein!«, brüllte er. »Ah! Die Abrechnung? So? Da! Sehen Sie das mal an, junger Mann!« Damit warf er Kranich das Papier über den Tisch zu.

In dem Gesicht des jungen Detektivs vollzog sich ein jäher Wechsel. Alles Freudige war daraus wie weggewischt. In seinen hellblauen Augen standen Tränen, und die fast mädchenhaft geschwungenen Lippen bewegten sich in vorwurfsvollem Selbstgespräch.

Plötzlich blickte er flehend auf.

»Ist es wahr, Hübner«, jammerte er. »Der Sommerfeld hat nur hundert Mark bezahlt?«

Hübner nickte eifrig.

»So wahr Gott lebt, er hat – ich meine: Der Kommerzienrat hat nicht mehr bezahlt!«

»Dann verbleiben mir nach Abzug aller Vorschüsse – sogar bei Berücksichtigung meiner Spesenrechnung – nur drei Mark?«

»Drei Mark dreißig Pfennig«, verbesserte Hübner.

»Aber das ist doch ganz unmöglich!«, rief Kranich verzweifelt aus.

»Bei uns ist nichts unmöglich«, erklärte Hübner, ohne sich des gefährlichen Doppelsinnes seiner Worte bewusst zu werden.

»Herr Direktor«, flehte der junge Mann. »Ich brauche unbedingt Geld ...«

»Beruhigen Sie sich doch«, beschwichtigte ihn Hirschfeld. »Wir zahlen stets pünktlich. Sie können noch heute Ihre drei Mark dreißig Pfennig an der Kasse abheben. Nicht wahr, Hübner?«

»Selbstverständlich, Herr Direktor«, bestätigte der Geschäftsführer und verschwand nach einigen tiefen Bücklingen durch die Tür.

Kranich senkte traurig den Kopf. Er war nicht der Mensch, lange über ein Missgeschick nachzubrüten, aber in Augenblicken wie jetzt kam ihm der ganze Jammer seines Lebens zum Bewusstsein. Die Zimmervermieterin hatte heute zum dritten Male gemahnt, die Milchrechnung war auch noch nicht bezahlt, und die neubesohlten Schuhe lagen seit acht Tagen beim Schuster bereit – aber ohne Geld würde er sie wohl kaum herausgeben. Kranich hatte felsenfest auf diesen Kommerzienrat Sommerfeld gebaut. Dessen von ihm mit Glück und Geschick ausgeführter Auftrag versprach endlich einmal einen größeren Geldbetrag einzubringen. So überzeugt war Kranich davon gewesen, dass er gestern sogar für achtzehn Mark einen neuen feinen Hut mit bequemen Teilzahlungen erworben hatte.

»Sehen Sie mal an, Herr Kranich«, erklärte Hirschfeld in dem satten Ton eines Menschen, der am warmen Kaminfeuer Geschichten über Nordpolfahrer erzählt. »Sie verdienen bei mir wöchentlich dreißig Mark. Das ist eine Menge Geld. Außerdem erstatte ich Ihnen auch alle Ihre Unkosten – in vernünftigen Grenzen natürlich – und dann erhalten Sie noch für jeden Erfolg eine besondere Vergütung. Als ich in Ihrem Alter war«, er seufzte tief auf, »da ging es mir bedeutend schlechter. Ich war froh und dankte Gott, wenn ich genug Brot und wöchentlich ein Päckchen ›Schwan im Blauband‹ dazu hatte …«

»Die Marke ›Schwan im Blauband‹ kam erst neunzehnhundertsechsundzwanzig auf den Markt«, warf Kranich bescheiden ein.

»So …«, meinte Hirschfeld ein wenig verblüfft, doch hatte er sich gleich wieder gefasst. »Na, dann war es eben eine andere Marke. Jedenfalls darbte ich sehr.«

»Dasselbe erzählte mir mein letzter Vorgesetzter«, bemerkte der junge Mann sinnend. »Er ernährte sich ausschließlich von Pellkartoffeln …«

»Sehen Sie! Sehen Sie!«, fiel ihm Hirschfeld hastig ins Wort. Nun hielt er es aber doch für ratsam, dem Gespräch eine andere Wendung zu geben: »Sie haben den letzten Auftrag soweit ganz gut gelöst. Sie entdeckten zwar nicht, dass es nur ein konstruierter Fall war; aber das will ich Ihnen nicht weiter verübeln …«

»Wieso ›konstruierter Fall‹?«, rief Kranich erstaunt.

Hirschfeld erklärte ihm mit knappen Worten, welche Bewandtnis es mit diesem Scheinauftrag hatte.

»Ich selbst hatte das natürlich gleich erkannt. Aber warum sollte ich nicht das gute Geld – es ist nicht viel, gar nicht viel – des Kommerzienrats nehmen? Gleichzeitig wollte ich dadurch Ihre Fähigkeiten prüfen. So, und nun ist hier ein Aktenstück, das Sie bis morgen noch genau durchsehen wollen. Wenn Sie morgen imstande sind, mir Ihre Mutmaßungen über diesen Fall zu entwickeln, und wenn Ihre Vermutungen dem wahren Sachverhalt – den ich so ziemlich durchschaue – entsprechen, dann soll Ihnen dieser Fall übertragen werden.«

»Und? Und wegen Vorschuss …«

»Sie können dann auch Vorschuss bekommen«, sagte Hirschfeld gnädig. »Wie immer zwanzig vom Hundert des uns bezahlten Betrages. Und der Kommerzienrat versprach – ehern – zweihundertfünfzig Mark zu bezahlen. Nehmen Sie also jetzt die Schriftstücke, gehen Sie nach Hause und machen Sie sich gleich an die Arbeit.«

Zwanzig Minuten später verließ Kranich das Geschäft. In der Tasche hatte er nur drei Mark dreißig Pfennig, im Herzen aber tausend große Pläne und Hoffnungen. Er strahlte übers ganze Gesicht und rannte so schnell, dass er an der nächsten Ecke heftig gegen einen alten Bettler anprallte, und beide zu Boden stürzten.

»Entschuldigen Sie, lieber Mann«, sagte Kranich höflich. »Es geschah wirklich nicht mit Absicht.«

Der Bettler brummte mürrisch etwas Unverständliches und half Kranich, die aus dessen Aktenmappe gefallenen Papiere zusammenzusuchen.

»Ich hab' heute meinen guten Tag«, erklärte Kranich, nachdem er seinen Anzug sorgfältig abgestäubt hatte. »Hier haben Sie zwei Groschen Schmerzensgeld.« Mit einem freundlichen Nicken schritt er davon.

Der Bettler betrachtete eine Weile verblüfft die zwei Münzen in seiner Hand. Dann lachte er kurz auf und begab sich zu einer Fernsprechstelle. Mit Kranichs Geld bezahlte er zwei Ferngespräche, wobei er jedes Mal nur kurz meldete, dass sich die bewussten Papiere jetzt in Kranichs Aktentasche befänden.

3

Der berühmte Detektiv Egon Friede lag leise gähnend auf der Ottomane in seinem geschmackvoll eingerichteten Wohn- und Arbeitszimmer und blätterte ohne sonderliche Teilnahme in einer Bilderzeitschrift. Ab und zu tat er einen tiefen Zug aus seiner kurzen Pfeife und blies den Rauch in einer dichten grauen Wolke weit von sich.

Ihm schräg gegenüber saß an einem Schreibmaschinentisch Agnes Wieland, seine Stenotypistin. Sie war so hübsch, wie es die Stenotypistin eines Mannes von Geschmack unbedingt sein muss; ihre graublauen Augen strahlten stets so, als wenn deren Inhaberin gerade Gehaltserhöhung erhalten hätte; und ihre zierlichen Füßchen wippten so unternehmungslustig hin und her, wie man es bei anderen Stenotypistinnen nur abends und auch dann erst nach dem dritten Glas Wein beobachten kann.

»Wir brauchen Geld, Herr Friede«, sagte sie plötzlich und rückte die Papiere beiseite, an denen sie nun schon volle zwei Stunden gearbeitet hatte.

Friede hob kaum merklich die Augenlider. Die Blicke, mit denen er ihre geschmeidige Gestalt streifte, waren nachdenklich.

»Wer braucht Geld?«, fragte er langsam. »Sie oder ich?«

»Sie und ich!«, gab sie schlagfertig zurück und warf einen vorwurfsvollen Blick in die Gegend, wo sie hinter dem dicken Qualm sein Gesicht vermutete.

Friede gähnte laut.

»Bitte, verallgemeinern Sie nicht immer, Fräulein Agnes«, sagte er ruhig. »Also etwas genauer: Sie brauchen Geld. Wozu, geht mich nichts an. Wie viel?«

»Siebenhundertfünfzig Mark.«

»So viel auf einmal?«

Das Mädchen warf so geschickt ein Bein über das andere, dass ein guter Teil der seidenen Unterwäsche nunmehr deutlich zu sehen war.

»Es ist mein Gehalt für die letzten drei Monate«, sagte sie einfach. Alles Weitere sollten die Beine sagen.

»Schreiben Sie einen Scheck über diesen Betrag aus«, erklärte Friede kühl.

»Schecks werden kaum etwas nützen«, erwiderte sie trocken. »Wenigstens keine mit Ihrer Unterschrift, da Ihr Konto seit gestern gesperrt ist.«

Friede nickte.

»Stimmt, Sie sagten es mir schon gestern. Verstehe ich übrigens nicht. Ich habe doch erst kürzlich fünfzigtausend Mark verdient ...«

»Es stimmt ganz genau«, unterbrach sie ihn sehr bestimmt. »Hier ist die Aufstellung: Dreihundertfünfzig Mark polizeiliche Strafen für zu schnelles Autofahren. Tausendachthundert Mark Schadenersatz für den umgefahrenen Schutzmann – der zweite war billiger: Den zahlte die Versicherungsgesellschaft aus. Ferner ein Damenpelzmantel für viertausend Mark. Der Kaufpreis für das Landhaus derselben Dame betrug achtzehntausendzweihundert Mark. Einen wildfremden schwindsüchtigen Arbeiter schickten Sie nach Davos – Kostenpunkt: neunhundert Mark. Ihre eigene Reise nach Monte Carlo kam auf rund zehntausend Mark. Weiterhin ...«

»Genug!«, wehrte Friede ab. »Ich sehe, es hat schon seine Richtigkeit. Da muss etwas getan werden ...«

»Sie hätten eben, wie ich Ihnen schon sagte, den Fall des Kommerzienrats Sommerfeld nicht ablehnen dürfen«, bemerkte Agnes.

»Davon verstehen Sie nichts«, gab Friede mit leisem

Unmut zurück. »Bevor ich den Fall ablehnte, habe ich ihn überprüft. Der ganze Fall war gestellt, verstehen Sie? Der Kommerzienrat wollte meine Fähigkeiten prüfen. Ich habe ihm Bescheid gesagt und natürlich abgelehnt.«

»Das ändert die Sache allerdings …«

»Nein, mit solchen Fällen ist uns nicht geholfen. Ich muss etwas anderes versuchen … Nehmen Sie, bitte, jetzt das linke Bein vom rechten. Ich habe genug gesehen. Wollen Sie meine Geliebte werden?«

»Nein, aber …«

»Dann besorgen Sie jetzt die Briefe und trinken Sie irgendwo eine Tasse Kaffee. Ich habe eine wichtige Besprechung. Sie müssen heute aber auf alle Fälle noch einmal vorbeikommen. Auf Wiedersehen!«

Agnes stand noch im Vorzimmer und knöpfte ihre Handschuhe zu, als es plötzlich klingelte. Sie öffnete vorsichtig einen Türspalt und spähte hinaus. Schnell wollte sie die Tür wieder zuziehen, aber der zerlumpte Strolch, der draußen stand, hatte schon seinen Fuß dazwischengeschoben.

»Hier wird nicht gebettelt!«, rief Agnes ärgerlich. Angst hatte sie nicht. Wenn Friede in der Nähe war, fürchtete sie sich nie.

»Nu' mach keine Zicken, Kleine«, rief der ungewöhnliche Besucher gemütlich. »Ich muss den Detektiv sprechen. Aber dalli!«

Durch das laute Gespräch herbeigelockt, steckte Friede den Kopf durch die Tür.

»Was ist denn hier los? Wie? Sie wollen mich sprechen?« Er machte eine einladende Handbewegung. »Kommen Sie herein, guter Mann. Ihr Schießeisen legen Sie hier auf den Tisch; Sie können es später wieder mitnehmen. Fräulein Agnes, lassen Sie sich nicht aufhalten.«

Er verabschiedete das Mädchen mit einer Kopfbewegung und schloss hinter ihr die Tür.

Der Strolch steckte wortlos die Waffe, die er eben erst gehorsam auf den Tisch gelegt hatte, wieder in die Tasche und betrat rasch Friedes Arbeitszimmer. Am Fenster blieb er stehen und starrte eine geraume Weile durch den Spitzenbesatz des Vorhanges auf die Straße.

»Bist du ihrer sicher?«, fragte er plötzlich in dialektfreiem Deutsch, warf sich in einen Sessel und streckte die mit völlig zerrissenen Schuhen bekleideten Füße weit von sich.

»Vollkommen«, erwiderte Friede kurz.

Der andere nickte.

»Stimmt. Sie hat das Haus sofort verlassen, hat keinen Versuch gemacht, mich zu fotografieren, und ging, ohne sich umzuwenden, die Straße hinunter. Immerhin … Man kann nicht vorsichtig genug sein.«

Friede zuckte die Achseln.

»Sie arbeitet seit einem Jahr bei mir. Ich habe sie sozusagen auf Herz und Nieren geprüft. Während dieser Zeit hatte sie drei Liebschaften. Der erste Freund war ein Banklehrling und plünderte wie üblich die Portokasse, um ihr Geschenke zu machen. Sie ersetzte die unterschlagenen Gelder und schob ihn ab. Der zweite war Student. Er studierte ein halbes Jahr lang auf ihre Kosten, bis sie dahinter kam, dass er seine ›Studien‹ in Berliner Nacktlokalen betrieb. Aus. Der dritte, gegenwärtige, ist Schnürsenkelfabrikant und ›Kavalier‹. Er zahlt alles.«

»Deswegen kann sie dennoch …«

»Nein, denn ich habe noch mehr Beweise. Ein sehr netter junger Mann hat ihr in meinem Auftrag den Vorschlag gemacht, ihm bestimmte Abschriften aus meinem Briefwechsel zu verschaffen. Für schönes Geld, versteht sich's. Sie weigerte sich.«

»Sie wird den Schwindel durchschaut haben. Natürlich hatte sie nichts Eiligeres zu tun, als dir von der bestandenen Prüfung zu berichten.«

»Sie tat es nicht, mein lieber Metzner. Die Sache kam ihr bestimmt viel zu selbstverständlich vor.«

Der Besucher seufzte.

»Hoffentlich hast du recht. Vermutlich hängt mein Leben davon ab.«

»Ist es so schlimm? Aber erzähle endlich: Was hast du in den zwei Monaten deiner Abwesenheit ausgerichtet?«

»Deine Vermutung stimmt: Die Bande, deren Vorhandensein die Polizei abstreitet, besteht tatsächlich. Seit drei Wochen bin ich ihr Mitglied.«

Die Züge Friedes wurden bei diesen Worten gespannt. Mit keinem Wort unterbrach er den Bericht seines Helfershelfers.

»Man ist in jenen Kreisen sehr misstrauisch«, fuhr Metzner mit gleichförmiger, etwas müder Stimme fort. »Mich verwendeten sie bis jetzt nur als Fotografen. Erst als ich erwähnte, dass ich mit deinen Gewohnheiten und der Örtlichkeit hier vertraut sei, gaben sie mir einen gefährlicheren Auftrag: dir mit List oder Gewalt das Schriftstück ›R. Brand‹ zu entwenden.«

»Fauler Zauber«, sagte Friede bedauernd. »In diesem Schriftstück ist keine Zeile, für die es sich lohnen würde, sie geheim zu halten.«

»Ich ahnte es! Also haben die Kerle schon Verdacht geschöpft. Natürlich kehre ich jetzt nicht mehr zu ihnen zurück.«

Friede holte aus einem Fach seines Schreibtisches eine Weinbrandflasche, goss zwei Gläschen voll und trank Metzner zu.

»Hm …«, murmelte er sinnend. »Ich kann es dir nicht verdenken, wenn du deine Haut nicht länger zu Markte tragen willst. Dein plötzliches Ausbleiben würde die Leutchen aber erst recht stutzig machen, und dann …«

»Habe ich alles überlegt. Sobald wir das Nötige besprochen haben, rufst du die Polizei an und lässt mich festnehmen. Das Weitere lass meine Sorge sein. Zweifellos wird die Verhaftung von unseren Feinden beobachtet werden, und niemand wird mehr glauben, dass ich dein Kundschafter sei.«

»Der Gedanke ist nicht übel«, stimmte Friede zu. »Nun berichte aber, was du weißt. Wenn's auch wenig ist – das Geringste kann hier wichtig sein.«

»Höre zu: Die Bande befasst sich eigentlich nur mit Giftmorden. Wenn je zu anderen Mitteln gegriffen wird, dann handelt es sich immer um ein unvorbereitetes, plötzlich notwendig gewordenes Verbrechen. Das Oberhaupt der Bande – man nennt es ›die Viper‹ – muss ein ganz gerissener Kerl sein; wie mir gesagt wurde, kennt ihn niemand. Die Arbeit ist genau verteilt: Einige haben nichts anderes zu tun, als Gifte zu beschaffen oder herzustellen; andere werden nur als Kundschafter verwendet; wieder andere – das sind die angesehensten – haben sich an die Leute heranzumachen, die von den Kundschaftern als ›geeignet‹ befunden wurden: an Leute, die auf den Tod eines Erbonkels, eines reichen Gatten oder Mündels warten und hoffen. In der Regel erklären sich diese Leute sehr bald bereit, für den Fall des plötzlichen Ablebens ihres Verwandten einen bestimmten Betrag zu bezahlen. Bei diesen Abmachungen wird nie das Wort ›Mord‹ gebraucht, obwohl die Beteiligten genau wissen, worum es sich handelt. Die Beträge, die sie zu entrichten haben, sind …«

»… sehr hoch, kann ich mir denken!«

»Falsch geraten! Die Beträge sind sehr niedrig gehalten. Erst nach Antritt der Erbschaft werden die Leute richtig zur Ader gelassen – man erpresst ihnen etwa die Hälfte des geerbten Vermögens, dann aber haben sie für immer Ruhe.«

»Ein seltener Fall«, murmelte Friede. »Meist hat solch eine Erpresserschraube kein Ende.«

»Ein Beweis mehr für die Klugheit des Leiters dieser Bande. Er weiß genau, dass ein Mensch, dem man alles nimmt, sich leicht zu einer Anzeige entschließt.«

»Eine Frage«, unterbrach ihn Friede. »Kannst du erklären, wie es kommt, dass die Polizei von diesem Treiben noch nichts gemerkt hat; ja, dass sie auf mein Vorhalten das Vorhandensein einer solchen Bande mit allem Nachdruck abstritt? Sollten Polizeibeamte mitverwickelt sein?«

Der Besucher schüttelte den Kopf.

»Nein, das glaube ich nicht. Ich vermute, dass man ein bestimmtes Gift anwendet, das von den Ärzten nicht nachgewiesen werden kann ...«

»Haben die Leute ein derartiges Gift?«, rief der Detektiv überrascht.

»Es wird jedenfalls nur selten angewandt. Wahrscheinlich ist seine Beschaffung oder Herstellung mit Gefahren verbunden. In den weitaus meisten Fällen arbeitet die Bande mit Rauschgiften. Die Polizei kann dann nur feststellen, dass der Betreffende sich selbst vergiftet habe, da er ja an demselben Gift stirbt, das er sich immer wieder beibrachte. Dann aber gibt es noch ein drittes, geradezu teuflisches Mittel ...«

Friede hob die Hand und lauschte. Man vernahm das Aufschließen der Treppentür und leichte Schritte im Vorzimmer. Der Detektiv stand auf, nahm Flasche und Gläser in die Hand und winkte dem Besucher, ihm zu folgen.

»Meine Sekretärin ist wieder da«, erklärte er leise, und die beiden Männer begaben sich in einen Nebenraum. Nachdem Friede die Tür hinter sich zugezogen hatte, forderte er Metzner mit gedämpfter Stimme auf, in seinem Bericht fortzufahren.

»Wenn die Anwendung der erwähnten Mittel nicht möglich ist«, nahm jener seine Erklärungen wieder auf, »– angenommen, das ausersehene Opfer ist standhaft, und alle Versuche, es an ein Rauschgift zu gewöhnen, misslingen –, dann wählen die Kerle ein leicht nachweisbares Gift, bearbeiten den Fall aber so sorgfältig, dass die Polizei unbedingt einen Unschuldigen festnimmt. Beweggründe sind vorhanden, die Indizien lückenlos – der Unschuldige wird verurteilt, und wieder hat die Polizei keine Ursache, an das Bestehen einer Giftmischerbande zu glauben.«

Friede schwieg wie in Gedanken versunken. Zwischen seinen Brauen grub sich eine finstere Falte.

»Kannst du mir ein Beispiel nennen?«, fragte er endlich.

»Nein«, sagte Metzner sofort. »Alles, was ich dir erzähle, sind ja mehr oder weniger Mutmaßungen. Ich kann dir keinen Fall nennen, von dem ich weiß, dass er dem eben geschilderten entspricht; allerdings kenne ich einen aus neuerer Zeit, von dem ich das vermute.«

»Welcher Fall ist das?«, rief Friede gespannt.

»Der Fall des Brudermörders Peter Sommerfeld«, erwiderte Metzner ruhig.

»Verdammt noch mal!«, entfuhr es Friede, und er schlug mit der Faust auf den Tisch. »Ich war im Gerichtssaal, als er verurteilt wurde. Ich hatte tatsächlich nicht den Eindruck, einen Mörder zu sehen. Aber Eindrücke sind unzuverlässig, und darum ging ich der Sache auch nicht nach. Hm ... Soviel ich mich entsinne, war die Verdachtsbegründung allerdings lückenlos ...« Der Detektiv war aufgestanden und schritt langsam aus einer Ecke des Zimmers in die andere. »Neulich war der Kommerzienrat, der Vater des Verurteilten, bei mir – er wollte mir einen Scheinauftrag geben ... Ich lehnte ab ... hm ... Fast bereue ich es jetzt ...«

»Das ist sehr schade«, stimmte der andere zu. »Ich glaube, dass der Fall Sommerfeld am ehesten eine Handhabe zum Überführen der Giftmischer geben könnte. Der Fall ist noch neu, die Spuren frisch ...«

»Was mach' ich nur«, grübelte Friede. »Ich habe den Kommerzienrat so kurz behandelt, dass ich mich ihm nun unmöglich nähern kann ...«

In diesem Augenblick klopfte es.

»Herein!«, rief Friede.

Agnes steckte den Kopf durch den Türspalt.

»Der Kommerzienrat Sommerfeld ist wieder da, Herr Friede«, sagte sie leise. »Soll ich ihn abweisen?»

»Nein!«, riefen Friede und Metzner wie aus einem Munde.

4

Kranich hatte es eilig. Eigentlich hatte er es immer eilig – das lag einfach in seinem Wesen. Noch nie hatte ihn ein Mensch langsam gehen, nie mit Ruhe sein Mittagessen verzehren oder schläfrig und stumpfsinnig in dem überfüllten Wagen der Untergrundbahn sitzen sehen. Auf der Straße lief er, sein Mittagessen verschlang er, und in der Untergrundbahn las er Schriftstücke – sogar solche, die er beinahe auswendig kannte.

Auch heute machte er es nicht anders. Kaum hatte er in dem überfüllten Wagen einen Sitzplatz erobert, vertiefte er sich in das Lesen der Akten. Es kümmerte ihn wenig, dass neben ihm zwei junge Damen standen, die ihm vorwurfsvolle Blicke zuwarfen; auch der dicke Herr, der ihm bei jeder Wendung des Zuges auf die Füße trat, störte ihn nicht. Er hielt seine Papiere so nahe ans Gesicht, als wäre er plötzlich kurzsichtig geworden, und las und las. Das nannte er innerlich: »Auch unter den widrigsten Verhältnissen die Zeit zu nutzen.«

Heute waren die Schriftstücke ausnahmsweise weder trocken noch langweilig. Die Folge davon war, dass Kranich nicht wie sonst eine, sondern vier Haltestellen zu spät ans Aussteigen dachte. Traurig betrachtete er die Namensbezeichnung der Haltestelle, als wolle er diesen schwarzen Buchstaben einen Vorwurf machen; dann zuckte er die Achseln und wartete geduldig, bis er mit dem entgegenkommenden Zug zurückfahren konnte.

»Haben Sie endlich Geld?«, empfing ihn die Wirtin, als er schnell durch den dunklen Vorraum in sein Zimmer schlüpfen wollte.

»Gute Frau …«, begann Kranich.

»Also nicht«, erwiderte die »gute Frau«, die über genügend Menschenkenntnis verfügte und ganz genau wusste, dass ein Mieter sie nur dann »gute Frau« nannte, wenn er kein Geld mitbrachte.

»Also nicht«, bestätigte Kranich und blickte ihr treuherzig in die Augen.

Die Zimmervermieterin sah ihn an, und ein trauriges Lächeln huschte über ihr runzliges Gesicht. Sie war eine Vermieterin von der harmloseren Art; von der Art, die ihr Herz noch in der Brust und das Mietzinsbuch in der Kommode aufbewahren, und nicht umgekehrt.

»Aber morgen bestimmt, Herr Kranich«, warnte sie und drohte ihm mit dem Finger.

»Morgen bestimmt, gute Frau«, rief der junge Mann erleichtert. »Jetzt entschuldigen Sie mich aber bitte: Ich muss mich zum Abendessen umziehen.«

Kranich schloss die Tür seines Zimmers hinter sich, schaltete das Licht ein und unterhielt sich eine Zeit lang mit seinem Kanarienvogel. Nachdem er sich überzeugt hatte, dass der störrische Vogel noch immer nicht Pfötchen geben wollte, seufzte er leise und machte sich ans Umziehen. Er zog den Rock aus, nahm Kragen und Selbstbinder ab und plätscherte eine Weile mit Wasser. Dann legte er denselben Kragen an und band den einzigen anderen Selbstbinder um, den er besaß; schlüpfte wieder in den Rock und blies geschickt zwei Fädchen vom Ärmel.

Darauf besah er sich mit sichtlichem Wohlgefallen im Spiegel und fühlte sich dabei genauso zufrieden wie ein Fürst oder Millionär, der vor dem Festessen Frack oder Smoking angelegt hat. Nun zog er seinen zweireihigen Mantel an, knöpfte ihn statt von links nach rechts von rechts nach links zu, sodass er einen weniger abgetragenen Eindruck machte; sprengte aus einer Flasche, die einmal Kölnisches Wasser enthalten hatte, einige Tropfen Leitungswasser auf sein Taschentuch, schnupperte daran, seufzte beim Gedanken an die schlechte Beschaffenheit der deutschen Erzeugnisse, klemmte die Aktenmappe unter den Arm und machte sich auf den Weg.

Das Speisehaus, das er zwanzig Minuten später betrat, zeichnete sich dadurch aus, dass es seinen Gästen für wenig Geld reichliches und schlechtes Essen verabreichte. Kranich war hier sehr bekannt, obwohl er es nur besuchte, wenn er wenig Geld hatte – sechsmal in der Woche. Der Ober wies ihm sofort einen Platz an einem freien Ecktisch an, aber Kranich winkte mit großartiger Miene ab und nahm neben einer alleinsitzenden hübschen und jungen Dame Platz. Sie dankte etwas erstaunt für seinen ehrerbietigen Gruß, widmete sich aber sofort wieder ihrem Essen.

»Was darf es sein?«, erkundigte sich der Ober nach den Wünschen des Gastes.

»Haben Sie Gans?«, fragte Kranich von oben herab.

»Jawohl, mein Herr«, erwiderte der Ober höflich, und diese Antwort brachte Kranich in vorübergehende Verlegenheit.

»Gans haben Sie …«, murmelte er sichtlich verwundert. »Ein gutes Haus … Führt Gans … Aber ich habe heute Mittag schon Gans gegessen. Bringen Sie Gräupchen.«

»Mit Fleisch?«

»Ohne Fleisch. Immer wieder Fleisch ist auf die Dauer nicht gesund. Und dann: ein kleines Helles!«

»Spezial, Hofbräu oder …«

»Das billigste«, sagte Kranich ruhig.

Die Dame neben ihm sah auf. Sekundenlang blitzte es belustigt in ihren Augen. Dann senkte sie ihren Kopf, sodass ihr Gesicht unter dem breiten Rand des schwarzen Hutes verschwand.

»Sie wundern sich, gnädiges Fräulein?«, fragte Kranich gelassen.

»Ich wundere mich nicht«, sagte sie sehr schnell und sehr bestimmt.

Kranich legte den Kopf verblüfft auf die Seite. Sein Verfahren, mit Damen anzuknüpfen, war sonderbar – er wusste das und war sowohl auf kühl-verächtliche Blicke gefasst als auch auf eine scharfe Zurechtweisung. Es widerfuhr ihm heute zum ersten Mal, dass eine unbekannte Dame auf eine seiner plötzlichen und meist völlig unbegründeten Fragen, ohne mit der Wimper zu zucken, ganz sachlich antwortete.

»Dann ... wundern Sie sich eben nicht«, sagte Kranich endlich. Doch sofort nahm er einen neuen Anlauf: »Vielleicht werden Sie sich aber doch wundern, wenn ich Ihnen verrate, dass mir mein Arzt empfohlen hat, nur ganz billige Biere zu trinken, da sie viel weniger schädlich sein sollen.«

»Auch darüber wundere ich mich nicht«, sagte das Mädchen ernst. »Ich habe nämlich heute auch kein Geld.«

Kranich riss den Mund auf, und es verging eine Weile, ehe er daran dachte, ihn wieder zu schließen.

»Oh, oh«, stammelte er. »Eine verd... kühne Schlussfolgerung! Sie meinen, ich hätte kein Geld? Ich, der berühmte Detektiv Kranich von der Firma ›Jenns & Hirschfeld‹ hätte kein Geld? Unglaublich!« Er lachte laut auf. Dann fügte er ruhig hinzu: »Im Übrigen haben Sie vollkommen recht.«

Dieses Zugeständnis kam so unerwartet, dass die junge Dame in einem plötzlichen Anfall von Lachen beinahe an einem Bissen ihrer Nachspeise erstickte. Kranich beobachtete mitleidig, wie sie hustete und hustete, und ihr Gesicht dabei immer röter wurde.

»Es wird Ihnen was in die Ventilationsröhre hineingekommen sein«, meinte er teilnahmsvoll. »Trösten Sie sich: Das kommt öfter vor. Mein Großvater zum Beispiel ist daran gestorben.«

Das Mädchen, das sich schon halb beruhigt hatte, begann von Neuem zu husten und zu lachen.

»Sie haben eine wunderbare Art, einen Menschen zu trösten«, sagte sie endlich. »Sie hätten Krankenpfleger werden
sollen.«

Kranich zuckte die Achseln.

»Auch das habe ich versucht. Man warf mich nach fünf
Tagen raus, weil ich zu aufmerksam gegen die Kranken war.
Ich hatte unter anderem den Patienten, die sich in der Nacht
langweilten, Alkohol verschafft. Diese Neuerung fand unter
den Kranken allgemeine Anerkennung – trotzdem wurde
ich rausgeworfen. Als ob ich etwas dafür konnte, dass zwei
dieser unvernünftigen Geschöpfe auf den Gedanken kamen,
mitten in der Nacht im Park spazieren zu gehen. Das hätte jedoch noch nichts ausgemacht, wenn sie nicht so töricht
gewesen wären, sich am Treppengeländer hinunterzulassen –
vielleicht wäre aber auch das noch nicht entscheidend gewesen, wenn sie nicht ausgerechnet auf dem Rücken der durch
den Lärm herbeigelockten Oberin gelandet wären. Natürlich
war hinterher ich an allem schuld, obwohl ich bei dem Auftritt gar nicht mitgewirkt und nicht einmal besonders laut
gelacht hatte.«

»Sie sind großartig«, erklärte das Mädchen heiter. »Aber
was ist denn los?«

Kranich war plötzlich aufgesprungen.

»Verdammt noch mal!«, rief er wütend. »Jetzt hat dieses
dösende Kamel vom Nebentisch doch richtig meine Mappe
mitgenommen.«

Mit ein paar Sätzen jagte er hinter dem »dösenden Kamel«
her, das es jetzt übrigens recht eilig zu haben schien. Es war
ein dicker, schwarzhaariger Mann, der in sichtlicher Hast
dem Ausgang zustrebte. Als er merkte, dass Kranich ihn ein-
holen würde, blieb er sofort stehen.

»He! Sie da! Verehrtester!«, rief Kranich. »Das ist meine
Mappe! Wo haben Sie denn Ihre Augen?«

Der Mann sah wirklich erschrocken aus.

»Wie kann man nur so vergesslich sein!«, rief er bestürzt. »Ich besitze genau solch eine Mappe, und daher ...«

Kranich winkte gnädig mit der Hand.

»Schon gut! Meine Großtante war auch vergesslich. Sie kam einmal mit drei Schirmen nach Hause, und von diesen dreien gehörte ihr keiner. Auf Wiedersehen!«

Er überzeugte sich, dass alle Schriftstücke nach wie vor in der Mappe waren, und trat wieder an seinen Tisch.

»Sagen Sie mal«, empfing ihn seine Nachbarin, die den Auftritt gespannt verfolgt hatte. »Sind Sie nicht Detektiv?«

»Ja, warum?«

»Kommt Ihnen da gar nicht der Gedanke, dass jener Mann Ihre Mappe absichtlich mitgenommen haben könnte, um sich deren Inhalt anzueignen?«

Kranich blickte nachdenklich auf seine Gräupchen, die der Ober inzwischen gebracht hatte.

»Es ist möglich«, sagte er nach kurzem Schweigen ruhig. »Aber Sie verzeihen: Ich muss jetzt speisen.«

Er aß mit jenem ausgezeichneten Appetit, der allen jungen Leuten eigen ist, die aus geldlichen Rücksichten regelmäßig auf das Mittagessen verzichten. Er unterbrach seine Mahlzeit nur zweimal, und auch das lediglich, um vom Nebentisch neue Brötchen heranzuholen. Endlich war er fertig, lehnte sich mit Behagen in seinem Stuhl zurück und brannte sich eine Zigarette an.

»Darf ich fragen, mit wem ich eigentlich die Ehre habe?«, erkundigte er sich höflich.

»Ich heiße Agnes Wieland«, erwiderte seine Nachbarin freundlich, »und arbeite – Sie werden staunen – bei dem Privatdetektiv Egon Friede.«

»Donner ... Donnerwetter!«, brummte Kranich.

»Hm ... Da sind Sie wohl gar Detekteuse?«

»Nein«, gab sie lachend zurück. »Ich bin nur Tippfräulein.«

»Nun geht mir ein Licht auf!«, rief Kranich. »Wenn Sie bei einer Detektei arbeiten, wundert es mich nicht mehr, dass auch Sie kein Geld haben. In diesem Fach sind die Gelder verd... selten!«

»Oh, bitte sehr!«, widersprach Agnes. »Ich habe nur daher kein Geld, weil mein Vorgesetzter sich verausgabt hat, und die heute erwartete Zahlung erst nach Schluss der Banken durch einen Scheck geleistet wurde.«

»Wird schon ein hoher Scheck sein«, meinte Kranich wegwerfend. Wenn er gegessen hatte, war er stets von einer großen Verachtung für alle Privatdetekteien beseelt.

»Achthundert Mark«, sagte sie. »Und dabei ist das nur der Vorschuss für den Fall Sommerfeld, den Herr Friede heute übernommen hat. Der eigentliche Verdienst ...«

»Halt! Halt!«, schrie Kranich aufgeregt dazwischen. »Langsam, Fräulein Agnes! Nur immer langsam! Welchen Auftrag, sagten Sie, hat Herr Friede heute übernommen? Aber bitte: ganz langsam und deutlich!«

»Som-mer-feld«, antwortete sie, jede Silbe betonend.

»Ich leide also doch nicht an Gehörstörungen. Aber weiter: Wie hoch war der Scheck, den Ihr Vorgesetzter als Vorschuss erhielt?«

»Achthundert Mark.«

»Ha, ha, ha! Prächtig! Herrlich! Herr Ober!« Kranich war ganz aus dem Häuschen. »Herr ... Ober! Bringen Sie zwei Glas Weinbrand! Den Spaß müssen wir begießen, Fräulein Agnes! Köstlich! Herrlich ...«

»Ich trinke keinen Weinbrand«, sagte Agnes und schüttelte verblüfft über Kranichs Gebaren den Kopf. »Einen Mokka vielleicht ...«

Kranich zog seine Geldbörse und machte rasch Kassensturz.

»Nein!«, sagte er fest. »Zum Mokka langt's nicht. Herr ... Ober! Nur einen Weinbrand!«

5

Agnes war für einen Augenblick sprachlos: Solch ein Kavalier war ihr im Leben noch nicht vorgekommen! Aber dann tat sie das Klügste, was sie tun konnte: Sie lächelte nachsichtig.

»Und nun sagen Sie mir bitte, Herr Kranich, warum Sie das alles so außer Rand und Band bringt.«

»Später, später«, beschwichtigte sie der junge Detektiv. »Erst müssen Sie mir genau erzählen, wie die Geschichte war. Vor allem: Wann erhielten Sie den Auftrag und von wem?«

»Ich dürfte Ihnen das eigentlich nicht erzählen«, besann sich Agnes endlich auf ihr Berufsgeheimnis. Dann überlegte sie aber, dass Kranich doch der denkbar harmloseste junge Mann sei ... Und außerdem war sie neugierig, nachher zu erfahren, was für eine Bewandtnis es mit diesem Auftrag habe.

»Es war gegen sechs Uhr, als ich nach Erledigung einer Besorgung noch einmal ins Büro kam«, berichtete sie. »Bald darauf erschien der Kommerzienrat Sommerfeld. Ich dachte erst, Herr Friede würde ihn abweisen, da er gar nicht gut auf ihn zu sprechen war; aber nein: Er ließ ihn vor und unterhielt sich etwa eine Stunde lang mit ihm. Als der Kommerzienrat sich verabschiedete, fragte er, ob der Scheck von achthundert Mark genüge. Herr Friede erklärte, für die erste Zeit reiche dieser Betrag vollkommen ...«

»Dieser Schuft!«, murmelte Kranich dumpf.

»Erlauben Sie!«, begehrte Agnes auf. »Ich kann es nicht dulden, dass Sie in meiner Gegenwart in dieser Tonart von Herrn Friede sprechen! Es ist geschmacklos und ...«

»Ta ta tü, ta ta ta – und so weiter!«, unterbrach Kranich

sie und schnitt eine Grimasse. »Ich meine doch gar nicht Ihren Herrn Friede, sondern diesen Schuft und Gauner Hirschfeld!«

»Ach so«, meinte Agnes erstaunt. »Nun gut! Immerhin könnten Sie sich wirklich in Gegenwart einer Dame etwas mehr Zwang anlegen und deutlicher sprechen.«

»Könnte ich auch«, nickte Kranich. »Was glauben Sie, was für einen Zwang ich mir anlegen würde, wenn Sie zum Beispiel eine reiche Erbin wären! Aber Sie sind genau so ein ausgebeutetes armes Hascherl wie ich. Wir sind sozusagen unter uns Proletariern ... Aber zur Sache! Wissen Sie, was sich hier in meiner Mappe befindet?«

»Nein!«

»Die Akten des Falles Peter Sommerfeld!«

»Ah!«

»Sehen Sie! Jetzt sind Sie verblüfft! Jawohl! Der Kommerzienrat hat unserer Detektei denselben Auftrag wie Herrn Friede erteilt. Und unsere Detektei hat mich mit den Untersuchungen betraut. Aber was das Schönste ist: Der Kommerzienrat wird uns angeblich morgen für den Fall zweihundertfünfzig Mark Vorschuss bezahlen, und davon soll ich fünfzig Mark bekommen. Was sagen Sie nun?«

»Das ist schäbig«, erklärte Agnes, die jetzt diesen Teil der Angelegenheit begriffen hatte.

»Und ob das schäbig ist!«, rief Kranich entrüstet. Aber er beruhigte sich gleich wieder. »Na, gut! Ich weiß ja nun Bescheid. Morgen soll der Hirschfeld was erleben!«

»Was können Sie tun? Wenn Sie aufmucken, wird er Sie rauswerfen und den Auftrag einem anderen Detektiv übergeben ...«

»Ja, wenn er das könnte! Ich bin nicht ganz so dumm! Nee, Fräuleinchen ... Ich habe die Sommerfeld'schen Schriftstücke heute schon ein bisschen angesehen. Es ist ein ganz schwerer Fall. Dem ist von allen unseren Detektiven außer mir keiner gewachsen. Und wenn Hirschfeld das nicht weiß, so weiß es immerhin sein Kindermädchen Hübner.«

»Der Fall ist schwierig«, stimmte Agnes zu. »Auch wenn Herr Friede noch so nötig Geld braucht, übernimmt er schon seit langem keinen einfachen Fall mehr.«

»Er kann sich's leisten«, murmelte Kranich mit einem Blick auf die Uhr. »Wenn ich so bekannt wäre wie er … Aber es wird Zeit zum Gehen. Ich muss bis morgen über den Fall Sommerfeld genau unterrichtet sein … Ober, zahlen!«

Beide beglichen ihre Zeche und traten auf die Straße hinaus.

»Also, Fräulein Agnes, leben Sie wohl«, sagte Kranich in sichtlicher Unruhe. »Ich muss wirklich eilen.«

»Wohin gehen Sie jetzt?«, erkundigte sie sich.

»Nach Hause, natürlich. Ich wohne am Barbarossaplatz.«

»Dann können Sie mich noch ein Stückchen begleiten. Es ist für Sie kaum ein Umweg. Ich muss noch schnell ins Büro, ein paar Briefe schreiben.«

Kranich sah wieder nach der Uhr.

»Na gut«, sagte er widerstrebend zu. Aber er war den ganzen Weg über so nachdenklich und schweigsam, dass sein Umweg sich eigentlich kaum lohnte. Immerhin hatten die beiden jungen Leute für morgen Abend einen Treffpunkt vereinbart, als Agnes vor einer Tür stehen blieb und die Schlüssel aus der Handtasche nahm.

»Hier also ist das Büro des berühmten Detektivs«, meinte Kranich, und es klang fast wie Neid aus seiner Stimme. »Möchte wissen, ob ich je ein eigenes Büro haben werde.«

In diesem Augenblick wurde die Haustür von innen ungestüm aufgerissen, und ein Mann stürzte barhäuptig, mit offenem Rock, auf die Straße.

»Herr Friede?!«, rief Agnes verwundert.

»Sie hier!«, sagte Friede und blieb stehen. Der Schein einer Laterne fiel voll auf seine scharfgeschnittenen Züge. Da sah

Agnes, dass sein Gesicht von einer geisterhaften Blässe bedeckt war und seine Augen wie im Fieber glänzten.

»Was ist …«, begann sie erschrocken.

»Kommen Sie mit hinauf«, sagte Friede beherrscht, aber seine Lippen zuckten, »bei mir ist eingebrochen worden.«

»Und? Und?«

»Die Akten Sommerfeld sind verschwunden«, sagte der große Detektiv, und man sah es, dass er sich Gewalt antun musste, um halbwegs gefasst zu erscheinen.

Agnes flog neben ihm her die Treppe hinauf. Weder sie noch Friede achteten auf ihren Begleiter, der gemächlich hinter ihnen hertrabte.

»Es ist doch zum …«, knirschte Friede, als sie das Büro betreten hatten und die von den Einbrechern angerichtete Verwüstung betrachteten. »Wenn ich die Akten wenigstens schon gelesen hätte! Aber so … Ich muss es dem Kommerzienrat mitteilen. Es wird natürlich bekannt … Ich bin bloßgestellt …«

Plötzlich bemerkte er Kranich.

Dieser junge Mann hatte sich auf einen Stuhl gesetzt, drehte seinen abgenutzten, formlosen Hut zwischen den Fingern und sah teilnahmsvoll und treuherzig zu Friede hinüber.

»Was wollen Sie? Wie kommen Sie hierher?«, brüllte ihn Friede an.

»Gestatten – Kranich«, sagte der junge Mann und machte im Sitzen eine knappe Verbeugung. »Ich konnte es mir nicht versagen, einmal meinen berühmten Kollegen bei der Arbeit zu beobachten. Die Gelegenheit war zu günstig …«

An Friedes Stirn schwoll eine Zornesader.

»Mein Herr!«, sagte er mit unheimlicher Ruhe. »Die Gelegenheit, von hier zu verschwinden, ist augenblicklich auch noch günstig. Los! Scheren Sie sich zum Teufel!« Er machte drohend einen Schritt auf den lästigen Besucher zu.

»Ta ta tü, ta ta ta«, rief Kranich, erhob sich und streckte abwehrend die Hand aus. »Nicht so stürmisch! Eile mit Weile – pflegte mein Stiefonkel zu sagen, wenn Einbrecher im Hause waren – und dann wählte er mit Bedacht eine geeignete Krawatte ...«

»Jetzt ist's aber des Guten zuviel!«, rief Friede, zog den Rock aus und krempelte die Ärmel hoch.

»Sie werden sich erkälten«, warnte Kranich. »Aber bevor Sie mich rauswerfen – das bin ich übrigens schon gewöhnt – lassen Sie lieber von Fräulein Agnes die Akten Sommerfeld abschreiben, die ich Ihnen hier mitgebracht habe ...«

»W–a–a–s haben Sie mitgebracht?«, fragte Friede verblüfft.

»Die Akten Sommerfeld«, wiederholte Kranich. »Was denn sonst?«

Agnes lachte laut auf. Nun erst kam ihr der Gedanke, sich ins Mittel zu legen. Sie tat es anscheinend mit bestem Erfolg, denn schon eine halbe Stunde später arbeiteten alle drei eifrig und einmütig. Friede oder Kranich diktierten, Agnes nahm das Stenogramm auf; wenn sie nicht mehr konnte, schrieb einer von den beiden Männern ein halbes Stündchen auf der Maschine.

Auf dem Tisch standen Weinbrandflaschen, Zigaretten und kalter Aufschnitt. Wer Kranich essen und trinken sah, wäre nie auf den Gedanken gekommen, dass ihm sein Arzt nur billige Biere empfohlen hätte, oder dass dieser junge Mann der Überzeugung wäre, Fleisch sei auf die Dauer ungesund. Er räumte so gründlich auf, dass Friede sogar seinen für unvorhergesehene Fälle angelegten eisernen Bestand an Büchsenfleisch anreißen musste.

Als sämtliche Schriftstücke diktiert waren und Agnes sich daran machte, sie mit der Maschine abzuschreiben, sah Friede endlich nach der Uhr.

»Sechs Uhr morgens«, meinte er verwundert. »Es lohnt sich nicht mehr, schlafen zu gehen.« Er begab sich in den Nebenraum und bereitete einen vorzüglichen Mokka.

Und dann saßen Kranich und Friede beisammen am Tisch und besprachen von allen Seiten den sonderbaren Fall Sommerfeld. Ausnahmsweise redete Kranich diesmal etwas weniger als sonst, und gerade dieser Umstand war für sein ferneres Wohlergehen von entscheidender Bedeutung, denn Friede hasste Schwatzhaftigkeit und ließ sie nur als Mittel zum Zweck gelten – zum Irreführen eines Gegners.

Um acht Uhr war schon ein guter Teil der Akten mit der Maschine abgeschrieben, und alle drei jungen Leute begaben sich zur Bank. Friede löste seinen Scheck ein und gab jedem der Gehilfen hundert Mark.

Dies alles aber war die Ursache, dass Kranichs Wirtin beinahe in Ohnmacht fiel, als der vielversprechende junge Mann gegen halb neun Uhr bedenklich schwankend ihre gute Stube betrat, nachlässig einen Geldschein auf den Tisch warf und mit etwas unsicherer Zunge fragte:

»Können Sie hundert Mark wechseln?«

6

Das Frisörgeschäft »François Bourgmiller« erfreute sich regen Zuspruchs und immer wachsender Beliebtheit. Der Inhaber, François Bourgmiller, konnte zufrieden sein. Eigentlich hieß er Franz Burgmüller, aber schon damals, als er noch bei der Albion-Filmgesellschaft Theaterfrisör war, hatte er erkannt, dass seine Kunden – insbesondere die Damen – einem Haarkünstler umso mehr Vertrauen entgegenbrachten, je mehr sie sich beim Aussprechen seines Namens die Zunge verdrehen mussten.

François – so nannten ihn seine alten Kunden, und so wollen auch wir ihn nennen – stand in seinem blaueingefassten, weißen Mantel neben der Kasse und zwirbelte seine linke Schnurrbarthälfte; das tat er immer, wenn er Zeit hatte. Er war klein von Wuchs, äußerst behänd und flink, hatte eine runde, spiegelblanke Glatze und auffallend große Ohren, die sich an seinem kahlen Schädel wie zwei Fragezeichen ausnahmen.

Damit hätte man alles Wichtige über sein Äußeres gesagt, wenn nicht noch seine kleinen, gutmütigen Mäuseaugen gewesen wären. Ein Blick in diese Augen genügte, und man kannte den ganzen François; diese Augen, die jetzt mit liebkosenden, zärtlichen Blicken über den Kassenstreifen glitten, konnten vielleicht auch mal traurig dreinschauen, auch ängstlich – nie aber wären sie imstande gewesen, zornig oder hasserfüllt zu funkeln. Darum kann man diese Augen gar nicht treffender kennzeichnen als mit dem Ausdruck Mäuseaugen.

»Monsieur François«, wandte sich sein Lehrling an ihn.

Er musste einer der jüngsten Lehrlinge sein, denn er sprach das »Monsieur« so aus, als verschlucke er dabei einen Knödel. »Hier ist die Karte eines Herrn, der nur von Ihnen selbst bedient sein will.«

François warf einen beinahe furchtsamen Blick auf das weiße Kärtchen. Als er neben dem Namen »Stephan Gerron« den kleinen Buchstaben »v« bemerkte, verschwand plötzlich das glückliche Lächeln aus seinem Gesicht, und seine Augen glichen mehr denn je furchtsamen, kleinen Mäuseaugen.

»Chambre séparée«, sagte er leise, fast geistesabwesend.

»Schaum – Paré«, murmelte der Lehrling und trollte sich eilig davon, da er von der Richtigkeit seiner Aussprache nicht ganz überzeugt war.

François seufzte bekümmert und schritt langsam, mit gesenktem Kopf, die Stufen einer Treppe hinauf. Hier, in einem langen Gang, lagen die Einzelkabinen. Von außen sahen sie kaum anders aus als die anderer Frisöre auch. Dennoch unterschieden sie sich in einem Punkte wesentlich von allen ähnlichen Einzelkabinen. Das Sonderbarste daran aber war, dass der sonst so geschäftstüchtige François in keinem seiner zahlreichen Werbeblätter und Rundschreiben die Kundschaft auf diesen Umstand aufmerksam machte: Die Einzelkabinen François' waren nämlich vollkommen schalldicht gebaut.

François öffnete eine Glastür und dann die eigentliche, mit dickem Stoff verkleidete Innentür und befand sich nun in einer hell erleuchteten Frisörzelle. Mit dem Rücken zu ihm saß vor dem großen Spiegel ein Mann in mittleren Jahren mit vollem, gut gepflegtem Backenbart und einer etwas altmodischen, goldumfassten Brille, durch die zwei dunkle Augen dem Spiegelbild François' entgegenblitzten.

»Machst schon wieder ein Leichenbittergesicht«, sagte eine tiefe, nicht unangenehme Stimme spöttisch.

François zuckte zusammen.

»Nichts für ungut, Herr … Gerron«, murmelte er und trat näher. »Was darf es sein?«

Der Mann vor dem Spiegel zog seine Hand aus der Tasche. Ein schwarzer, eng anliegender Handschuh wurde sichtbar, aber das schien François durchaus nicht zu wundern.

»Hier!«, sagte der Kunde und tippte mit dem schwarzen Finger auf ein Lichtbild, das ihn selbst darstellte. Und dann sprach er die etwas ungewöhnlichen Worte: »Genau so muss ich in einer halben Stunde aussehen. Verstanden? Wehe dir, wenn du nicht eine Musterarbeit lieferst.«

François brachte das Bild ganz nahe an eine Lampe und betrachtete es lange mit prüfenden Blicken. Dann besah er sich ebenso aufmerksam das Gesicht seines Gastes.

»Stümperarbeit, Stümperarbeit«, brummte er leise und machte sich am Waschtisch zu schaffen. »Am besten wäre es, das alles erst einmal runterzunehmen und dann …«

Weiter kam er nicht. Ein lautes Auflachen des Fremden unterbrach ihn.

»Das täte dir so passen! Nee, nee, mein Lieber! Auch du wirst mein wirkliches Gesicht nie zu sehen bekommen. Das heißt: Du kannst es sehen, wenn du willst … aber dann …«

»Nicht, nicht«, wehrte François entsetzt ab. »Ich bin nicht neugierig; nein, ganz und gar nicht …«

»Das wird auch dein Glück sein«, knurrte der Mann vor dem Spiegel, sichtlich zufrieden mit der Wirkung seiner Worte. »Und jetzt los, an die Arbeit!«

François begann mit den Haaren des Fremden. Vorsichtig, als hänge sein Leben davon ab, löste er eine Perücke vom Kopf Gerrons. Er wusste, dass er das durfte, da sein unheimlicher Kunde darunter stets eine zweite glatte Perücke trug. Dann begann François verschiedene andere Perücken zu probieren, bis er eine gefunden hatte, die ihm zusagte. Er befestigte sie am Kopf des Kunden und machte sich nun daran, anhand des vor ihm liegenden Bildes die Haare der Perücke zu verschneiden.

»Habe heute wieder was Feines vor«, sagte der Fremde, dessen Augen im Spiegel jeder Bewegung der flinken Finger François' folgten. »Was ganz besonders Feines!«

Augenscheinlich bereitete es Gerron Vergnügen, François in Schrecken zu versetzen.

»Bitte, sprechen Sie nicht davon«, bat der kleine Mann mit halberstickter Stimme. »Ich komme mir sonst vor wie ein Spießgeselle von Ihnen ...«

»Du gefällst mir! Bist du vielleicht nicht mein Spießgeselle?«

»Nein, nein!«, stöhnte François. »Ich tue meine Pflicht, sonst nichts. Weshalb Sie sich so verkleiden, geht mich nichts an ...«

»Ha, ha, ha!«, lachte Gerron. »Eine hübsche Moral! Dabei weißt du ganz genau, dass du mir jedes Mal dazu verhilfst, einen Menschen ...«

»Still! Schweigen Sie!«, zischte der Frisör, bleich wie Falk. »Ich will nichts wissen! Ich will nicht!«

»Und doch hast du mit wollüstiger Neugier die Gerichtsverhandlung gegen Sommerfeld, den Brudermörder, in den Zeitungen verfolgt ...«

»Nein, nein!«

»Du hast recht: nein! Er ist kein Brudermörder. Ich weiß es, und du weißt es, und sonst niemand! Die Geschworenen, die Sommerfeld zum Tode verurteilten, wussten es jedenfalls nicht – und das ist die Hauptsache.«

François legte die Schere aus der Hand, die jetzt merklich zitterte.

»Warum? Warum taten Sie es?«, fragte er tonlos.

»Du Narr! Weil die beiden Brüder jemand im Wege waren, der meinen Preis zahlen konnte.«

François seufzte wieder und machte sich mit Kitt an der Nase des Kunden zu schaffen.

»Sie wagen viel«, meinte er. »Einer Ihrer Spießgesellen wird Sie einmal verraten ...«

»Du bist der einzige, der es vielleicht könnte«, gab der andere rasch zurück. »Und du wirst es niemals tun.«

»Und warum nicht?«, fragte François, all seinen Mut zusammennehmend. »Ich habe einmal etwas von straffreien Kronzeugen gehört ...«

Plötzlich öffnete sich die Tür, und durch einen Spalt blickte ein blonder Mädchenkopf.

»Pa! Es ist schon halb acht. Ich gehe jetzt nach Hause.«

»Geh nur, geh nur, mein Kind«, sagte François zerstreut.

Das Mädchen trat aber ein.

»Hier ist die Abendzeitung«, sagte sie. »Vielleicht möchte der Herr einen Blick hineinwerfen.«

Sie stand einen Augenblick unschlüssig da – eine hoch- und schlankgewachsene Mädchengestalt mit hübschen, weichen Gesichtszügen –, dann wünschte sie freundlich »Guten Abend« und schloss die Tür hinter sich.

»Darum!«, sagte der Fremde trocken.

»Was? Wie? Was meinen Sie?«, fragte François verwirrt.

Gerron betrachtete das Gesicht des Frisörs im Spiegel.

»Darum«, wiederholte er mit Nachdruck. »Darum wirst du mich nie verraten. Verstehst du?«

François schüttelte nur stumm den Kopf.

»Du bist ein Angsthase«, erklärte Gerron bedächtig. »Schon das allein schützt mich vor deinem Verrat. Du wirst nie vergessen, wie man den Slawinsky aus dem Wasser zog, und in welchem Zustand die Leiche Fischers war, als man sie auf den Schienen der Eisenbahn fand. Diese beiden versuchten es, mich zu verraten, und ich strafte sie ... Ja, schon deine Angst vor einem ähnlichen Ende sollte genügen. Aber ich verlasse mich nie allein auf so etwas ... denn man kann nie wissen ... Sag mal, wie stellst du dir aber dein Familienleben vor, wenn es bekannt wird, dass du der Spießgeselle, der Hauptgehilfe des berühmtesten Giftmischers aller Zeiten warst? Glaubst du, deine Tochter – das Mädel vorhin ist doch deine Tochter? – würde dir noch je einen so zärtlichen Blick zuwerfen? Glaubst du …«

»Genug, genug«, stammelte François. »Ich kann nicht … Ich kann nicht …«

»Na also!« Gerron lachte gutmütig auf und griff nach der Zeitung.

»Übrigens«, meinte er nach kurzem Schweigen, »was ist's mit deinem Mädel? Sie sieht gut aus und scheint nicht dumm zu sein. Ich könnte gerade jetzt eine Gehilfin in ihrem Alter gut brauchen …«

Das Rasiermesser, das François abzog, entglitt seinen Händen.

»Niemals! Nie!«, kreischte er plötzlich auf. »Sie … Sie … Sagen Sie das nicht noch einmal … Sonst … bei Gott …«

Der Fremde merkte sofort, dass er hier wirklich Unmögliches verlangte.

»Schon gut«, begütigte er. »Es war ja nur so ein Gedanke von mir … Also nicht. Es gibt genug Mädels, die froh wären … Na ja … Bist und bleibst ein Schafskopf …«

Er runzelte die Stirn und blätterte in der Zeitung. Plötzlich beugte er sich jäh vor. Seine Augen starrten auf einige gedruckte Zeilen, und seiner Kehle entrang sich ein ächzender Laut.

»Was? Was?«, rief François erschrocken und spähte über die Schulter Gerrons auf die Stelle, unter der sich dessen schwarzer Finger eingegraben hatte.

Inmitten der »letzten Nachrichten« stand da ganz klein und eng gedruckt:

»Das Gnadengesuch Peter Sommerfelds, der wegen Brudermordes zum Tode verurteilt wurde, ist bewilligt worden. Die Todesstrafe wurde in lebenslängliche Zuchthausstrafe umgewandelt. Wie wir in letzter Stunde erfahren, ist der amtliche Eilbote erst knapp zehn Minuten vor Vollstreckung des Todesurteils eingetroffen, da er einen Motorradunfall erlitt und erst, nachdem er stundenlang bewusstlos im Straßengraben gelegen, wieder zu sich kam und sich zu Fuß bis zum nächsten Kraftwagen schleppte.«

»Verdammt!«, stieß Gerron hervor und schlug mit der Faust auf den Waschtisch. »Schnell! Schnell! Ich habe größte Eile!«

7

Als der Wärter Hans Schreiner schlüsselklappernd die Zelle achtzehn des N. N. Gefängnisses betrat, hob der Gefangene Peter Sommerfeld kaum den Kopf. Er saß auf dem einzigen vorhandenen harten Stuhl, hatte die Ellbogen auf die Knie gestützt und starrte in trüben Gedanken vor sich hin.

»Nun?«, sagte der Wärter ermunternd. »Nun? Immer noch so trübselig? Sie sind doch begnadigt worden …«

Der Gefangene hob jetzt mit einer jähen Bewegung den Kopf.

»Begnadigt?!«, rief er bitter. »Zu lebenslänglichem Zuchthaus – ja! Eine schöne Gnade! Ich weiß nicht, ob es nicht besser wäre, gleich umgebracht zu werden.«

»Aber … aber …«, murmelte Schreiner vorwurfsvoll. »Das ist doch … ja, das ist doch …«

Es gehörte nicht zu den Gewohnheiten Schreiners, sich mit den Gefangenen auf eine Unterhaltung einzulassen, und die Worte wollten ihm daher nur schwer von den Lippen. Einen Augenblick stand er unschlüssig da und überlegte, ob er nicht lieber wieder gehen solle, aber dann siegte doch seine Gewissenhaftigkeit. Er war bis jetzt stets gewissenhaft gewesen, und nur wegen des erhöhten Schulgeldes für seinen ältesten Sohn hatte er sich bestechen lassen, diesem Gefangenen eine harmlose Freude zu bereiten. Die fünfzig Mark hatte er dafür schon erhalten, und kein Mensch hätte erfahren, ob er den übernommenen Auftrag ausgeführt oder nicht; aber er war eben gewissenhaft – sogar dann, wenn er seinen Vorgesetzten gegenüber mal ungewissenhaft handelte.

»Ein Freund von Ihnen«, begann er etwas unsicher, »schickt

Ihnen das da!« Mit diesen Worten holte er aus seiner weiten Manteltasche eine Weinbrandflasche und einen Aluminiumbecher hervor.

»Wer schickt das?«, fragte Sommerfeld gespannt, und etwas wie eine leise Hoffnung belebte sein bleiches Gesicht.

»Er sagte, Sie würden es schon wissen«, meinte der Wärter gutmütig, entkorkte die Flasche und goss den Becher voll. »Er ließ Ihnen sagen – warten Sie mal – ja, so war es: Guck mal her, Timotheus, die Störche des ... dann kam noch so ein komischer Name ... Verstehen Sie das? Ich nicht.«

»Die Kraniche des Ibykus«, sagte Sommerfeld nachdenklich.

»Richtig, so hieß der Herr!«, rief Schreiner erfreut.

»Man will mir Hoffnung machen«, meinte der Gefangene traurig, aber seine Augen blickten jetzt freundlicher. »Haben Sie Dank, guter Mann, für Ihre Botschaft. Trinken Sie ein Glas auf mein Wohl ...«

»Nein, nein«, widersprach Schreiner. »Ich trinke nie ... wenigstens im Dienst nicht ...«

Sommerfeld hatte den Kopf wieder in die Hände gestützt und beachtete den Wärter kaum noch.

Schreiner blickte auf die verführerische goldklare Flüssigkeit im Becher, räusperte sich, wartete eine Weile und räusperte sich dann wieder.

»Na, also gut ...«, sagte er endlich widerstrebend. »Weil Sir mir so sehr zureden ...« Er stürzte den Inhalt des Bechers hinab und ächzte vor Vergnügen. »Das war einmal ein Tropfen! Trinken Sie mal auch – das wird Ihnen gut tun!« Wieder füllte er den Becher und hielt ihn Sommerfeld hin.

»Wie sah denn der Freund aus?«, fragte jener gedankenvoll und griff nach dem Becher.

»Na, wie soll ich gleich sagen ...«, begann Schreiner. So ein ... Mann ... hm ... mit so 'nem Haar, wissen Sie ... Und dazu eine Nase – Teufel noch mal – eine Nase ... genau so

eine Nase, wie sie der Wirt der Kantine in Lichterfelde hat ...
Wissen Sie, die Kantine gleich gegenüber dem Bahnhof ...«

Sommerfeld lächelte müde.

»Ich weiß jetzt genau, wie mein Freund aussah«, sagte er
mit einem Anflug seiner früheren Spottlust. »Aber ...« Er
sprang plötzlich auf. »Mann, was haben Sie denn?«

Der Wärter taumelte wie ein Betrunkener hin und her, griff
mit den Händen in die Luft, dann aber stürzte er mit einem
unterdrückten Schrei zu Boden.

Sommerfeld kniete neben ihm nieder, riss ihm den Rock
auf, lockerte den Kragen. Dann hielt er jäh, wie erstarrt, inne.

Der Mann vor ihm war tot.

Und Sommerfeld begriff: So tot wie jener da sollte jetzt
er, Peter Sommerfeld, sein! Das und nichts anderes hatte der
»Freund« bezweckt.

Langsam richtete sich der Gefangene auf und trat an die
Tür, um Lärm zu schlagen. Er hatte keine Angst vor dem
Alleinsein mit dem so jäh Verstorbenen, und seine Absicht,
Leute herbeizurufen, entsprang eigentlich nicht einem bewussten Gedanken, sondern dem unbewussten Gefühl, dass
man in solchen Fällen immer um Hilfe zu schreien habe –
auch wenn keinerlei Hilfe mehr möglich war.

Erst als Sommerfeld schon die Hand auf der Türklinke
hatte und sein Blick zufällig auf die am Boden liegenden
Schlüssel des Wärters fiel, kam ihm jener abenteuerliche
Gedanke, der für verschiedene achtbare Bürger verhängnis-
volle Folgen haben sollte. Der Gefängnisdirektor von N. N.
büßte dadurch seinen schönen Posten ein, da bei der folgenden Untersuchung eine Reihe grober Verfehlungen zutage
kam. Der Bürgermeister des Ortes musste abdanken, da auch
er in einige peinliche Geschichten mitverwickelt war; am
schlimmsten aber wirkte sich das für die Frau Bürgermeisterin
aus, da sie den echten Fehpelz, auf den sie schon längst ihr
Auge geworfen, nicht bekam und vor Neid und Ärger beinahe

krank wurde, als sie eines Tages die Frau des Staatsanwalts Müller in ihrem, der Bürgermeisterin, Pelz spazierengehen sah.

Doch an alle diese Auswirkungen seiner Tat dachte Peter nicht, als er eine Viertelstunde später in der Kleidung des Wärters Schreiner wie ein gehetztes Wild durch den Wald jagte. Im Augenblick hatte Peter nicht einmal Zeit, an viel näherliegende Fragen zu denken, denn die Schüsse und die Hornsignale hinter ihm besagten nur zu deutlich, dass seine Flucht sofort entdeckt worden war.

Es regnete in Strömen, und das war ein besonderer Glücksumstand für Peter. Sonst wäre er verloren gewesen, sobald seine Häscher ihm Hunde auf die Spur setzten. Aber auch ohne Hunde war die Hoffnung auf ein Entkommen äußerst gering. Wohin konnte er sich in seiner Wärterkleidung wagen? Nach einer halben Stunde schon würde es in der ganzen Umgebung bekannt sein, welche Kleidung der entsprungene Gefangene trug. Wie aber konnte er sich andere Kleider verschaffen?

Irgendwo ganz nahe blinkten Lichter. Peter wollte sich schon umwenden, um aus ihrem Bereich zu fliehen, als er sah, dass es die schwachen Laternen einer einsamen Landstraße waren. Nur ein Mensch war zu sehen – ein junges Mädchen im Regenmantel, das eilig des Weges kam. Und nun blitzte in Peter der zweite abenteuerliche Gedanke auf. Seinen ganzen Mut zusammennehmend, stürzte er vor, stellte sich vor das Mädchen und rief mit einer Stimme, die vor Aufregung ganz unnatürlich klang:

»Halt! Oder ich schieße!«

Das Mädchen blieb wie angewurzelt stehen. Der trübe Schein einer Laterne fiel auf ihr entsetztes, bleiches Gesicht.

»Was? Was?«, stammelte sie.

Aber mit dem Mut Peters Sommerfelds war es plötzlich vorbei. Er war kein geübter Wegelagerer, und seine Nerven versagten.

»Wenn Sie sich rühren …«, murmelte er, aber der Ton seiner Worte war so flehend, wie man ihn sonst nie bei einem Straßenräuber zu hören bekommt.

»Hier, nehmen Sie …«, stotterte das Mädchen und reichte ihm ihre Handtasche. »Es … es ist nicht viel, aber bitte, bitte … tun Sie mir nichts …«

Peter sah in ihren Augen Tränen schimmern; er sah, wie ihre Lippen zuckten …

»Ich … ich kann nicht …«, würgte er hervor. Dann machte er kehrt und lief längs der Landstraße davon.

Ganz in der Nähe vor ihm knallte ein Schuss. Peter warf sich sofort herum und lief wieder zurück, an dem Mädchen vorbei.

»Halt!«, sagte das Mädchen plötzlich mit fester Stimme, denn sie hatte Mut – nur keinem bewaffneten Wegelagerer gegenüber. »Halt!«, wiederholte sie. »Sie sind kein Räuber.«

Peter blieb stehen.

»Nein!«, sagte er. »Ich wollte es versuchen … aber ich konnte nicht …«

»Wer sind Sie? Was wollten Sie?«, fragte sie hartnäckig weiter.

»Ich bin … entflohen … aus dem Gefängnis … Man sucht mich, und … und … ich muss einen anderen Mantel haben …«

Einen Augenblick nur überlegte das Mädchen, dann sagte sie so ruhig, als wäre es etwas ganz Alltägliches:

»Wir müssen von der Landstraße weg. Schnell! Dorthin – hinter die Bäume!«

»Ich … ich …«

»Lassen Sie mir ein wenig Zeit zum Überlegen«, unterbrach sie ihn. Sie standen jetzt etwas geschützt in dem dichten Gestrüpp, das sich am Rande der Straße hinzog. »Wenn ich Ihnen meinen Mantel gebe, nützt Ihnen das nichts. Sie müssen auch eine Mütze haben …«

»Ich kann sehr gut auch ohne Mütze …«

»Das fällt doch sofort auf. Bedenken Sie – bei dem Wetter!

Nein ... Es geht nur so ... Sie müssen sich hier verbergen, bis ich in Lichterfelde für Sie einen Mantel und Hut besorge. Verstehen Sie? In einer Stunde bin ich wieder da ...«

»Gut! Danke«, sagte Peter leise. Und dann fügte er traurig hinzu: »Wenn Sie mich verraten wollen, Fräulein – sagen Sie's nur. Ich gehe dann lieber mit ... Es ist schon gleich ...«

»Sehe ich so aus, als ob ...?«, fragte sie vorwurfsvoll.

»Nein, nein! Ich warte«, flüsterte Peter beschämt.

Schweigend schritten sie nebeneinander durch den Wald. Nach etwa zehn Minuten blieb das Mädchen stehen und deutete auf einige Sträucher.

»Hier!«, sagte sie. »Hier sind Sie einigermaßen geschützt.« Sie warf noch einen prüfenden Blick um sich, dann nickte sie Peter ermutigend zu und schritt eilig davon.

Peter setzte sich auf einen nassen Baumstumpf und wartete. Er hatte zu diesem Mädchen Vertrauen gefasst. Es war nur ein augenblicklicher Verdacht gewesen ... Nein, nein! Sie würde ihn nicht verraten.

Wieder knallten Schüsse. Bald weit entfernt, bald irgendwo in bedrohlicher Nähe.

Bange Viertelstunden vergingen.

Peter wartete. Seiner Berechnung nach musste schon längst eine Stunde vergangen sein, und das Mädchen war immer noch nicht da. War ihr etwas zugestoßen, oder ... sollte sie es sich nachher doch noch anders überlegt haben? Überließ sie ihn hier seinem Schicksal?

Eine halbe Stunde nach der anderen verrann. Die Schüsse wurden seltener und hörten endlich ganz auf. Man rechnete also damit, dass es ihm gelungen sei, aus der nächsten Umgebung des Gefängnisses zu entkommen. Jetzt würden sie ihn in den Städten suchen, in Berlin ... Vielleicht würden sie ihn finden, vielleicht auch nicht ...

Die Gedanken Peters wurden immer verworrener und verworrener, fast wäre er eingeschlafen ...

Plötzlich hörte er das Knistern von gebrochenen Ästen. Sofort war er wieder munter. Er hob den Kopf und starrte in die Finsternis. Da sah er etwas Dunkles ... War es das Mädchen? Oder war es ein Häscher?

Die Gestalt schritt vorüber.

Eine furchtbare Angst befiel Peter. Er hatte ja mit dem Mädchen kein Erkennungszeichen vereinbart! Wie sollte er sie im Dunkeln von einem Häscher unterscheiden?

Im nächsten Augenblick aber verklärten sich seine Züge. Ganz deutlich hatte er das leise gesummte Lied gehört: »Still wie die Nacht und tief wie das Meer ...«

Es war eine klare Frauenaltstimme.

»Hier, hier!«, keuchte Peter und hätte beinahe geweint vor Freude.

Gleich darauf stand sie neben ihm.

»Ich hatte vergessen, dass ich zu wenig Geld mit hatte«, erklärte sie mit halberstickter Stimme. »Ich bin so froh ... Ich fürchtete, Sie wären schon weg. Ich musste erst nach Hause, Geld holen ... und die Läden waren auch schon zu ...«

»Ich ... ich danke Ihnen«, brachte Peter mühsam hervor.

»Hier ist ein Mantel und hier eine Sportmütze. Ich konnte mit dem Paket nicht längs der Landstraße gehen, weil überall Wachtposten aufgestellt sind. So! Jetzt ziehen Sie sich an. Ich bringe Sie dann durch den Wald zu einem entlegenen Ort, wo noch keine Wachtposten stehen. Von da haben Sie drei Stunden Wegs bis Berlin.«

Peter wechselte Mantel und Mütze und versteckte die Kleider des Wärters unter nassem Laub. Dann folgte er seiner Retterin. Er hätte ihr gern so vieles gesagt, aber er fand nicht die rechten Worte. Als er dann endlich doch sprechen wollte, legte sie warnend die Finger an den Mund. So musste er denn schweigen.

Plötzlich lichtete sich der Wald, und das Mädchen blieb stehen.

»Dort rechts, immer geradeaus, müssen Sie gehen! Und hier … hier sind hundert Mark … Sie werden das Geld brauchen können. Und dann leben Sie wohl!«

Peter fasste rasch nach ihrer Hand und hielt sie fest.

»Ich möchte Ihnen danken«, presste er hervor. »Sagen Sie mir, wer Sie sind … Vielleicht …«

»Ich heiße Hertha Burgmüller. Mein Vater hat in der Rankestraße ein Geschäft«, sagte sie leise.

»Und ich heiße …«, begann er, aber sie fiel ihm sogleich ins Wort:

»Das lese ich morgen in der Zeitung. Jetzt haben Sie keine Zeit zu verlieren!«

»Aber ich möchte Ihnen noch sagen, dass ich unschuldig verurteilt …«

»Leben Sie wohl«, unterbrach sie ihn wieder und drückte ihm fest die Hand. Dann fügte sie hinzu: »Ich weiß nicht, ob Sie unschuldig verurteilt wurden; aber ich hätte Ihnen nicht geholfen, wenn ich nicht überzeugt gewesen wäre, dass Sie keines gemeinen Verbrechens fähig sind, armer Wegelagerer!«

8

Direktor Hirschfeld erwachte aus seinem Halbschlummer und blickte schlaftrunken um sich. Vor ihm stand mit allen Anzeichen der Verstörtheit sein Geschäftsführer Hübner.

»Schrecklich, Herr Direktor«, stöhnte er, als er merkte, dass sein Vorgesetzter in der Lage war, ihn zu verstehen.

»Was ist denn so schrecklich«, erkundigte sich Hirschfeld träge. Er zog ein Fach seines Schreibtisches auf, nahm eine bereits angebrochene Schachtel Schokoladenkonfekt heraus und wählte mit Bedacht und Ruhe ein besonders schönes Stück; dann fuhr er sich mit der Zunge über die Lippen und steckte das Konfekt in den Mund. »Was ist denn so schrecklich?«, wiederholte er.

»Ach, Herr Direktor! Dieser Kranich ... Nein, dieser Kranich! Er ist noch immer nicht da!«

»Er wird schon kommen«, beruhigte Hirschfeld den aufgeregten kleinen Mann. »Wissen Sie, Hübner, gestern war ich in der ›Barberina‹. Da habe ich ein Weib kennengelernt – rassig, sage ich Ihnen ...«

»Es ist aber schon drei Uhr, Herr Direktor!«, jammerte Hübner.

»Nu wenn schon«, meinte Hirschfeld achselzuckend. »Hören Sie mal zu, die Sache wird spannend.« Er langte wieder in die Konfektschachtel. »Mögen Sie auch so ein Ding?«

»Nein, danke.«

»Also, ich nähere mich ganz ehrerbietig dieser fabelhaften Frau, und da ...«

»Herr Direktor! Jeden Augenblick kann der Kommerzienrat kommen!«, schrie Hübner verzweifelt auf.

»Lass ihn kommen, altes Haus! Hör zu! Ich lade sie zu einem Glas Wein ein – in allen Ehren, versteht sich …«

»Was wollen Sie dem Kommerzienrat sagen, wenn er sich über den Fall Sommerfeld erkundigt?«, rief Hübner dazwischen, dem das Weinen näher war als das Lachen.

»Ach so … ja …« Hirschfeld wurde nachdenklich. »Ich werde ihm einfach sagen … Ich werde ihm erklären und ganz einfach sagen …« Er fasste Hübner beim Rockknopf. »Tja, Hübnerchen, was sag ich ihm nur gleich?«

Der Geschäftsführer zog die Schultern so hoch, dass von seinem Halse nichts mehr zu sehen war.

»Weiß ich nicht. Beim besten Willen … Ah!«

Nach kurzem Klopfen war ein blasser, schmächtiger Jüngling eingetreten.

»Herr Kommerzienrat Sommerfeld«, meldete er laut und unbekümmert.

»Da haben wir den Salat!«, stöhnte Hübner.

In Hirschfelds Gesicht vollzog sich ein jäher Wechsel. Alles Gutmütige war daraus verschwunden. Fest pressten sich die Lippen aufeinander, seine kleinen Augen schossen Blitze, die Nasenflügel bebten. Einen lächerlichen Gegensatz hierzu bildete das Schokoladenkonfekt in grünem Papier, das er noch immer in der Hand hielt.

»Salat?! Haben wir? Wir?!«, zischte er. »Ich! Ich habe eure Eseleien auszubaden. Warum ist Kranich noch nicht da? He? Warum haben Sie nicht dafür gesorgt, dass er da ist …«

»Herr Direktor …«

Die Tür hatte sich wieder geöffnet. Der junge Mann von vorhin erschien auf der Schwelle und meldete ruhig:

»Kranich ist da!«

»Gott sei Dank!«, stieß Hübner hervor und atmete erlöst auf.

Hirschfeld war sofort wieder die Ruhe selbst.

»Na also! Ich habe es doch gleich gesagt: Er wird schon noch kommen. Wozu die ganze Aufregung?«

Hübner fegte bereits im Zimmer hin und her und suchte die einzelnen fehlenden Bekleidungsstücke seines Gebieters zusammen.

»Am besten ist es, Sie vernehmen einstweilen den Kranich«, belehrte er Hirschfeld. »Ich aber halte den Kommerzienrat so lange hin ...«

»Den Kranich, ja! Den will ich mir mal vornehmen«, murmelte Hirschfeld ächzend, während Hübner sich abmühte, des Direktors fetten Hals in den Kragen zu pressen. »Ich werde ihm schon einheizen ...«

»Ja, heizen Sie ihm ein. So! Jetzt sind Sie fertig. Die Zigarren ... Auch schon da? So, alles in Ordnung!« Hübner schoss zur Tür hinaus. »Kranich, schnell! Springen Sie!«

Hirschfeld beugte sich vor, und in seine Augen trat sofort jener überlegene, würdevolle Blick, der weder angelernt noch angeboren ist, den aber jeder Sterbliche als Gnadengeschenk der Götter erhält, sobald er »Chef« wird – und wenn seine Untergebenen auch nur aus einem einzigen schmierigen Lehrling bestehen.

Die Tür öffnete sich, und Schritte wurden hörbar. Hirschfeld blickte sinnend auf ein Schriftstück. Es war eine gedruckte Aufforderung, von nun an das Gesicht nur noch mit der XYZ-Creme zu behandeln, aber nach Hirschfelds gespannter Aufmerksamkeit zu urteilen, hätte man meinen können, er brüte über eine Frage von hoher staatswirtschaftlicher Bedeutung.

»Sagen Sie mal, Kranich ...«, begann er von oben herab und hob endlich den Blick. Plötzlich stockte er in seiner Rede. Er glaubte, ein Traumbild zu sehen. War das Kranich?

Vor ihm stand ein junger Mann in weißer Flanellhose und nagelneuem blauen Rock. Sein Haar war nach der neusten Mode verschnitten, zwischen seinen Lippen stak eine dicke Zigarre; die Augen blickten kühn und stolz und beinahe ein wenig spöttisch.

»Kra… Kranich«, würgte Hirschfeld hervor und sah dabei gar nicht mehr aus, als brüte er über staatswirtschaftlichen Fragen.

»Ganz recht, so lautet mein Name«, bestätigte der junge Mann höflich. »Ich bin gekommen, weil ich Geld brauche. Der Schneider, der für mich arbeitet, dringt auf Zahlung, und außerdem habe ich …«

»Sie sind wohl be… besoffen?!«, schrie Hirschfeld plötzlich auf. Seine Stimme klang beängstigend schrill.

»War ich heute früh«, nickte Kranich. »Jetzt bin ich wieder nüchtern. Wir können also verhandeln …«

Der Direktor besann sich, dass im Nebenzimmer der Kommerzienrat darauf wartete, von ihm, von dem berühmten Detektiv Hirschfeld, Einzelheiten über den Fall Sommerfeld zu vernehmen. Dieser Gedanke machte Hirschfeld wieder liebenswürdig, obwohl er innerlich vor Wut kochte.

»Über die Geldfrage wollen wir uns später unterhalten«, sagte er mit einem erzwungenen Lächeln. »Das ist nicht so wichtig. Erst sagen Sie mir, bitte, was Sie über den Fall Sommerfeld zu melden haben.«

»Über die Geldfrage wollen wir uns sofort unterhalten«, erklärte Kranich leichthin. »Das ist sehr wichtig. Übrigens wird das gar nicht lange dauern, da ich überzeugt bin, dass Sie zweihunderfünfzig Mark auspacken werden …«

»Zweihundertfünfzig Mark? Sie sind wohl nicht recht bei Troste?« Hirschfeld starrte erst Kranich an, dann blickte er auf das im Türspalt sichtbare verzweifelte Gesicht Hübners. »Also gut. Sie sollen zweihundertfünfzig Mark erhalten …«

»Heute?«

»Heute. Aber jetzt sagen Sie endlich … Es ist nämlich … Die Geschichte ist die …«

»Ich weiß: Im Vorzimmer wartet der Kommerzienrat. Den müssen wir erst loswerden. Das ist sehr einfach: Sie sagen ihm, Sie seien zu der Überzeugung gelangt, dass der Bahnarbeiter Stössel die Generalswitwe Bumke erdrosselt, beraubt und dann in den Flusss geworfen habe. Das genügt vorläufig.«

Hirschfeld trommelte mit dem Bleistift auf dem Papier, worauf er die Angaben Kranichs vermerkt hatte.

»Genügt das wirklich?«, fragte er misstrauisch.

»Vollkommen. Das ist nämlich der springende Punkt bei der ganzen Geschichte.«

»Hm … Ja … Ich bin ja selbst bei der flüchtigen Durchsicht der Akten zu diesem Ergebnis gekommen …«

Kranich riss die Augen auf.

»Donnerwetter! Und ich brauchte eine ganze Nacht dazu!«

Hirschfeld lächelte überlegen. Er stand auf und klopfte Kranich gutmütig auf die Schulter.

»Wenn Sie erst einmal zwanzig Jahre Praxis hinter sich haben wie ich … Aber ich habe Eile. Jetzt …«

»Jetzt kann ich wohl mein Geld bekommen?«

»Ja so … Ihr Geld …« Hirschfeld klingelte. »Hübner«, wandte er sich an den eintretenden Geschäftsführer. »Ich brauche zweihundertfünfzig Mark für Herrn Kranich. Ich glaube, wir haben aber nur zwanzig Mark in der Kasse. Sehen Sie zu, vielleicht …«

»Ganz unmöglich! Zweihundertfünfzig Mark?!«, rief Hübner entsetzt. »Ich habe genau zwanzig Mark und fünfzehn Pfennig in der Kasse …«

»Es tut mir leid, lieber Herr Kranich«, sagte Hirschfeld bedauernd.

»Aber … aber …«, widersprach Kranich.

»Ich habe jetzt keine Zeit«, schnitt Hirschfeld kühl ab. »Bitten Sie den Kommerzienrat herein, Hübner.«

Nur widerstrebend folgte Kranich dem Geschäftsführer ins Büro, sah dabei aber lange nicht so betrübt aus wie gestern. Gelassen strich er die zwanzig Mark und fünfzehn Pfennig ein und setzte sich ruhig in eine Ecke.

»Ich will warten«, sagte er zu dem ungeduldigen Hübner. »Vielleicht läuft noch eine Zahlung ein.«

Inzwischen hatte der Kommerzienrat dem Direktor gegenüber Platz genommen.

»Sind Sie in meiner Sache zu irgendeinem bestimmten Schluss gekommen?«, erkundigte er sich ruhig und blickte Hirschfeld gerade in die Augen.

»Sehen Sie«, begann der Direktor ernst, »es ist natürlich nicht möglich, schon jetzt Endgültiges zu sagen; aber ich bin doch zu einer Anschauung gelangt, die – so kühn sie Ihnen auch vielleicht erscheinen mag – für mich beinahe zur Gewissheit wurde.«

»Sie sind …« Die stets kalten Züge des Kommerzienrats verrieten Überraschung. Gespannt beugte er sich vor. »Und diese Ihre Anschauung wäre?«

»Es steht für mich unzweifelhaft fest«, erklärte Hirschfeld mit Würde, »dass der Bahnarbeiter Stössel die Generalswitwe Bumke einfach erdrosselt, beraubt und dann in den Fluss geworfen hat.«

»Was? Was sagen Sie da?«, schrie der Kommerzienrat verblüfft.

»Das ist der springende Punkt bei der ganzen Geschichte«, ergänzte Hirschfeld und lehnte sich in seinen Sessel zurück. Er war sehr zufrieden mit der Wirkung seiner Worte: Der Kommerzienrat war so erstaunt, dass er sich sekundenlang vergeblich mühte, geeignete Worte zum Ausdruck seiner Bewunderung zu finden.

Und dann geschah etwas Entsetzliches, Unfassbares, etwas, das Hirschfeld in seiner zwanzigjährigen Praxis noch nicht erlebt hatte. Der Kommerzienrat hatte seine Sprache endlich wiedergefunden und sagte sehr kühl und sehr ruhig: »Aber, mein lieber Herr Hirschfeld! In dem Fall Sommerfeld kommt doch weder ein Bahnarbeiter Stössel noch eine Generalswitwe Bumke vor.«

9

Direktor Hirschfeld war nicht der Mann, irgendeine Arbeit zu leisten, die er nicht für unbedingt nötig hielt. Traf das aber doch einmal zu, so konnte er sich zu einer Tatkraft aufraffen, die ihresgleichen suchte – ganz besonders, wenn sich diese Tatkraft allein durch Zungenfertigkeit äußerte.

Nachdem der Kommerzienrat ihm jene niederschmetternden Worte gesagt; nachdem Hirschfeld begriffen hatte, dass ihm nicht nur die Entziehung eines wertvollen Auftrages drohte, sondern auch die Bloßstellung seines ganzen Unternehmens, da besann er sich auf die Zeiten, wo er noch als ganz kleiner Angestellter ein paar Mark unterschlagen und dieses Vergehen vor dem erzürnten Direktor zu rechtfertigen hatte. Eine halbe Stunde lang gab Hirschfeld Erklärungen ab. Hin und wieder verwickelte er sich in Widersprüche, aber der Kommerzienrat, der ihm ruhig zuhörte, schien das nicht zu merken.

»Also gut«, sagte der Besucher endlich. »Ich verstehe, dass Sie als bekannter Detektiv so mit Arbeit überhäuft sind ... Eine Verwechslung von zwei ganz verschiedenen Fällen ist unter solchen Umständen natürlich begreiflich ... Bis morgen also ...«

Bald darauf schloss Hirschfeld hinter dem Kommerzienrat die Tür, lehnte sich erschöpft gegen die Wand und wischte sich mit dem wohlriechenden Taschentuch über sein erhitztes Gesicht und die schweißbedeckte Stirn. Er hörte, wie Hübner den Besucher hinausbegleitete, er hörte die Haustür ins Schloss fallen, und da erst kam ihm die ganze Gemeinheit und Niedertracht seines Detektivs zum Bewusstsein. Das Gesicht Hirschfelds rötete sich, je länger er daran dachte, und nahm schließlich die Farbe einer reifen Kirsche an. Als es so weit gekommen war, hielt es der Direktor nicht mehr aus.

»Hü... Hübner!«, kreischte er auf. »Hü–übner!« Der geschäftstüchtige Geschäftsführer erschien sofort. »Kranich!«, tobte Hirschfeld. »Her mit dem Kerl! Lassen Sie ihn aus seiner Wohnung herschleppen ...«

»Kranich ist noch hier«, erklärte Hübner erschrocken, denn er fürchtete solche Anfälle seines Gebieters. Hatte jener doch bei einer ähnlichen Gelegenheit einmal eine kostbare Vase, die nur einen ganz kleinen Sprung gehabt, auf Hübners Kopf zerschlagen. Der Geschäftsführer sauste hinaus, schob Kranich hinein, schloss hinter ihm sorgfältig die Tür und blieb davor lauschend, mit gefalteten Händen stehen, den Blick flehend nach der Decke gerichtet.

»Kra... Kranich!«, schrie Hirschfeld auf.

»Herr Kranich«, sagte der junge Mann mit Nachdruck und setzte sich in einen Sessel. Mit Bedacht ordnete er die Bügelfalte seiner neuen Hose, zupfte das Tüchlein in der linken Rocktasche zurecht und blickte auf.

Hirschfeld sah in seinem gerechten Zorn beängstigend aus.

»Ein niederträchtiger ... gottloser Mensch ... sind Sie«, presste er mühsam hervor, dann versagte seine Stimme vor Aufregung.

»Das ist ein Irrtum«, erklärte Kranich ruhig. »Ich will großzügig sein: Ich betrachte diese hässlichen Worte als nicht gesprochen. Bedanken Sie sich!«

Hirschfeld plumpste mit einem wehen Schrei in einen Klubsessel.

»Sie Gauner ... Sie Betrüger ...«, stöhnte er.

Kranich wählte aus dem Kistchen »für besondere Zwecke« eine Zigarre und setzte sie in Brand.

»Ich bin ein geduldiger Mensch«, sagte er gelassen. »Aber jetzt kocht es in mir. Können Sie meinen Ausführungen folgen? Ja? Das ist gut. Treiben Sie mich also nicht zum Äußersten, Herr Direktor. Wenn mich einmal die Wut packt, dann ist ein wilder Elefant eine sehr harmlose Angelegenheit im Vergleich mit mir ...«

»Sie Gauner ... Sie ...«

»Das sagten Sie schon einmal«, unterbrach ihn Kranich und schüttelte missbilligend den Kopf.

Hirschfeld besann sich, dass er auf diese Weise nichts erreichte. Mühsam nach Fassung ringend, äußerte er sich etwas zusammenhängender:

»Ihre Angaben, Kranich, über ...«

»Herr Kranich«, betonte der junge Mann wieder.

»Herrrr ... Kranich!«, brüllte Hirschfeld auf. »Ihre Angaben über den Fall Sommerfeld stimmen hinten und vorn nicht!«

Kranich lächelte höflich.

»Herr Direktor«, erklärte er beinahe feierlich. »Ihre Angaben über die zweihundertfünfzig Mark, die ich kriegen sollte, stimmen ebenfalls hinten und vorn nicht!«

Das Folgerichtige dieser Worte blieb bei Hirschfeld nicht ohne Wirkung.

»Warten Sie hier!«, rief er Kranich zu und stob zur Tür hinaus.

Es dauerte eine Viertelstunde, bis sein Wortgefecht mit Hübner wie immer mit dem Siege des Geschäftsführers endete. Hübner aber war standhaft dafür eingetreten, dass man, so traurig es auch sei, Kranich nicht entlassen dürfe, da er der einzige sei, der mit einem irgendwie schwierigeren Falle fertig werden könne.

Als Hirschfeld nach Ablauf dieser Viertelstunde wieder sein Arbeitszimmer betrat, war er ein müder, geschlagener Mann. Wortlos legte er zweihundertdreißig Mark vor Kranich hin. Der junge Mann zählte die Scheine aufmerksam nach, dann steckte er sie kaltblütig ein. Und nun entwickelte er zwanzig Minuten lang in höchst scharfsinniger Weise Friedes Ansichten über den Fall Sommerfeld. Als er damit fertig war und Hirschfeld seine letzte Bemerkung zu Papier gebracht hatte, lehnte sich der Direktor in seinem Sessel zurück und sagte traurig:

»Sie sind ein großer Gauner ...«

»Wir wollen heute in Frieden voneinander scheiden«, unterbrach ihn Kranich sanft und stand auf. Ehe Hirschfeld etwas erwidern konnte, hatte der Detektiv mit einem freundlichen Gruß das Zimmer verlassen.

*

Kranich schlenderte durch die Straßen und überlegte, wie es käme, dass zweihundertfünfzig Mark nur dann viel Geld sind, wenn man sie nicht hat. Seine Arme waren mit verschiedenen Paketen beladen, sogar am Knopfloch seines eben erst erworbenen Überziehers hingen zwei Päckchen in rosa Papier.

Der junge Detektiv hatte gründlich eingekauft, und von den zweihundertfünfzig Mark war nicht mehr viel übriggeblieben. Er überlegte, ob er für die restlichen dreißig Mark einen grüngelb gestreiften Schlafanzug mit goldenen Verschnürungen erstehen oder lieber ein Sparkonto bei der Reichsbank eröffnen sollte; er entschied sich aber doch für den grüngelben Schlafanzug mit Verschnürungen.

Als er endlich schwer beladen die Treppe zu seiner Wohnung hinauf tappte, fiel ihm mit Schrecken ein, dass er ja heute Abend mit Agnes ausgehen wollte. Er beruhigte sich aber gleich wieder, als ihm eine Wirtschaft einfiel, wo das kleine Glas Bier nur zwanzig Pfennige kostete.

»Ein Herr wartet in Ihrem Zimmer auf Sie«, empfing ihn seine Wirtin mit all der Hochachtung, die ein nagelneuer Überzieher und ein ebenso neuer Hut einer Zimmervermieterin einzuflößen pflegen.

»Hat er seinen Namen genannt?«, erkundigte sich Kranich etwas erstaunt.

»Nein, er wollte ihn unter gar keinen Umständen verraten.«

»Ach so! Es wird der Abgesandte des Innenministeriums sein. Weiß schon«, sagte Kranich nachlässig, obwohl er gar nichts wusste, außer dass seine Wirtin jetzt nötigenfalls eine Woche länger als sonst mit der Kündigung warten würde.

»Guten Tag, Herr Doktor!« Mit diesen Worten betrat Kranich sein Zimmer und schloss mühsam die Tür, da er durch seine Pakete dabei sehr behindert wurde.

»Ich bin kein Doktor«, erklärte der Besucher mit wohlklingender Stimme und erhob sich.

»Das ist nicht so wichtig«, erwiderte Kranich und sah sich hilfesuchend nach einem Stuhl um, auf dem er seine zahlreichen Einkäufe ablegen könnte. »Wer sind Sie denn?«

»Ich bin Peter Sommerfeld, der Brudermörder«, sagte der Fremde ruhig.

Kranich war so verblüfft, dass er die Hände weit ausbreitete und sämtliche Neuerwerbungen zu Boden fallen ließ. Irgendetwas klirrte laut, und Kranich ahnte dumpf, dass es das neue Badehäuschen für den Kanarienvogel war.

»Kostet zwei Mark fuffzich«, sagte der erfolgreiche Detektiv traurig und setzte sich auf das frisch bezogene Bett.

10

Als der Strafgefangene 179 ins Zimmer des Anstaltsdirektors geführt wurde, blickte jener, ein alter, würdiger Mann mit spärlichem Haarwuchs und dunklem, leicht angegrautem Bart, freundlich von seinen Akten auf.

»Nehmen Sie Platz«, sagte er kurz und deutete auf einen Stuhl dem Schreibtisch gegenüber. Dann lehnte er sich in seinem bequemen Sessel zurück, schob die altmodische, goldumrandete Brille auf die Stirn und betrachtete prüfend die gebeugte Männergestalt, die vor ihm stand.

Der Strafgefangene 179 sah nicht so schlecht aus wie die meisten seiner Leidensgefährten. Wohl hatte sein Gesicht eine graue Farbe, wohl war der Blick seiner Augen stumpfsinnig und gleichgültig; aber auch jetzt, nach langjähriger Haft, verriet sein Körper eine gewisse Fülle, der Nacken hatte etwas wie Speckansatz, und die Backen waren derb und fleischig.

»Herr Bergengrün«, wandte sich der Direktor nach kurzem Schweigen an ihn, und in die stieren Augen des Gefangenen trat ein Schimmer von Freude. Es geschah zum ersten Mal seit langen Jahren, dass ihn jemand mit »Herr« anredete.

»In vier Stunden«, fuhr der Beamte fort, »ist Ihre Strafzeit beendet.« Er schwieg einen Augenblick, als erwarte er eine Rückäußerung. Da der Mann ihm gegenüber aber hartnäckig schwieg, nahm er wieder das Wort: »Ich habe Sie etwas früher zu mir kommen lassen, da ich in einer Stunde zu einer wichtigen Verhandlung muss; andererseits wollte ich es nicht versäumen, Ihnen ein paar Worte zum Geleit zu geben. Ein neues Leben liegt jetzt vor Ihnen ...« Er schwieg wieder, denn

der Gefangene hatte mit einem jähen Ruck den Kopf empor-
geworfen.

»Sparen Sie sich die üblichen Redensarten, Herr Direktor«, stieß er hervor. »Ich bin oder war Doktor der Rechte
und weiß ganz genau, was Sie mir gemäß Ihren Vorschriften
zu sagen haben.« Er sprach mit ruhiger, ziemlich tiefer Stimme und starrte dabei unausgesetzt den Direktor an, wobei er
ihm aber nicht in die Augen sah, sondern seine Blicke auf die
im Sonnenlicht glänzenden Brillengläser heftete.

»Gut«, sagte der Direktor mit einem leisen Seufzer. »Sparen wir uns die übliche Abschiedsszene. Aber da ist noch etwas anderes, was ich glaube, Ihnen sagen zu müssen ... Sie
waren zehn Jahre und etliche Monate in dieser Strafanstalt.
Während dieser ganzen Zeit haben Sie sich gut geführt, abgesehen von dem ersten Jahr – die zwei missglückten Flucht-
versuche ... Sie wissen schon ...«

»Ich weiß«, nickte der andere kalt. »Ich habe deswegen
drei Jahre länger gesessen und folglich Zeit gehabt, darüber
nachzudenken.«

»Ihre Führung in den letzten neun Jahren ließ also nichts
zu wünschen übrig«, kehrte der Beamte wieder zu seinem
Gedanken zurück. »Sie waren ein mustergültiger Gefangener.
Nie kamen Klagen über Sie ...«

Der Sträfling sah jetzt mit einem Gemisch von Teilnahme
und Neugier zu dem würdigen, alten Mann am Schreibtisch
hin. Solange der Direktor nur die üblichen Redensarten vor-
brachte, hatte der Strafgefangene 179 keinen Anlass, aufmerksam zuzuhören, denn das alles kannte er ja. Aber dieses
beinahe verlegene Betonen seiner mustergültigen Führung –
nein, das gehörte nicht zur Vorschrift. Sollte der alte Direktor, der ihn immer gut behandelt hatte, sollte er ihm wirklich
etwas Ungewöhnliches mitzuteilen haben?

»Und dennoch!«, rief der Beamte plötzlich. »Und dennoch
werde ich eine große Sorge los sein, wenn sich die Tore der

Strafanstalt hinter Ihnen schließen.« Er atmete erleichtert auf, als freue er sich, nun die rechten Worte gefunden zu haben.

Der Gefangene schwieg erwartungsvoll. Er war von Natur nicht träge und hätte früher in einem ähnlichen Fall bestimmt durch eine verwunderte Frage seinem Erstaunen Ausdruck gegeben; aber er hatte zehn Jahre lang das Schweigen gelernt.

»Sagen Sie mal«, begann der Direktor nach einer Weile von neuem. »Würden Sie mir eine Frage wahrheitsgemäß beantworten?«

Der andere nickte.

»Wenn Ihre Frage diese Anstalt betrifft – gern. Alles, was hinter deren Mauern liegt, ist Privatsache. Vielleicht sage ich da die Wahrheit, vielleicht werde ich gar nichts sagen; vielleicht ziehe ich es auch vor zu lügen …«

Der Direktor winkte mit der Hand ab.

»Also gut. Ich will Sie etwas fragen und Sie nur bitten, mir entweder gar nicht zu antworten oder aber die Wahrheit zu sagen. Wollen Sie?«

Der Gefangene überlegte ein wenig.

»Fragen Sie!«, erklärte er dann entschlossen.

»Sie wurden wegen Totschlags – Mord konnte Ihnen nicht nachgewiesen werden – zu sieben Jahren verurteilt. Sie waren geständig … hm … Und doch habe ich mich seit acht Jahren immer wieder gefragt, ob Sie dieses Totschlags wirklich schuldig wären …«

Der Schein von einem Lächeln erhellte die düsteren Züge des Gefangenen.

»Ich will Ihnen die Wahrheit sagen, Herr Direktor«, erwiderte er langsam. »Ich bin an diesem Totschlag genau so unschuldig wie Sie.«

»Aber … aber …«, rief der Direktor beinahe entsetzt, denn er gehörte zu den Beamten des Strafvollzugs, die fest auf die Unfehlbarkeit der Justiz bauen. »Warum gestanden Sie denn?«

»Auf Anraten Doktor Baertels, meines Verteidigers«, sagte der Gefangene 179 trocken. »Die Indizien gegen mich waren so lückenlos, dass meine Verurteilung ganz zweifellos erschien. Da brachten wir denn die rührende Geschichte von dem Totschlag vor, den ich begangen hätte – im Zorn über einen brutalen Ehemann, der seine Frau misshandelte. In Wirklichkeit kannte ich diese Frau gar nicht.«

»Aber das ist doch unmöglich! Die Frau sagte aus ...«

»Sie sagte so aus, wir ihr die Leute vorschrieben, die mich aufs Schafott bringen wollten. Schließlich begnügten sich meine Feinde damit, mich ins Zuchthaus zu schaffen, und die Frau widersprach meinen Angaben nicht. Vermutlich fürchteten meine Feinde doch eine allzu genaue Überprüfung der Verdachtsgründe. Übrigens brauchen Sie mir nicht zu glauben», fügte er hinzu, und alles Lebhafte verschwand wieder aus seinen Zügen. »Ich erzählte es nur, weil Sie danach fragten.«

Eine Zeit lang herrschte Schweigen. Der Direktor saß da, als ringe er mit einem Entschluss.

»Nein! Ich muss es Ihnen sagen«, murmelte er endlich mehr zu sich selbst als zu dem Gefangenen. »So unglaublich Ihre Geschichte auch klingt, da ist ein Punkt, der sie mir nicht als ganz unmöglich erscheinen lässt. Hören Sie: Vor acht Jahren brachte mir einer Ihrer Wärter ein Feinbrot, das Ihre Freunde Ihnen zum Geburtstag geschickt hatten. Da waren noch einige andere Kleinigkeiten dabei, aber wesentlich für uns war nur das Feinbrot. Sie erinnern sich, dass Ihnen am Anfang ihrer Strafzeit wiederholt Botschaften Ihrer Kameraden zugingen – kleine Papierknäuel, in Brot eingebacken. Ihr Feinbrot wurde also vorsichtig in kleine Stücke zerschnitten und untersucht. Dabei geschah es, dass ich ganz gedankenlos ein Stück davon kostete. Ihr Geburtstag war am nächsten Tage, und so sollten Sie auch die Geschenke erst am anderen Morgen erhalten. In der Nacht aber rief meine

Frau die Strafanstalt an und ließ das Brot und die übrigen für Sie bestimmten Geschenke beschlagnahmen. Ich selbst aber lag währenddessen mit schweren Vergiftungserscheinungen bewusstlos in meinem Zimmer, und es vergingen Wochen, bis mich die Ärzte wieder auf die Beine brachten. Hätte ich nicht gleich, als mir plötzlich so schlecht wurde, an Ihr Feinbrot gedacht und meiner Frau davon erzählt – Sie säßen heute nicht lebendig vor mir.«

Das Gesicht des Gefangenen verriet jetzt fieberhafte Spannung. Nichts Träges, nichts Gleichgültiges war mehr darin zu erkennen.

»Und weiter? Was geschah weiter?«, rief er erregt.

»Und seitdem«, erklärte der Direktor erschöpft und fuhr sich mit der schmalen, runzligen Hand über die feuchte Stirn. »Seitdem haben Sie nichts mehr zu essen und zu trinken bekommen, was nicht vorher durch Sachverständige auf etwa vorhandenes Gift untersucht worden wäre. Noch fünfmal erwies sich die eine oder andere Speise als vergiftet, und niemals gelang es uns, den Schuldigen festzustellen.«

Der Gefangene 179 antwortete nicht gleich. Er starrte düster vor sich hin, und als er endlich den Mund öffnete, waren es nur wenige Worte, die er zu sagen hatte:

»Ich danke Ihnen, Herr Direktor.«

Der alte Beamte schien ein wenig ratlos.

»Ja … Aber wie erklären Sie sich das? Wem … wem könnte denn so viel daran liegen, Sie aus dem Wege zu räumen?«

Der Strafgefangene stand auf.

»Herr Direktor«, sagte er höflich, aber mit fester Stimme, »wenn ich das wüsste, so wäre dieser Mensch binnen … Aber nein, Herr Direktor, ich vergaß, dass Sie Amtsperson sind.«

»Machen Sie keine Dummheiten«, warnte der Beamte freundlich. »Ich erzählte Ihnen das alles nur, damit Sie auf der Hut seien.« Er warf einen Blick auf die Uhr. »Aber jetzt wird es für mich höchste Zeit …« Er musste unbemerkt auf einen Klingelknopf gedrückt haben, denn gleich darauf trat ein Wärter ein. »Also alles Gute, Herr Bergengrün! Genau in drei Stunden sind Sie frei.«

Der Direktor erhob sich und streckte dem Sträfling die Hand entgegen. Ein kurzer Händedruck, dann verneigte sich der Gefangene linkisch. Einen Augenblick schien es, als wollte er noch etwas sagen; aber dann drehte er sich rasch um und folgte dem Wärter zurück in seine Zelle.

11

Die hohen Tore der Strafanstalt öffneten sich und schlossen sich wieder. Ein Mann in feinem, aber altmodischem Wintermantel und Pelzmütze stand draußen. Es war finster. Nur zwei trübe Laternen und die Scheinwerfer eines in der Nähe haltenden Packardwagens erhellten den schmutzigen, regennassen Weg.

Robert Bergengrün, der Strafgefangene 179, stand noch immer vor dem Tor und blickte prüfend um sich. Irgendwo in der Ferne blitzte es, und man hörte noch das dumpfe Grollen des abziehenden Gewitters. Natürlich! Es war doch Sommer. Bergengrüns Einlieferung hatte im Februar stattgefunden; jetzt war es Juni. Er hatte zehn Jahre und vier Monate gesessen ...

Ein Geräusch neben ihm ließ ihn aufhorchen. Es war der Motor des Wagens, der jetzt leicht und fast lautlos vorfuhr. Ein Mann sprang vom Führersitz und riss den Wagenschlag auf.

»Bitte, Herr Bergengrün«, sagte er ehrerbietig und nahm seine Mütze ab.

Bergengrün warf ihm einen flüchtigen Blick zu.

»Ach, du bist es, Anton«, meinte er gleichmütig.

»Ganz recht, Herr Bergengrün. Ich bin immer noch in Ihren Diensten. Wohin befehlen Sie zu fahren?«

Bergengrün bestieg den eleganten Wagen und lehnte sich behaglich in die Polster. Seine Hand griff sogleich nach der Schachtel Senoussi-Zigaretten, und Anton gab ihm zuvorkommend Feuer.

»Fahr nach Hause«, befahl Bergengrün und atmete den

lang entbehrten Rauch tief ein. »Halt! Nein, nicht geradezu nach Hause ... Erst quer durch die belebtesten Straßen
Berlins!«

»Jawohl, Herr Bergengrün!«

Anton nahm seinen Platz ein, und gleich darauf setzte sich
der Wagen mit einem sanften Ruck in Bewegung.

Bergengrün schloss die Augen. Ein wohliges Gefühl be-
mächtigte sich seiner. Das leise Schaukeln des Wagens, die
weichen Polster, der Duft der vorzüglichen Zigarette und das
Bewusstsein, frei zu sein – alles das erzeugte ein seltsames
Gemisch von Freudigkeit und Behagen, das er früher – auch
in seinen guten Tagen – nie empfunden hatte. Ein feines,
beinahe kindliches Lächeln umspielte seine Lippen, aber
gleich darauf nahm sein Gesicht wieder einen finsteren, entschlossenen Ausdruck an. Er dachte an die Aufgaben, die
seiner harrten; er dachte an den Menschen, an den unbekannten Feind, den er ausfindig machen musste ... musste!
Und dann gab er sich, wie so oft in der Zelle, dem Gedanken
hin, er hätte sein Ziel bereits erreicht: Dort vor ihm kauerte
der Unbekannte und harrte seines, des Strafgefangenen 179,
Urteils. Er würde ihn ... Nein, das war viel zu wenig ... Er
würde ...

Eine Viertelstunde nach der anderen verrann. Robert Bergengrün merkte es nicht. Erst als er durch die geschlossenen
Lider helles Licht spürte, öffnete er die Augen.

Sie fuhren jetzt durch belebte, lichtdurchflutete Straßen.
Hier und dort waren die Bürgersteige schwarz von vornehmen, fein gekleideten Menschen. Ihre Gesichter waren zufrieden oder gelangweilt. Sie schritten gemessen einher, blieben
vor den blitzenden Schaufenstern stehen, gingen schwatzend
und lachend weiter.

Und Robert Bergengrün dachte wieder an seinen Feind.
Wer war es? Vielleicht jener ältere Lebemann, der einer hübschen jungen Dame im schwarzen Spitzenkleid und Seiden-

überwurf in den Wagen half? Oder war es der große, magere Herr, der dort die Ankündigungen eines Kabaretts las? Oder jener fette blonde Hüne, der seinen beiden Kindern an einem Stand heiße Würstchen kaufte? Was konnte er, der Strafgefangene 179, wissen? So wie diese da hatte sein Feind die zehn Jahre verbracht, während er, Bergengrün, täglich und stündlich gedemütigt wurde und sich kaum an minderwertigen Speisen satt essen durfte.

Mit einem Ruck beugte er sich vor und klopfte an die Scheibe.

»Nach Hause!«, befahl er hart.

*

Es war etwa zwei Stunden später, als Robert Bergengrün, frisch gebadet, glattrasiert, das Haar sorgfältig nach hinten gelegt, aus der Badezelle ins Speisezimmer trat. Nichts an ihm verriet mehr den Strafgefangenen 179. Ein dunkelbrauner Anzug neuzeitlichsten Schnittes umhüllte seine kräftige, sehnige Gestalt, und nur ein sehr aufmerksamer Beobachter hätte bemerkt, dass dieser Anzug ohne vorheriges Maßnehmen angefertigt worden war. Sogar die Haltung Bergengrüns war verändert – straffer, selbstbewusster –, und seine dunklen Augen leuchteten in einem ganz ungewohnten Glanz.

Er trat wortlos an den gedeckten Tisch und setzte sich auf einen Stuhl mit hoher, geschnitzter Lehne. Sergius, der langjährige Diener des Hauses, der bis jetzt schweigend neben der Tür gestanden, trat ebenso schweigend, mit unhörbaren Schritten, hinter den Stuhl seines Herrn.

»Ein zweites Gedeck, Sergius«, ordnete Bergengrün kurz an und breitete das weiße Mundtuch sorgfältig über seine Knie.

Sergius berührte wortlos einen Klingelknopf. Ein paar leise durch die Tür geflüsterte Anweisungen – dann brachte ein hübsches, schwarz gekleidetes Stubenmädchen Teller und Besteck, die Sergius mit feierlicher Miene dem Gedeck seines Herrn gegenüber auf dem runden Tisch anordnete. Dann rückte er einen Stuhl davor und stellte sich wieder hinter seinem Herrn auf.

Bergengrün, der steif, mit ausdruckslosem Gesicht, dagesessen hatte, hob die Hand und deutete auf den leeren Stuhl.

»Setz dich, Sergius.«

Mit keinem Wimperzucken verriet der alte Diener sein Erstaunen. Gleichmütig, als sei es ganz selbstverständlich, nahm er seinem Herrn gegenüber Platz.

Bergengrün suchte in seinen Westentaschen.

»Entschuldigung«, sagte Sergius leise. »Ich hatte es vergessen.« Mit diesen Worten griff er in seine Tasche und brachte ein kleines, schwarzes Schächtelchen zum Vorschein. Er entnahm ihm ein in Seidenpapier gewickeltes Einglas und reichte es dem Hausherrn.

Bergengrün wischte das Glas sauber und klemmte es in die Augenhöhle. Dann blickte er prüfend über die vielerlei leckeren Speisen.

»Zuerst vom Lachs und den Anschovis«, bestimmte er. »Iss!«

Stumm und gehorsam, ohne Frage, lud sich Sergius einige Scheiben und Fischchen auf seinen Teller, nahm sich Butter und Brot und begann zu essen.

Bergengrün beobachtete ihn scharf. Nach und nach löste sich der gespannte Ausdruck in seinen Zügen. Er belud sich auch seinen Teller mit denselben Speisen und machte sich daran, sie mit bestem Appetit zu verzehren.

Genau so verlief auch der übrige Teil des Mahles. Immer musste erst Sergius von allen Speisen essen; sogar als nachher Likör und Zigarren gebracht wurden, musste erst der Diener ein Gläschen trinken und sich eine der Zigarren anbrennen.

Als auch die Zigarre Bergengrüns glimmte und er mit Behagen ein Gläschen Likör hinabgestürzt hatte, lehnte er sich in seinem Stuhl zurück, ließ das Einglas in seine Hand fallen und drehte es spielend zwischen den Fingern der Linken.

»Du hast mich verstanden?«, fragte er plötzlich, und seine Stimme hatte einen metallenen Klang.

»Vollkommen, Herr«, erwiderte der Diener ruhig.

»So wird es nun jeden Tag sein«, fuhr Bergengrün fort. »Morgens, mittags und abends. Verstanden?«

»Ja, Herr.«

»Du wirst die nötige Sorgfalt bei der Überwachung der Speisenzubereitung nie außer acht lassen ...«

»Nein, Herr.«

»Weil es um dein eigenes armseliges Leben geht«, vollendete Bergengrün mit geringschätziger Miene.

»Sie tun mir Unrecht, Herr«, sagte der Diener bekümmert. Nichts weiter. Er wusste, dass sein Herr jede Weitschweifigkeit hasste.

Bergengrün nickte.

»Vielleicht. Aber ich traue niemand. So, und jetzt berichte!«

Sergius wollte aufstehen, aber Bergengrün bedeutete ihm mit einer Handbewegung, Platz zu behalten.

»Auf Ihrem Schreibtisch, Herr«, begann Sergius so gelassen, wie er vor zehn Jahren und vier Monaten zum letzten Mal seinen Tagesbericht begonnen hatte, »liegt die Meldung Meyers I. Ferner finden Sie dort alle wichtigen Zeitungsausschnitte der letzten zehn Jahre. Sie sind so angeordnet, dass Sie das Wesentlichste binnen weniger Stunden wissen werden. Kleine, mit Rotstift angebrachte Zahlen geben die Nummer des Heftes an, in dem über die jeweilige Frage alle hierzu erschienenen Zeitungsnachrichten zusammengetragen sind.«

»Es ist gut«, sagte Bergengrün kühl. »Noch eines: Werde ich überwacht?«

»Ja, Herr.«

»Von wem?«

»Von der Polizei und von einem Unbekannten. Die Polizei hat aber ihren Mann zurückgezogen, nachdem er feststellte, dass Sie hierherfuhren ...«

»Ach!«, rief Bergengrün unwillig. »Was kümmert mich die Polizei? Aber du sprachst da von einem Unbekannten ... Ihr habt zehn Jahre Zeit gehabt, diesen Unbekannten zu suchen ... Und es ist immer noch ein ›Unbekannter‹?«

Sergius zog mit schuldbewusster Miene die Schultern hoch.

»Darüber wird Ihnen Meyer I berichten«, meinte er zögernd.

»Gut«, erwiderte Bergengrün zerstreut. Er stand auf und trat an die Wand, an der verschiedene ältere und neuere Waffen hingen. Er wählte einen kleinen Revolver, presste das Einglas vors Auge und musterte ihn aufmerksam. Sergius war ebenfalls aufgestanden und folgte mit ausdruckslosen Blicken jeder Bewegung seines Gebieters.

»Wohl etwas ganz Neues?«, murmelte Bergengrün.

»Jawohl, eines der neueren Modelle«, stimmte der Diener zu. »Acht Schuss hintereinander.«

Der Hausherr steckte die Waffe in die Rocktasche.

»Ich habe eine Abneigung gegen Schusswaffen gehabt«, sagte er finster. »Das war ein Fehler. Hätte ich damals vor zehn Jahren ... Aber das ist ja nun vorbei.« Er drehte sich um und schritt zur Tür. »Ich werde noch einige Stunden arbeiten«, fügte er entschlossen hinzu. »Um zwei Uhr bring Kaffee und Likör auf mein Zimmer – für mich und für dich.«

»Ja, Herr.«

Mit sicherem, vielleicht etwas steifem Schritt ging Bergengrün in sein Arbeitszimmer. Ein prüfender Blick in den halbdunklen Raum, dann knipste er die Schreibtischlampe an. Einen Augenblick stand er unschlüssig da.

Plötzlich nahm er ein Bild in vergoldetem Rahmen vom Tisch und betrachtete mit kalten Blicken das lächelnde junge Mädchenantlitz. Dann stellte er den Rahmen wieder auf den Tisch, setzte sich, rückte die Lampe zurecht und legte einen weißen Bogen Papier vor sich hin. Seine linke Hand spielte nachlässig mit einer Zigarette. Er steckte sie zwischen die Lippen, blickte suchend über den Tisch, dann senkte sich seine rechte Hand in die Tasche.

Im nächsten Augenblick warf er sich in seinem Sessel herum und feuerte hintereinander acht Schüsse gegen den hohen, dicken Vorhang, der eine zweite Tür verbarg.

Der schwarze Stoff bewegte sich. Plötzlich teilte sich der Vorhang, und eine menschliche Gestalt stürzte fast lautlos auf den weichen Teppich.

Bergengrün griff mit kräftiger, nicht im geringsten zitternder Hand nach dem Hörer des Fernsprechers und ließ sich mit dem Polizeipräsidium verbinden.

»Hier Bergengrün«, sagte er mit fester Stimme. »Ich habe soeben in meiner Wohnung einen Menschen erschossen.«

12

»Sie sind also jetzt bei mir angestellt, Kranich«, sagte Friede und betrachtete prüfend die Gestalt des nachlässig am Schreibtisch lehnenden jungen Mannes.

»Ihr monatliches Gehalt beträgt dreihundert Mark. Außerdem sollen Sie zehn vom Hundert bei allen Fällen erhalten, bei denen Sie mir behilflich waren. Genügt Ihnen das?«

Kranich wiegte nachdenklich den Kopf hin und her.

»Bei Hirschfeld verdiente ich ja etwas mehr...«

»Wenn Ihnen mein Angebot nicht zusagt«, unterbrach ihn Friede, »dann können Sie ja wieder zu Hirschfeld gehen.«

»Nein! Nein!«, rief Kranich hastig. »Ich lege hauptsächlich Wert auf anständige Behandlung ... Ja, ich bleibe bei Ihnen. Wie sagten Sie doch gleich? Dreihundertfünfzig Mark Gehalt und ...«

»Dreihundert Mark Gehalt«, verbesserte Friede ruhig.

»... und fünfzehn Prozent ...«

»Und zehn Prozent«, verbesserte Friede mit unerschütterlicher Geduld.

Kranich zuckte die Achseln.

»Gut, einverstanden. Und worin soll meine Arbeit bestehen?«

»Ihre Aufgaben werde ich Ihnen von Fall zu Fall zuteilen. Mit dem Büro haben Sie jedenfalls nichts zu tun: Das erledigt Fräulein Agnes. Sie werden eine ziemlich selbständige Arbeit haben: Bis auf seltene Ausnahmen können Sie den ganzen Tag tun und lassen, was Sie wollen.«

»Das ist ein sehr guter Gedanke von Ihnen«, pflichtete

Kranich bei. »Ich habe auch das nötige Vertrauen zu Ihnen: Sie werden diese Abmachung nie vergessen, nicht wahr?«

»Nein!«, antwortete Friede mit bewundernswertem Ernst. »Für ein geregeltes Anstellungsverhältnis taugen Sie nämlich ganz und gar nicht.«

Kranich überlegte, ob er diese Worte als Beleidigung auffassen sollte, entschloss sich aber, sie als besonderes Lob zu betrachten.

»Stimmt, ich bin zu etwas Besserem geboren«, meinte er treuherzig.

Friede stand von seinem Lehnstuhl auf, trat an den Schreibtisch und suchte einige Schriftstücke zusammen.

»Wie vollzog sich denn Ihr Abgang bei Hirschfeld?«, fragte er beiläufig.

»Dem armen Mann fiel förmlich die Butter vom Brot«, berichtete Kranich. »Er war sprachlos ... Was sage ich? Sprachlos? Das ist gar kein Ausdruck: Er war entsetzt über den Verlust. Er bat und flehte, ich solle es mir doch überlegen ... Na, ja ... und schließlich bot er mir ... ja, er bot mir tausend Mark, wenn ich wenigstens den Fall Sommerfeld zu Ende führte ...«

Um die Lippen Friedes spielte jetzt ein feines Lächeln.

»Das wundert mich eigentlich«, sagte er, und in seinen Augen blitzte es schalkhaft auf. »Der Kommerzienrat hat nämlich auf meine Veranlassung schon gestern seinen Auftrag bei Hirschfeld zurückgezogen.«

Kranich schien tatsächlich etwas verwirrt, doch war ein solcher Zustand bei ihm stets von sehr kurzer Dauer.

»Dann muss ich mich eben verhört haben«, meinte er gelassen. »Das kommt in den besten Familien vor.«

»Schon gut, mir machen Sie nichts vor«, lachte Friede. »Also vorläufig haben Sie nichts weiter zu tun, als mit mir gemeinsam den Fall Sommerfeld weiter zu bearbeiten. In zwei Stunden fahren wir zum Kommerzienrat. Auf Wiedersehen! Ich habe noch eine Besorgung zu machen.«

»Einen Augenblick«, rief Kranich hastig. »Darf ich um einen kleinen Vorschuss bitten?«

Friede hatte es sich geschworen, bei Kranich auf alles gefasst zu sein; aber diesmal war er doch verblüfft. Sekundenlang starrte er den jungen Mann sprachlos an, dann brach er in ein schallendes Gelächter aus, in das Kranich sofort begeistert einstimmte.

»Wie viel?«, fragte Friede endlich kopfschüttelnd.

»Jeder Betrag von hundert Mark aufwärts ist mir willkommen«, sagte Kranich mit Würde.

*

Es war gegen sieben Uhr abends, als Friedes kleiner Viersitzer die letzten Vororte Berlins passierte und bald darauf die freie Landstraße gewann. Friede saß leicht vorgeneigt am Steuer, die Blicke unverwandt geradeaus auf den Weg gerichtet. Neben ihm hockte Kranich. Er hatte die Hände fest in die Polster vergraben und starrte besorgt auf den kleinen Zeiger, der unbestechlich die immer zunehmende Geschwindigkeit anzeigte.

Friede war ein sicherer Fahrer – trotz der vielen ihm zudiktierten Strafen; meist handelte es sich ja dabei um die Verfolgung irgendeines flüchtigen Verbrechers. Mit achtzig Kilometer Geschwindigkeit fuhr er aber immer, sobald es die Landstraße erlaubte – schon um nicht aus der Übung zu kommen.

Das alles wusste aber Kranich nicht, und daher war sein verstörtes Wesen durchaus begreiflich.

»Wenn Sie so weiter machen«, begann Friedes neuer Angestellter unbehaglich, »kommen wir nie im Leben zum Kommerzienrat.«

»Wir werden in einer Dreiviertelstunde dort sein«, entgegnete Friede ruhig.

»Dort?«, seufzte Kranich. »Im Himmel werden wir sein ...«

»Wenn Sie Angst haben, können Sie ja mit dem Autobus nachkommen«, unterbrach ihn Friede.

Kranich war in seinen heiligsten Gefühlen verletzt.

»Angst?«, rief er und blickte unendlich verächtlich drein. »Ich und Angst? Lieber Herr Friede, da kennen Sie mich aber schlecht ... Ich bin nur besorgt, weil Sie die Kunst des Fahrens noch nicht so richtig weg haben ...«

»Was sagen Sie da?«, fragte Friede gedehnt.

»Jetzt haben Sie ein Huhn überfahren«, meinte Kranich vorwurfsvoll. »Also, wenn ich am Steuer sitze ... Mit achtzig Kilometer fange ich gar nicht erst an. Mindestens hundertzwanzig müssen es sein ...«

»Können Sie denn überhaupt fahren?«, warf Friede dazwischen.

»Ich bin so was wie ein Rennfahrer«, sagte Kranich ernst. Plötzlich schrie er auf: »Halt! Halt! Bremsen!«

Vor ihnen auf der Landstraße stand quer über dem Fahrweg ein Wagen, an dem sich drei Männer in Hemdsärmeln zu schaffen machten. Ein vierter versperrte den schmalen Raum zwischen dem Wagen und der linken Baumreihe und fuchtelte mit seinen Armen hin und her.

»Wir sollen halten!«, brüllte Kranich. »Sehen Sie denn nicht? Sie werden ihn überfahren!«

Friede gab einmal, zweimal das Warnungszeichen und raste mit unverminderter Geschwindigkeit auf den Mann zu.

»Jesses Maria!«, schrie Kranich auf und schloss vor Entsetzen die Augen. Aber nichts Schreckliches geschah. Er hörte ein paar wütende Schreie und dann – nichts, außer dem Surren des Motors.

Nach geraumer Zeit öffnete er wieder die Augen und sah Friede verächtlich von der Seite an.

»Nennen Sie das vielleicht Autofahren? Jener Wagen ist zweifellos beschädigt; die Männer baten um unsere Hilfe. Wenn Sie als Herrenfahrer ...«

»Sehen Sie sich mal um«, riet Friede.

»Nanu?«, platzte Kranich heraus. »Der beschädigte Wagen ist schon wieder gebrauchsfähig? Rast hinter uns her?«

»Ich habe schon die ganze Zeit auf eine Falle gewartet«, erklärte Friede ruhig.

»Eine Falle?«, fragte Kranich verblüfft. »Warum denn das?«

»Um uns zu verhindern, den Schauplatz des Sommerfeld'schen Mordes zu betreten. Ich mache mir nur Sorgen, weil diese Falle zu gewöhnlich, zu plump war. Ich halte unsere Gegner für klüger ...«

Plötzlich knallten ein – zwei Schüsse.

»Ich glaube, die Kerle schießen!«, rief Kranich wütend.

»Ich glaube es auch«, gab Friede zu.

Es war inzwischen ziemlich dunkel geworden, und die Scheinwerfer des verfolgenden Wagens hätten eine gute Zielscheibe abgegeben, wenn –

»Kranich, können Sie gut schießen?«, fragte Friede hastig.

»Ausgezeichnet!«, erklärte Kranich prompt. »Aber mehr auf Scheiben.«

»Verd...«, knurrte Friede. »Die Kerle schießen uns noch Löcher in die Reifen.« Er verminderte die Geschwindigkeit auf die Hälfte. »Jetzt schnell, Kranich! Platz wechseln! Schnell! Sie fahren, ich schieße die Scheinwerfer entzwei!«

Ehe Kranich richtig zur Besinnung kam, saß er schon am Steuer und hielt krampfhaft mit beiden Händen das Rad fest.

»Ich – kann – doch – nicht«, jammerte er. Weiter kam er nicht. Eins, zwei, drei – knallten neben ihm Friedes Schüsse. Dann aber machte der Wagen einen tollen Sprung ... Noch einen ... Wie ein Trunkener torkelte er hin und her ... Kranich schrie wild auf und zog die Bremsen an.

Es folgte noch eine kurze holprige Fahrt, dann legte sich der Wagen sanft auf die Seite und kippte um.

13

Mit einiger Mühe gelang es Friede und Kranich, sich unter dem Wagen hervorzuarbeiten. Es war vollkommen finster. Für einen Augenblick blitzte Friedes Taschenlampe auf, dann erlosch sie wieder.

»Sind Sie noch am Leben, Herr Rennfahrer?«, erkundigte er sich gereizt.

»Danke für die Nachfrage«, antwortete Kranich, sichtlich bemüht, seiner Verlegenheit Herr zu werden.

»Das ging noch ganz gut ab. Ein paar Kratzer an den Händen und ...«

»Ja, ja«, murmelte Kranich. »Ich habe das genau vorausberechnet.«

»Selbstverständlich«, knurrte Friede wütend. »Aber jetzt aufgepasst! Ich weiß bestimmt, dass ich beide Scheinwerfer des anderen Wagens traf. Vermutlich ist er also in der plötzlichen Dunkelheit auch irgendwo in den Graben gefahren. Da wir nicht wissen, wie viele von unseren Gegnern unverletzt geblieben sind, dürfen wir kein Licht machen ...«

Er schwieg, denn etwa hundert Schritt von ihm entfernt waren einige schwache Lichter aufgetaucht.

»Unsere Feinde sind unvorsichtig«, flüsterte Friede. »Eins, zwei ... drei Lichter ... nein, doch nur zwei. Also mindestens zwei Mann ...«

»Wir wollen sie niederknallen!«, rief Kranich voller Hoffnung.

»Nein«, widersprach Friede. »Wenn wir sie nicht mit den ersten Schüssen treffen, dann verlöschen die Kerle ihre Lichter, und wir müssen uns bis morgen hier versteckt halten.«

»Mir auch recht. Lassen wir sie also laufen.«

»Die Kerle entfernen sich von hier«, fuhr Friede leise fort. »Ihr Wagen muss also gebrauchsunfähig sein ...«

Es vergingen einige Minuten. Die zwei Lichtscheine wurden immer schwächer und verschwanden endlich ganz.

»Jetzt wollen wir es wagen«, erklärte Friede entschlossen und brannte seine Lampe an. Er leuchtete den Wagen ab und stellte befriedigt fest, dass zwar drei Scheiben eingeschlagen, sonst aber nichts Ernstliches geschehen war. Dann leuchtete er über den Boden.

»Ein Kartoffelfeld!«, rief er. »Seit wann üben sich Rennfahrer auf Kartoffelfeldern?«

»Wie gesagt«, begann Kranich, »es war alles ...«

»... vorausberechnet! Entschuldigen Sie meine Zweifel. Und jetzt – los, an die Arbeit! Wir wollen versuchen, den Wagen wieder auf die Räder zu bringen.«

Es ging leichter, als Friede gedacht hatte. Der Wagen war nicht schwer und lag noch dazu mit den Rädern etwas tiefer unten.

Friede nahm am Steuer Platz.

»Auf eines bin ich ja gespannt ...«, murmelte er, aber er sagte nicht, worauf er gespannt war.

Kranich lief neben dem Wagen her, bis die Straße erreicht war. Hier wollte der junge Detektiv einsteigen, aber Friede erhöhte ein wenig die Geschwindigkeit, sodass Kranich weiterlaufen musste.

»Lassen Sie mich einsteigen!«, schrie er endlich erschöpft und verzweifelt auf, da Friede sich gar nicht mehr um ihn zu kümmern schien. »Ich will mit! Halt! Halt!«

Der Wagen blieb plötzlich stehen, und Friede sprang behend vom Führersitz und lief zehn, zwanzig Schritte voraus längs der Landstraße. Keuchend stand auch Kranich gleich darauf neben ihm.

»Sie sind ... sind ...«, stöhnte er.

»Was sagen Sie dazu?«, unterbrach ihn Friede und leuchtete mit seiner Laterne auf ein Drahtseil, das kaum einen
Meter über dem Erdboden quer über die Straße gespannt
war.

Kranich starrte verständnislos bald auf Friede, bald auf
das Drahtseil und sagte gar nichts.

»Das ist eine sogenannte Autofalle«, erläuterte Friede
dumpf. »Ich dachte mir's doch, dass da noch irgendetwas für
uns vorbereitet war ... Sehen Sie her: Das Seil ist locker gespannt; sobald der Vorderteil des Wagens es berührt, rutscht
es nach oben ... Nun, unter Umständen reißt es dann den
Fahrern die Köpfe ab.«

»Eine Gemeinheit!«, rief Kranich empört. »Nein, so was!
Ausgerechnet die Köpfe!«

»Die ganze Verfolgung und Schießerei hatte nur den
Zweck, uns unsicher zu machen, damit wir nicht auf den Weg
achtgeben sollten. Wären Sie nicht ins Kartoffelfeld gefahren,
wir lägen jetzt hier irgendwo herum – zum mindesten schwer
verletzt.«

»Es war alles vorausberechnet, Herr Friede«, sagte Kranich leise und spürte selbst einen ehrfürchtigen Schauer vor
seiner Weitsichtigkeit.

»Was?«, rief Friede erstaunt. »Sie wollen mir doch nicht
etwa weismachen, Sie hätten das Seil bemerkt und darum ...«

»Eben darum«, sagte Kranich feierlich. »Und Sie? Sie
haben mich gescholten – ja! Und im Schutze der Dunkelheit
verächtlich angesehen – ja ... und dann hinter dem Wagen
herlaufen lassen ... ja ... Man könnte weinen, wenn man das
so bedenkt ...« Und Kranichs Stimme klang wirklich weiner-
lich.

»Los! Nehmen Sie Platz. Wir wollen das Hindernis umfah-
ren«, rief Friede lachend. »So oder so – dank Ihrer ... hm ...
Geistesgegenwart sind wir am Leben geblieben. Und ... na,
ja ... Sie sollen nicht weinen: Ich will n i c h t nachmessen,

wie weit der Wagen von der Autofalle entfernt war, als Sie das Seil bemerkten ...«

Da geschah etwas ganz Seltsames: Kranich merkte, dass in diesem Falle Schweigen die beste Antwort sei. Und er schwieg.

*

Er war eine halbe Stunde später, als die beiden Detektive vor dem Landhaus des Kommerzienrats vorfuhren. Noch ehe sie am Gartentor geklingelt hatten, erschien ein alter Diener und öffnete das Tor. Nachdem die Besucher im Vorsaal ihr Äußeres wieder etwas in Ordnung gebracht hatten, wurden sie von demselben Diener in ein vornehm ausgestattetes Herrenzimmer geleitet, wo der Kommerzienrat bereits auf sie wartete.

»Guten Abend, Herr Friede«, begrüßte er den Detektiv und blickte fragend auf Kranich.

»Mein Gehilfe«, stellte Friede vor. »Es ist derselbe junge Mann, der bis jetzt Ihren Fall für Hirschfeld bearbeitete.«

Der Kommerzienrat reichte Friede die Hand und verneigte sich knapp vor Kranich. Es war mehr als deutlich, dass er zwischen sich und dem jungen »Gehilfen« eine Schranke aufrichten wollte; aber da kannte er Kranich nicht.

Mit weit ausgestreckter Hand ging der junge Mann auf den Kommerzienrat zu.

»Lieber Kommerzienrat! Wie ich mich freue, Sie endlich kennenzulernen!«, rief er begeistert.

Mit frostiger Miene reichte ihm Sommerfeld die Hand.

»Meinerseits«, sagte er kurz.

Kranich knöpfte seinen Rock auf, bewegte ein paarmal die Schultern, steckte die Hände in die Hosentaschen und sah sich unternehmungslustig um.

»Da ist ja noch ein Mensch!«, rief er plötzlich.

In einer dunklen Ecke erhob sich aus einem tiefen Sessel eine kleine, schwarzgekleidete Frau und trippelte näher.

»Meine Wirtschafterin, Frau Eilenburg«, erläuterte der Kommerzienrat.

Kranich besah sich die Dame mit sichtlicher Teilnahme. Sie war auch wirklich sehenswert. Ihr Alter ließ sich nicht genau bestimmen, da kein Fleckchen ihres Gesichts natürliche Farben zeigte. Sie musste darin mit Puder, Schminke, Lippen- und Augenstiften geradezu gewüstet haben. Kranich schätzte sie auf etwa fünfundvierzig Jahre und hatte sich dabei nicht zu ihren Ungunsten geirrt. Ihre einzige Schönheit war das lange, dichte, kastanienbraune Haar, das durch einen Knoten im Nacken festgehalten wurde.

»Sss–sehr erf–ff–reut«, sagte sie.

»Du liebe Güte!«, entfuhr es Kranich.

»Wie mm–meinen Sss–Sie das?«, erkundigte sie sich erstaunt.

Kranich seufzte.

»Sss–so allgemein«, sagte er traurig.

Friede trat schnell vor ein Ölgemälde, und der Kommerzienrat folgte ihm so eilig, dass es wie eine Flucht aussah.

»Frau Eilenburg«, sagte er nach einer Weile mit seltsam zitternder Stimme. »Sorgen Sie bitte für den Kaffee.«

»Jawohl, sso–ssofort«, anwortete sie und hastete zu Tür hinaus.

Der Kommerzienrat und Friede schüttelten sich vor Lachen, Kranich dagegen war vollkommen ernst geblieben.

»Spricht sie immer sss–so?«, fragte er bekümmert.

»Leider«, bestätigte der Kommerzienrat und wischte sich die Tränen aus den Augen. »Ich hätte sie schon längst an die Luft gesetzt, aber sie ist sozusagen ein Erbstück meiner Familie. Leider ist der Sprachfehler nicht einmal ihr ärgster: Sie liebt mich nämlich ...«

Kranich schnitt eine sonderbare Grimasse.

»Liebe ist kein Fehler«, erklärte er. »Liebe ist ein erhabenes Gefühl ... Nein, wirklich, Sie sollten sich über das arme

Weib nicht lustig machen. Kann sie was dafür, dass der göttliche Funke ihr Herz heimgesucht hat …«

Der Eintritt Frau Eilenburgs unterbrach seine Verteidigungsrede. Auch der alte Diener war eingetreten – mit einer Kaffeemaschine und Mokkatassen.

»Also, Herr Friede«, sagte der Hausherr und wurde plötzlich wieder ganz ernst. »Sie wollen sich heute wohl den Schauplatz des schrecklichen Ereignisses ansehen?«

»Ja, auch das«, meinte der Detektiv ausweichend.

»Ich lege unbedingt Wert darauf«, fiel ihm Kranich ins Wort.

»Vielleicht hält Herr Friede etwas anderes für wichtiger«, widersprach der Kommerzienrat stirnrunzelnd.

»Dann soll er eben etwas anderes tun«, sagte Kranich eigensinnig. »Ich für meinen Teil bestehe auf einer Besichtigung des Schauplatzes des Mordes … des Ereignisses«, verbesserte er sich rasch. »Die den Akten beigefügten Lichtbilder mögen noch so vollkommen sein … Nein, nein, das ändert nichts an meinem Entschluss. Sie gestatten doch, dass ich mich einstweilen in diesem Zimmer etwas umschaue?«

Ohne eine Antwort abzuwarten, stand er auf und trat, seine Mokkatasse in der Hand, an das breite, eine ganze Wand ausfüllende Büchergestell.

Der Kommerzienrat blickte etwas verwundert drein, sagte aber kein Wort; und Friede tat, als sei Kranichs Benehmen ganz in der Ordnung. Bald waren die beiden in ein Gespräch über den Fall Sommerfeld vertieft, und es war schon eine lange Zeit verstrichen, als ihnen auffiel, dass sie allein im Zimmer waren. Sowohl Kranich als auch die Eilenburg waren verschwunden.

»Sonderbar«, murmelte der Kommerzienrat. Dann erhob er sich. »Wenn es Ihnen recht ist, führe ich sie jetzt in … jenes Zimmer.«

Friede nickte stumm und folgte dem Hausherrn durch einige große Räume, durch einen Gang und dann eine schmale Holztreppe hinab.

»Hier geschah es«, sagte der Kommerzienrat und stieß eine Tür auf.

Der Detektiv bemerkte am Verschluss die Überbleibsel der polizeilichen Siegel.

»Das Zimmer ist von der Polizei also schon freigegeben worden?«, fragte er.

»Ja. Aber ich habe alles in der ursprünglichen Ordnung gelassen.« Der Kommerzienrat schaltete das elektrische Licht ein, und Friede sah sich in dem dumpfen Raume um.

Das Zimmer war etwa vier Meter lang und ebenso breit. Das einzige Fenster war durch einen schweren Vorhang abgedichtet. Die Ausstattung war kostbar: Teppiche, Wandbehänge, einige Gemälde – alles von auserlesenem Geschmack – zeugten von der Wohlhabenheit des Bewohners.

»Hier hat er gelegen«, erläuterte der Kommerzienrat und deutete auf einige am Teppich angebrachte Kreidestriche. »Hier der Kopf, dort die Füße …«

Der Detektiv zog einige Lichtbilder aus der Brusttasche.

»Sie brauchen sich nicht zu bemühen, Herr Kommerzienrat«, sagte er höflich. »Diese Bilder sagen mir alles Nötige. Es wird Ihnen ja auch nicht gerade angenehm sein, mir alle diese Einzelheiten zu erklären …«

Der Hausherr atmete sichtlich erleichtert auf.

»Es war mein Sohn«, sagte er leise und sah schnell in eine andere Richtung.

»Eine Frage nur möchte ich Ihnen vorlegen«, meinte Friede zögernd. Dann fuhr er rascher fort: »Sie sagten vorhin, die Frau Eilenburg sei eine Art Erbstück Ihrer Familie … Wie lange ist sie schon im Hause?«

»Seit ihrer Kindheit – also seit etwa fünfunddreißig Jahren … Aber erlauben Sie mal: Sie haben doch nicht etwa die Eilenburg in Verdacht?«

»Ich habe noch keinen bestimmten Verdacht«, entgegnete Friede ruhig. »Ich fragte aus folgendem Grunde: Ihr Sohn Peter hat während des ganzen Prozesses hartnäckig geleugnet, am Mordtage seinen braunen Anzug getragen zu haben – den Anzug, den man aus dem Teich fischte und an dem sich Spuren von demselben Gift nachweisen ließen, durch das sein Bruder getötet wurde. Peter behauptete immer wieder, an dem betreffenden Tage seinen grauen Anzug angehabt zu haben, der merkwürdigerweise auch verschwunden war und bis jetzt nicht gefunden werden konnte. Ich glaube kaum, dass die Geschworenen zu ihrem ›Schuldig‹ gekommen wären, wenn die Eilenburg nicht beschworen hätte, sich ganz genau zu erinnern, dass Peter an dem kritischen Tage den braunen Anzug trug ... «

»Sie konnte es wirklich genau wissen«, verteidigte sie der Kommerzienrat. »Sie hatte ihm doch bei Tisch versehentlich ein Glas Rotwein über sein Jackett geschüttet ... «

»Ich weiß das bereits aus den Akten«, erklärte Friede gleichmütig. »Spuren von Rotwein ließen sich bei dem gefundenen braunen Anzug auch nachweisen. Dennoch glaube ich, dass hier etwas nicht stimmt. Peter hätte doch vor Gericht behaupten können, dass er den Anzug nach dem Essen gewechselt habe – eben weil er Rotweinflecken hatte. Das hätte viel wahrscheinlicher geklungen als seine Behauptung, er habe schon zum Mittagessen den grauen Anzug getragen und nachher lediglich das weinbefleckte Jackett abgelegt, da der Tag sehr warm war ... hm ... Und nun das Wichtigste: Sie sagten erst aus, dass Sie sich nicht erinnerten, welchen Anzug Peter beim Mittagessen trug. Nachher, als Sie vereidigt werden sollten, machten Sie von Ihrem Recht Gebrauch, die Aussage zu verweigern. War das unbedingt nötig? Verstehen Sie mich nicht falsch: Ich muss in diesem Punkte unbedingt klar sehen. Also noch etwas deutlicher: Sie sind überzeugt, dass Ihre Aussage Peter noch mehr belastet hätte?«

Der Kommerzienrat starrte sekundenlang nachdenklich vor sich hin.

»Ich bin davon überzeugt«, sagte er endlich entschlossen. »Dennoch glaube ich nicht an die Schuld Peters ...«

»Was Sie eben sagten, genügt mir vollkommen«, unterbrach ihn Friede bestimmt, aber nicht unhöflich. Nun erst besah er sich das Zimmer. Aber es dauerte nicht lange – sogar für den bücherbepackten Schreibtisch hatte er nur einen flüchtigen Blick; dann ließ er sich auf einem Sessel nieder und schien alles um sich her zu vergessen. Seine Augen wanderten hin und her, aber es war darin ein so geistesabwesender Blick, dass der Kommerzienrat daran zweifelte, ob der Detektiv überhaupt etwas sah.

Schließlich wurde dem Hausherrn die Sache zu dumm, und er ging nach oben. Als er eine halbe Stunde später wieder zurückkam, fand er Friede noch in derselben Stellung und mit demselben verlorenen Ausdruck im Gesicht vor.

»Ich weiß doch nicht«, meinte der Kommerzienrat etwas ungehalten. »Ihr Herr Kranich benimmt sich doch zu sonderbar!«

»Was hat er denn wieder angestellt?«, fragte Friede und sah dabei aus, als wäre er eben aus tiefstem Schlafe aufgewacht.

»Er hat mit seinen Fragen sämtliche Dienstboten halb verrückt gemacht, ferner eine japanische Vase umgeworfen, in zwei Zimmern die Tapeten eingerissen und ist eben dabei, eine Wand anzubohren. Eine zum mindesten recht eigentümliche Methode ...«

Friede lächelte schwach.

»Lieber Herr Kommerzienrat«, sagte er begütigend.

»Sie sprechen da von Methoden ... Aber Kranich hat doch überhaupt keine Methode ...«

Der Kommerzienrat schien völlig ratlos.

»Wie? Keine Me–tho–de?«

»Nein«, bestätigte Friede vergnügt. »Aber er hat etwas anderes, für einen Detektiv viel Wichtigeres ...«

»Und das wäre?«

»Er hat Glück!«, sagte Friede einfach.

14

Vier Männer standen um den Leichnam eines jungen Mannes im Zimmer Robert Bergengrüns. Ein fünfter – der Arzt – kniete am Boden und untersuchte die Schusswunden. Mit unterdrückter Stimme, beinahe flüsternd, wechselten die Fremden einige Worte, und ihre Mienen wurden noch finsterer und undurchdringlicher, als sie es ohnehin schon waren. Und dann trat ein drohendes Schweigen ein.

Bergengrün, der die ganze Zeit über am Fenster gestanden hatte, wandte sich langsam um. Deutlich spürte er das Feindselige in den Mienen der Kriminalbeamten, so sehr jene sich jetzt auch bemühten, gleichmütig auszusehen.

»Sie sind der Hausherr?«, fragte plötzlich der älteste der Beamten, ein rüstiger Mann mit dichtem, schwarzem Haar.

Bergengrün nickte stumm.

»Sie geben zu, diesen Mann erschossen zu haben?« »Ich gebe es zu«, bestätigte Bergengrün.

»Acht Schuss«, murmelte der Beamte. Es sollte nur eine Feststellung sein, aber es klang wie ein Vorwurf. »Herzschuss, Kopf- und Armschuss. Fünf Schüsse gingen daneben.« Er gab einem seiner Kollegen einen Wink, worauf jener sich an einen kleinen Tisch setzte und vor sich Papier ausbreitete. Mit dem Bleistift in der Hand blickte er erwartungsvoll zu seinem Vorgesetzten auf.

»Wollen Sie uns, bitte, jetzt kurz den Hergang der ... Tat schildern«, wandte sich der Schwarzhaarige an Bergengrün. »Ich habe die Pflicht, Sie darauf hinzuweisen, dass Ihre Aussagen in der Hauptverhandlung gegen Sie verwendet werden können.«

Bergengrün nickte.

»Ich weiß. Der Hergang der Tat war denkbar einfach: Ich betrete dieses Zimmer und setze mich an den Schreibtisch. Im Glase dieses Bildes hier sehe ich das Spiegelbild des Vorhangs. Ich bemerke, dass er sich leise bewegt. Daraufhin suche ich scheinbar nach meinem Feuerzeug, ziehe den Revolver und gebe acht Schuss auf den Vorhang ab. Dann verlange ich die Mordkommission. Das ist alles.«

Wie auf Verabredung trat einer der Beamten an den Vorhang und bewegte ihn ein wenig; ein anderer Beamter hatte sich an den Schreibtisch gesetzt und blickte gespannt auf das Mädchenbildnis.

»Es stimmt«, sagte er kurz.

»Hm ...«, murmelte der Wortführer sinnend. Plötzlich blickte er rasch auf und fragte scharf: »Was taten Sie in der Zwischenzeit – in der Zeit, nachdem Sie die Schüsse abgegeben – bis wir eintrafen?«

»Ich rief Sie an, dann stand ich am Fenster und wartete auf Ihr Erscheinen.«

Der finstere Mann deutete mit der Hand auf einen Revolver, der neben dem Leichnam am Boden lag.

»Sie wollen also behaupten, dass der Tote diese Waffe in der Hand hielt? Dass er Sie damit bedrohte? Nicht wahr?«

»Ich will gar nichts behaupten«, antwortete Bergengrün ruhig.

Einer der Männer hob die Waffe vorsichtig mit zwei Fingern auf und ging hinaus.

»Nun beantworten Sie mir die Frage«, begann der Kriminalbeamte von neuem: »Warum haben Sie den Mann erschossen?«

»Weil ich Ursache habe, einen Anschlag auf mein Leben zu fürchten.«

»Also Notwehr?«, fragte der Beamte schnell.

»So nennt man es wohl«, bestätigte Bergengrün.

»Sie hätten aber doch den Mann durch Ihren Revolver veranlassen können, hervorzutreten. Sie hätten ihn festhalten können, bis Polizei eintraf ...«

Bergengrün lachte kurz auf.

»Das ist Roman, meine Herren«, sagte er gleich darauf kühl. »Das ist Kino! Gewiss hätte es sich da ganz nett gemacht. Er wäre zähneknirschend aus seinem Versteck gekommen, hätte die Hände krampfhaft über dem Kopf gehalten und mit den Füßen nach einem Tisch geangelt, den er rasch umwerfen könnte. Es wäre ihm gelungen, und wir hätten uns schäumend vor Wut am Boden gewälzt und so weiter und so weiter ... Soll ich Ihnen sagen, was in Wirklichkeit geschehen wäre, wenn ich freundlich ›Hände hoch‹ gerufen hätte? Nun, dann hätte er geschossen, und jetzt würden Sie sich über meine Leiche die Köpfe zerbrechen. Für Sie mag das ja dasselbe sein – für mich nicht.«

Der Kriminalbeamte blickte ein wenig betreten drein und war sichtlich erfreut, als jetzt sein Kollege mit dem Revolver eintrat und ihm ein paar Worte ins Ohr flüsterte.

»Dieser Revolver stammt aus Ihrer Waffensammlung, mein Herr!«, rief der Schwarzhaarige mit unverkennbarem Triumph in der Stimme.

»Das kann sein«, erwiderte Bergengrün gefasst. »Der Mann wird ihn gestohlen haben.«

»Es gibt auch eine einfachere Erklärung«, sagte der Kriminalbeamte auffallend ernst und langsam. »Nämlich, dass Sie diesen Revolver nachträglich neben den Ermordeten legten.«

Bergengrün zuckte nur die Achseln.

Die Beamten berieten leise miteinander.

»Ich glaube kaum, dass wir von einer Verhaftung absehen können«, meinte der älteste Beamte endlich.

»Sie würden es bereuen«, warnte Bergengrün. »Es ist ein ganz klarer Fall von Notwehr. In meiner Wohnung hat kein fremder Mensch etwas hinter dem Vorhang zu suchen.«

Wieder berieten die Beamten.

»Sie können doch Kaution stellen?«, fragte der Wortführer dann etwas freundlicher.

»In jeder gewünschten Höhe.«

»Und vorbestraft sind Sie auch noch nicht?«

»Doch«, erwiderte Bergengrün gleichmütig. »Ich bin erst vor etwa sechs Stunden aus dem Zuchthaus entlassen worden.«

Diese Eröffnung schlug wie eine Bombe ein.

»Und ... und ... wie lange und weswegen saßen Sie?«, stotterte der Kriminalbeamte endlich aufgeregt.

»Wegen Totschlags – zehn Jahre«, erklärte Bergengrün fest. Der Beamte lachte auf.

»Da haben wir's ja! Sagte ich's nicht gleich. Also da gibt's gar nichts zu fackeln, mein Lieber. Sie kommen gleich mit ...«

Die Augen Bergengrüns zogen sich zu zwei ganz engen Schlitzen zusammen.

»Ich erbitte mir einen anderen Ton«, rief er scharf.

»Was?« Der Beamte starrte ihn verwundert an. »Aufs hohe Ross will er sich auch noch setzen? Vor sechs Stunden noch Zuchthäusler, jetzt –«

Bergengrün machte einen, zwei Schritte auf den Beamten zu. Dann holte er blitzschnell aus und versetzte ihm mit aller Wucht einen Faustschlag mitten ins Gesicht. Der Mann flog wie ein Ball gegen den Rauchtisch, riss ihn um und fiel der Länge nach auf den Boden. Ächzend richtete er sich auf und stierte Bergengrün an, dessen Arme bereits von zwei Beamten festgehalten wurden.

»Das ... das soll dir teuer zu stehen kommen«, zischte er.

Bergengrün war wieder ganz ruhig.

»Vermutlich kostet es Sie den Posten«, sagte er gefasst.

Dann sprach er kein Wort mehr. Schweigend ließ er sich Handfesseln anlegen, schweigend begab er sich zum Wagen. Und das einzige, was er dem Untersuchungsrichter sagte, der ihn sofort vernehmen wollte, waren die Worte: »Sorgen Sie bitte dafür, dass die zwei besten Verteidiger der Reichshauptstadt mich hier umgehend aufsuchen. Außerdem bitte ich auch Doktor Gerhard Baertel zu verständigen; er verteidigte mich vor zehn Jahren.«

Die Vernehmung vor dem Untersuchungsrichter musste aufgeschoben werden.

15

Die Familie Burgmüller saß einträchtig am Esstisch beisammen. Es war neun Uhr abends – die schönste Stunde des Tages für François, der über sehr viel Familiensinn verfügte.

»Der Fall Sommerfeld zieht immer weitere Kreise«, erklärte er und seufzte bekümmert. Dann nahm er seine Zeitung wieder auf und las den betreffenden Abschnitt noch einmal aufmerksam durch.

Hertha beugte den Kopf tiefer über ihre Stickerei.

»Hat die Polizei etwas Neues entdeckt?«, fragte sie leichthin, obwohl sie die Abendzeitung genau gelesen hatte.

»Immer habt ihr nur von diesem Giftmörder zu reden«, warf Frau Burgmüller, eine behäbige Vierzigerin, unwillig dazwischen. »Zieh lieber das Radio auf, Hertha!«

François blickte von seiner Zeitung auf.

»Erstens zieht man wohl ein Grammophon auf, aber kein Radio«, sagte er mit Würde. »Und zweitens ist es sehr belehrend, über alle wichtigen Vorgänge in der Welt auf dem Laufenden zu sein. Dieser Sommerfeld ist doch ein rechter Kerl«, fuhr er fort. »Die Polizei hat ihn noch immer nicht. Hoffentlich kriegt sie ihn auch nicht.«

»Ach ja«, seufzte Hertha.

»Jetzt fängt die auch schon an!«, rief Mama Burgmüller ärgerlich. Sie ahnte nicht, dass sowohl ihr sanfter François als auch ihre ebenfalls sehr sanfte Hertha gute Gründe hatten, Peter Sommerfeld das Beste zu wünschen. »Er ist ein Mörder«, erklärte sie streng, »und gehört geköpft. Punktum! Hertha, zieh das Radio auf!«

»Erstens«, begann François, »kann man wohl ein Grammophon ...«

»Wozu haben wir den Kasten, wenn ihr ihn nie aufzieht?«, unterbrach ihn Mutter Burgmüller ungeduldig. »Hertha, zieh das Ding auf.«

»Na, also gut«, ergab sich François. »Deine Mutter hat wie immer recht: Hertha, zieh das Radio auf!«

Das junge Mädchen stand gehorsam auf und trat lächelnd an den teuren Apparat. Eine Weile hantierte und drehte sie an den verschiedenen Scheiben mit dem einzigen Erfolg, dass man deutlich Knattern und Rauschen hören konnte. Dann klang es wie ein ferner Walzer, dazwischen sprach jemand laut ein paar Worte über das Sektenwesen in Nordamerika, endlich aber siegte ein neuer Tanzschlager.

François las wieder die Zeitung, Hertha stickte und Mutter Burgmüller blätterte in einem neuen Kochbuch.

Die Tanzmusik hörte auf. Es erscholl das Klatschen vieler unsichtbarer Hände, dann war es still.

»Hertha, zieh das Radio ...«, begann Frau Burgmüller, aber plötzlich wurde sie von einer tiefen Männerstimme vom Lautsprecher her unterbrochen:

»Das Berliner Polizeipräsidium erlässt folgenden Steckbrief: Name – Peter Sommerfeld. Alter – zweiunddreißig Jahre. Äußeres – hochgewachsen, blaue Augen, dunkelblondes, leicht gelocktes Haar, glattrasiert. Kleidung – Uniform eines Gefängniswärters; darüber Mantel aus hellbraunem Tuch, einreihig, mit Gürtel; Sportmütze, grauschwarz kariert. Es steht fest, dass der Mantel und die Mütze dem Flüchtigen von einem blonden, jungen Mädchen in grauem Regenmantel und schwarzem Lodenhut beschafft wurden. Man bittet sie, sich zu melden. Zweckdienliche Angaben – auch über die Person des Mädchens – werden auf jeder Polizeiwache entgegengenommen.«

Eine Zeit lang herrschte Stille. Dann sagte eine andere Männerstimme einen Tango an, und gleich darauf erfüllten die weichen, einschmeichelnden Klänge des Bandonions den Raum.

Hertha sprang plötzlich auf und stellte den Apparat ab.

»Ich kann das nicht hören ... jetzt nicht ...«, murmelte sie verwirrt.

»Natürlich!«, rief Mutter Burgmüller verärgert. »Wenn man von diesen aufregenden Mordgeschichten nicht einmal in seinen vier Wänden Ruhe hat ...«

François schüttelte nachdenklich den Kopf.

»Ich glaube, sie kriegen ihn doch. Wenn ein Mädel dabei ist ... Die können ja nicht den Mund halten ...«

Es klingelte. Hertha stand auf und ging, die Tür zu öffnen. Gleich darauf trat sie wieder ein.

»Vater, ein Herr Kranich möchte dich sprechen.«

François sah verwundert auf.

»Kenne ich nicht. Aber ... führe ihn herein.«

Kaum hatte er die Worte gesprochen, öffnete sich die Tür, und ein junger Mann trat freudig lächelnd ein. Es war Kranich. Hut und Mantel hatte er im Vorzimmer abgelegt und stand nun in tadellosem dunklem Anzug, mit einer Nelke im Knopfloch, vor der verblüfften Familie.

»Gestatten: Kranich, erfolgreicher Privatdetektiv«, stellte er sich vor. Dann trat er rasch an den Tisch. »Hübsche Stickerei, Fräulein Hertha! Wirklich künstlerisch! Ah! Ein Kochbuch mit Bildern ... Großartig! Sogar in natürlichen Farben ...«

»Sagen Sie, bitte«, fragte François kopfschüttelnd. »Was wünschen Sie eigentlich?«

Kranich setzte sich unaufgefordert an den Tisch.

»Danke, bemühen Sie sich nicht: Ich sitze hier gut«, erklärte er vergnügt. »Bitte, keine Umstände. Bei uns zu Hause war's auch nicht anders: Wenn Besuch kam, fuhren wir nie mit Wein und Sekt auf; nein, eine Tasse Kaffee und ein paar Stückchen Kuchen – ich esse am liebsten Apfelkuchen –

genügte vollkommen. Ja, was ich sagen wollte ... Sie haben natürlich vollkommen recht ... Na, mir gefällt's hier.«

Frau Burgmüller hatte sich endlich von ihrer Verblüffung erholt.

»Aber Sie gefallen mir ganz und gar nicht«, platzte sie empört heraus. »Sagen Sie, was sie bei uns wollen, und dann ...«

»Ich wollte ... Nun ja, ich wollte mit Ihnen ein wenig über den Fall Sommerfeld plaudern ...«

»Das fehlte gerade noch!«, schrie Mama Burgmüller entrüstet auf.

»Wissen Sie schon, dass dem Flüchtling eine junge Dame behilflich war?«, fuhr Kranich unbekümmert fort. »So ein Leichtsinn – das ist doch strafbar! Na, ich kann Ihnen das Allerneueste mitteilen: Es ist gelungen festzustellen, wer diese junge Dame ist.«

»Und ... und?«, fragte François gespannt. Hertha aber saß kreidebleich da und konnte kein Wort über die Lippen bringen.

»Das geschieht dieser Person ganz recht«, erklärte die Mutter mürrisch. »Einem Meuchelmörder helfen! Hat die Polizei das Frauenzimmer schon verhaftet?«

»Die Polizei?« Kranich machte große Augen. »Wer spricht von Polizei? Ich sagte: Es ist gelungen, festzustellen! Mir, dem erfolgreichen Detektiv, ist es gelungen!«

»Ihnen?«, fragte François, aber Kranich hatte nur Augen für Hertha.

»Wie ... wie haben Sie denn das festgestellt?«, würgte sie mühsam hervor.

»Oh, ganz einfach. Ich fragte Peter Sommerfeld.«

»Wa–as?«, rief Mutter Burgmüller entsetzt. »Sie haben mit diesem Auswurf der Menschheit gesprochen?«

»Jawohl, mit diesem Auswurf der Menschheit«, bestätigte der junge Detektiv heiter. »Als ich einmal nach Hause kam, wartete dieser Auswurf auf mich ...«

Es klingelte wieder.

»Ein Herr wünscht dich zu sprechen, Vater«, meldete Hertha gleich darauf und reichte François ein schmales Kärtchen.

François sah neben dem Namen Robinson das ihm nur zu gut bekannte kleine »v« und verfärbte sich.

»Führ ihn in mein Arbeitszimmer«, sagte er stockend, stand auf und ging mit schleppenden Schritten hinaus.

»Unterhalte einstweilen den Gast, Hertha«, erklärte die Mutter. »Ich mache jetzt Kaffee.«

»Recht stark, bitte«, rief Kranich erfreut.

Die Mutter warf ihm einen vernichtenden Blick zu und rauschte aus dem Zimmer. Die Zeit ihrer Abwesenheit nutzte Kranich nach Kräften aus. Er sprach wie ein Buch:

»Pech, das Sie gehabt haben, Fräulein Hertha! Der Mann, bei dem Sie Hut und Mantel besorgten, erwies sich als guter Beobachter. Er hat gesehen, dass Ihr Mantel einen hellen Fleck auf dem rechten Ärmel hat. Leider hat er das nicht nur mir, sondern auch der Polizei mitgeteilt. Ich habe daher einen ganz ähnlichen Mantel mitgebracht, aber ohne Fleck. Den andern nehme ich nachher mit, wenn Sie nichts dagegen haben.«

»Ich ... ich ...«, stammelte das Mädchen verwirrt.

»Still, der starke Kaffee kommt!«, unterbrach Kranich sie. Aber es war noch nicht der starke Kaffee, sondern nur Frau Burgmüller.

»Ich weiß nicht, was da los ist«, meinte sie ängstlich. »Der Besucher schreit so laut ...«

»Augenblick, das werden wir gleich haben!«, rief Kranich und sprang auf. Ehe ihn jemand zurückhalten konnte, war er schon draußen im Gang. Einen Augenblick blieb er lauschend vor einer Tür stehen, durch deren Glasscheibe Licht schimmerte.

»Deine Tochter, du elender Tropf, war es!«, klang eine

Männerstimme schrill und laut. »Verstehst du? Ich werde ...«

Kranich hatte genug gehört. Er riss die Tür auf und betrat das Zimmer. An einem Rauchtisch saß François und ihm gegenüber ein Mann mit weißem Bart. Beim Anblick Kranichs schwieg er erstaunt.

»Führen Sie sich etwas anständiger auf«, gebot Kranich ruhig. »Sie haben wohl eine schlechte Kinderstube gehabt, was?«

Sowohl François als auch sein Besucher fanden zunächst vor Verblüffung keine Worte.

»Wer ist der junge Mann?«, zischte der Weißbärtige plötzlich.

»Ich bin Detektiv«, erklärte Kranich bereitwillig, »und ich werde Sie auf der Stelle ...«

Da geschah etwas, das auch Kranich nicht vorausgesehen hatte. Der Fremde sprang auf, als sei er von einer Natter gebissen worden.

»Verrat! Das sollst du büßen, François!«, schrie er auf und rannte an dem sprachlosen Kranich vorbei durch die Tür. Gleich darauf hörte man die Haustür ins Schloss fallen.

»Hallo!«, rief Kranich. »Ein ergötzlicher Mensch!« Er sprang mit ein paar Sätzen ins Speisezimmer und riss das Kärtchen des Besuchers an sich. Beim Anblick des kleinen »v« blieb er ein, zwei Sekunden wie erstarrt stehen. Erst gestern hatte Friede ihm die Bedeutung dieses Zeichens erklärt.

»Er ist es! Er ist es!«, schrie Kranich wie besessen, rannte ins Vorzimmer, riss Hut und Mantel an sich und jagte davon.

»Was nun?«, flüsterte Hertha atemlos und dachte dabei an den hellen Fleck auf ihrem Mantel, den Kranich nicht mitgenommen hatte.

»O Gott! Ich bin verloren!«, stöhnte François und dachte

daran, dass ihm von nun an täglich und stündlich Tod durch Gift drohte.

»Verrückte Menschen«, brummte Mama Burgmüller kopf-schüttelnd. Einen Augenblick überlegte sie, dann fügte sie besonnen hinzu:

»Hertha, zieh das Radio auf!«

16

Peter Sommerfeld lebte inzwischen völlig abgeschlossen von der Außenwelt – gemeinsam mit Kranich – in dessen möbliertem Zimmer. Durch das Hereinstellen eines zweiten Bettes war dieses ohnehin schmale Zimmer nicht gerade geräumiger geworden, aber Peter fand, dass es der Gefängniszelle immer noch vorzuziehen sei.

Seit letzter Zeit fühlte Peter sich wieder ruhiger. Kranichs Versicherungen, dass seine, Peters, Unschuld in kürzester Zeit bewiesen werden würde, hatten keinen allzu großen Eindruck auf ihn gemacht; aber neulich war der Detektiv Friede da gewesen und hatte ganz dasselbe behauptet. Friede – ja, von diesem Detektiv hatte Peter schon viel gehört, und ihn hatte er auch zuerst aufgesucht, nachdem es ihm gelungen war, sich auf seiner Flucht bis Berlin durchzuschlagen. Friede war aber nicht anzutreffen gewesen, und Agnes, dessen Sekretärin, hatte Peter zu Kranich geschickt. So war es gekommen, dass Peter bei Kranich Unterschlupf fand und dort auch blieb, da Friede seine eigene Wohnung nicht für so sicher vor der Neugierde der Polizeibeamten hielt: Es war ja allgemein bekannt, dass Friede im Auftrage des Kommerzienrats den Fall Sommerfeld bearbeitete.

Die Uhr schlug eins, als Kranich sich zum Mittagessen einfand. Der Tisch war schon von der Wirtin, Frau Altdorf, gedeckt worden, und Kranich nahm sofort Platz.

»Was Neues?«, erkundigte sich Peter, nachdem sie ein paar Worte über das schlechte Wetter gewechselt hatten.

»Nee«, sagte Kranich. »Ihren Brief habe ich abgegeben, und Ihr Freund hat auch nicht lange gefragt, sondern gleich

fünfhundert Mark ausgepackt.« Er griff nach seiner Brieftasche und legte fünf Geldscheine auf den Tisch.

»Sie haben ihm doch nicht etwa verraten, dass ich hier
bei Ihnen wohne?«, fragte Peter besorgt. Er kannte Kranich
bereits so gut, dass er ihm alles zutraute.

»Nein, er hat nicht danach gefragt. Übrigens ist doch die
Hauptsache: Wir haben Geld!«

»Und sonst nichts Neues?«, forschte Peter mit einem seltsam gespannten Ausdruck im Gesicht.

»Nein, heute nicht. Gestern war der Teufel los! Ich kam
um zwei Uhr nachts heim und wollte Ihnen berichten, aber
Sie schnarchten wie … wie …«

»Wie ein Bär?«

»Nein, wie eine Bisamratte«, betonte Kranich eigensinnig.

»Na, gut. Weiter!«

»Heute früh stand ich um neun Uhr auf, und wieder wollte
ich Ihnen berichten, aber Sie schnarchten wie …«

»Schon gut: wie 'ne Bisamratte. Kommen Sie endlich zur
Sache!«

Kranich strafte Peter mit einem verachtungsvollen Blick.

»Heute früh schnarchten Sie wie ein Bär. Sie müssen wissen, ich habe ein feines Gefühl für Unterschiede …«

»Menschenskind! Kommen Sie endlich zur Sache!«

»Da konnte ich also wieder nicht berichten. Und doch war
gestern der Teufel los!«

Peter lehnte sich geduldig in seinem Stuhl zurück und sagte
kein Wort mehr.

»Also«, berichtete Kranich, »ich war gestern bei der Familie Burgmüller. Nette Leute! So was Gemütliches, Anheimeln-
des … wissen Sie … in jedem Wort, in jedem Schwung der
Möbellinien …«

»Haben Sie das Mädchen gesehen?«, fragte Peter matt.

»Die Hertha? O ja! Recht nett! Sie war ganz weg. Hatte
nur Augen für mich.«

»Jetzt lügen Sie«, sagte Peter ruhig.

»Nein«, widersprach Kranich. »Ich lüge nie – ich spreche höchstens die Unwahrheit.«

»Weiter! Haben Sie von mir gesprochen? Was sagten die Leute?«

Kranich zuckte die Achseln.

»Man nannte Sie einen Auswurf der Menschheit ...«

»Wer?«, rief Peter wütend.

»Ich glaube, die Mutter ...«

»Ach die! Und Hertha? Was sagte Hertha?«

»Nichts. Als ich von Ihnen sprach, saß sie regungslos da und machte Augen, als sei ich ein Weihnachtsmann.«

»Wirklich?« Peters Stimmung war plötzlich wieder glänzend. »Wirklich?«

»Ganz bestimmt. Aber nu' weiter: Sie waren alle sehr nett zu mir, luden mich sofort zum Kaffee ein, den sie beschlossen, besonders stark zu machen. Durch geschickte Fragen brachten sie heraus, dass ich am liebsten Apfelkuchen esse ... Schon wollte Mutter Burgmüller sich an das Teigkneten machen – da ... da kam so ein ungebildeter Mensch – ein Mann, wissen Sie ... ging mit Papa Burgmüller ins Arbeitszimmer und fing an zu schreien. Deine Tochter, du trostlose Missgeburt, schrie er, deine Tochter, du armer Irrer, schrie er, deine Tochter, du ...«

»Zum Teufel! Was schrie er?«

»Deine Tochter, du Knallhorn, hat ihm geholfen! Na, da hätten Sie mich sehen sollen! Aufspringen, den Kerl beim Krawattel packen und ihn die Treppe runterwerfen, das war eins! Und dann geschah das Grässliche, Unbeschreibliche, Unaussprechliche ...«

»Mit Hertha?«, rief Peter ängstlich.

»Ach wo! Mit Hertha? Nein, mit mir. Ich sah auf dem Tisch die Karte des lästigen Besuchers. Und neben dem Namen Robinson war ein kleines ›v‹. Gestern erst erklärte uns

Friede, dass jener Giftmischer stets dieses Zeichen auf sein Kärtchen anbringt, wenn er ...«

»Ich weiß! Weiter! So erzählen Sie doch!«, unterbrach ihn Peter gespannt.

»Also: ich dem Kerl nach! Ich verfolgte ihn so lange, bis er nicht mehr konnte. Er gab es auf, nahm ein Auto und fuhr davon. Ich wollte ihm mit einem anderen Wagen folgen, aber so ein junger Bursche hielt mich auf. Es wird ein Spießgeselle gewesen sein. Meine ohnmächtige Wut ...«

Hier wurde Kranichs Bericht durch den Eintritt Frau Altdorfs unterbrochen. Auf einem großen Brett brachte sie das Essen. Wie gebannt hingen Kranichs Augen an einer Dose mit echtem Astrachaner Kaviar. Noch nie im Leben hatte er Astrachaner Kaviar gegessen; aber seine Verblüffung hatte andere Ursachen. Er wunderte sich, woher Frau Altdorf das Geld dazu nahm. Wenn Peter auch wöchentlich hundert Mark für Beköstigung zahlte, so blieb es dennoch ein Wunder, da Kranich von diesen hundert Mark fünfzig für sich behielt. Er beschloss, der Sache nachher auf den Grund zu gehen. Vermutlich hatte sich seine Wirtin mit Peter direkt ins Einvernehmen gesetzt, und das wollte er auf keinen Fall dulden. Einstweilen ließ er sich aber den Kaviar gut schmecken.

»Haben Sie Hertha den Mantel gebracht und den ihren mitgenommen?«, fragte Peter, als Frau Altdorf das Zimmer wieder verlassen hatte.

»Natürlich«, erklärte Kranich kühn und leitete das Gespräch sofort auf ein anderes Gebiet. Wozu sich darüber den Kopf zerbrechen? In der Aufregung hatte er Herthas Mantel vergessen, aber sie wusste ja Bescheid und würde schon von selbst darauf kommen, was zu tun war.

Eine Weile ließen es sich die beiden schweigend gut schmecken.

»Der Kaviar ist ausgezeichnet«, meinte Peter anerkennend.

»Es geht«, warf Kranich nachlässig hin und kratzte sich den Rest aus der Dose zusammen. »Habe allerdings schon besseren gegessen.«

Plötzlich lief der Detektiv in die Küche.

»Sagen Sie mal, Frau Altdorf«, erkundigte er sich streng. »Wie kommen Sie zu dem Kaviar? Hm ...?«

»Gekauft, Herr Kranich«, antwortete sie etwas unsicher. »Wollte euch mal 'ne Freude machen.«

»Was kostete er?«, forschte Kranich weiter.

»Drei Mark fünfzig«, war die unerwartete Antwort.

»Drei Mark ... Wa–as?« Kranich blieb vor Verblüffung der Mund auf.

»Vielleicht auch zwei Mark fünfzig, weiß es nicht mehr.« Frau Altdorf wurde immer verwirrter.

»So billig!«, schrie Kranich auf. »Das gibt es ja gar nicht!«

»Es war – im Ausverkauf«, verteidigte sich seine Wirtin mit Tränen in den Augen.

Kranich kam plötzlich ein entsetzlicher Verdacht. Er musste sich setzen, so schlecht war ihm auf einmal zumute.

»Frau Altdorf«, seine Stimme klang jetzt kläglich, »ich beschwöre Sie bei allem, was Ihnen heilig ist: Sagen Sie die Wahrheit – woher haben Sie den Kaviar?«

»Wenn Sie's schon wissen ...« Sie fuhr mit dem Zipfel der Schürze nach den Augen.

»Gestehen Sie«, stöhnte Kranich.

»Ein Herr brachte ihn«, schluchzte Frau Altdorf. »Er sagte, ich solle es nicht verraten – es sei eine Überraschung ...«

Kranich winkte mit der Hand ab und taumelte in sein Zimmer zurück.

»Sommerfeld«, sagte er verzweifelt. »Sommerfeld ...«

»Was ist los?«, fragte Peter erschrocken, da Kranich bleich wie der Tod aussah.

»Bereiten Sie sich schonend auf etwas Furchtbares vor«, murmelte Kranich. »Der Kaviar ...«

»Ja, was ist damit?«

»… war vergiftet«, sagte Kranich dumpf und setzte sich auf sein Bett.

*

Fünfzehn Minuten waren vergangen. Peter und Kranich hatten alles Menschenmögliche getan, um den Kaviar wieder von sich zu geben, aber ihre Bemühungen waren nur von geringem Erfolg gewesen. Jetzt lagen sie beide, jeder auf seinem Bett, und starrten verzweifelt und in ihr Schicksal ergeben zur Decke.

Fünf Minuten vergingen.

»Sommerfeld?«, rief Kranich mit schwacher Stimme.

»Hmmm …?«

»Leben Sie noch?«

»Ja.«

Schweigen.

»Ich auch«, seufzte Kranich endlich.

Wieder vergingen bange Minuten.

»Kranich«, rief Peter leise.

»Hier bin ich«, antwortete der sterbende Detektiv.

»Ob die Altdorf bald mit dem Arzt kommt?«

»Weiß nicht«, stöhnte Kranich. »Bin kein Hellseher.«

»Heute ist Sonntag«, fügte er nach einer Weile traurig hinzu.

»Und?«

»Da findest du keinen Arzt. Sie gehen zum Fünfuhrtee.«

»Stimmt.«

Trostloses Schweigen.

»Merken Sie schon was, Sommerfeld?«, fragte Kranich plötzlich mit hohler Stimme.

»Nein.«

»Aber ich …« Kranich weinte beinahe.

»Was denn?«, rief Peter entsetzt.

»Mein linkes Bein …«

Peter knurrte nur. Und wieder verstrichen lange, bange Minuten.

»Sommerfeld«, meinte Kranich, »wer von uns zuerst stirbt, drückt dem anderen die Augen zu ... nee, umgekehrt.«

Nur ein böses Grunzen war die Antwort.

»Sommerfeld«, jammerte Kranich. »Sie röcheln schon.«

»Nein!«, antwortete Peter wütend.

»Sommerfeld ...«

»Lassen Sie mich in Ruhe sterben«, unterbrach ihn Peter unwirsch.

»Sommerfeldchen«, stammelte Kranich. »Ich glaube, meine Auflösung beginnt ...«

»Ich hab's satt!«, rief Peter plötzlich und sprang auf. »Es muss ein langsam wirkendes Gift sein. Vielleicht ist noch Rettung möglich.«

»Ich sterbe«, schluchzte Kranich.

»Na, dann sterben Sie eben! Wozu das Geschrei ...«

»Sommerfeld, ich vergebe Ihnen«, sagte Kranich unendlich sanft.

In diesem Augenblick erschollen im Gang lautes Gepolter, Stimmen und schwere Tritte. Gleich darauf wurde die Tür aufgerissen, und Frau Altdorf, ein fremder Mann und Friede stürzten herein.

»Habt ihr ein Gegengift geschluckt?«, schrie Friede, bleich vor Schrecken.

»Nein, wir hatten keins«, erwiderte Peter traurig.

Kranich rührte sich nicht. Er hielt sich bereits für gestorben.

»Gott sei Dank!«, rief Friede. Dann warf er sich in einen Sessel und begann zu lachen, dass ihm die Tränen in die Augen traten.

»Kinder«, stöhnte er endlich. »Ich ... ich habe euch doch den Kaviar geschickt!«

»Sie?«, rief Peter verdutzt. »Dann ist er wohl gar nicht ...«

»Nicht die Spur von vergiftet«, unterbrach ihn Friede vergnügt. Dann fuhr er etwas ernster fort: »Ich habe begründete Ursache zu glauben, dass man mal versuchen würde, euch auf solche Weise zu vergiften. Ich sagte das auch Kranich, und er versprach mir, sehr vorsichtig zu sein. Ich kenne aber seinen Leichtsinn, und da wollte ich sehen, ob er wirklich Maßnahmen getroffen hätte, um ähnlichen Anschlägen vorzubeugen. Allerdings sollte Frau Altdorf euch den Kaviar erst am Abend vorsetzen – mein Abgesandter hatte das ausdrücklich bestimmt – und da wäre ich in der Nähe gewesen.«

Langsam hatten sich Kranichs Augen geöffnet. Ebenso langsam stand er jetzt auf und griff schweigend nach einer Zigarettenschachtel.

»Peter Sommerfeld«, sagte er dann feierlich. »Ihr Benehmen während meiner letzten Minuten war unverantwortlich. Nicht einmal anständig sterben können Sie!«

17

Zwei Männer schritten durch die Schlesische Straße. Der eine war alt, ging gebeugt und mit so kurzen, hastigen Schritten, dass es beinahe wie Laufen aussah. Seine Kleidung verriet, dass er den besseren Ständen angehörte; wenn man aber die ausgefransten Ärmel und Taschenränder sah, musste man annehmen, dass es ihm augenblicklich nicht besonders gut ging. Sein Begleiter war um einen halben Kopf größer und gut dreißig Jahre jünger; seine Kleidung war einfach, aber neu; seine Gesichtszüge gewöhnlich und etwas plump.

Alles in allem bot der Anblick der zwei Männer nichts Auffallendes; umso auffallender aber war ihr Gesprächsstoff. Allerdings unterhielten sie sich so leise, dass man im Vorübergehen höchstens einige Worte und bestimmt nur belanglose verstehen konnte.

»Also mit Bergengrün hat die Sache wieder nicht geklappt«, knurrte der Alte. »Harry, die Zeiten deiner Großtaten scheinen endgültig vorüber!«

Harry, der junge Mann, sagte eine Weile gar nichts.

»An mir liegt es nicht, Meister«, brummte er endlich mürrisch. »Es gelang, Ihren Stoff bis ins Untersuchungsgefängnis – bis in die Zelle Bergengrüns zu schaffen. Dass er zwei Tage lang keine Speise anrührte – dafür kann ich doch nichts.«

»Und jetzt haben sie ihn gegen Sicherheit wieder freigelassen ... Die günstige Gelegenheit ist vorüber ...«

»Die Welt ist ungerecht«, sagte Harry ärgerlich. »Wenn ich einem Geheimen die Visage verbläue, dann gibt's Gefängnis – und nicht zu knapp; so ein Reicher hinterlegt zehntausend Mark – und alles ist in Butter. Und der Mord an Tommy?«

»Es war doch kein Mord«, meinte der Alte lächelnd. »Du selbst gabst Tommy den Auftrag, Bergengrün so oder so zu vernichten ...«

Harry winkte ab. Seit einigen Minuten schon war er merklich unruhig. Wiederholt sah er sich um; manchmal genügte auch ein Blick in die spiegelnden Schaufenster der anderen Straßenseite, um ihn erkennen zu lassen, dass ihnen die ganze Zeit ein junger Mann folgte. Er trug einen Tennisanzug und schleppte unter dem Arm zwei Schläger; eine dicke Zigarre steckte zwischen seinen Lippen, und seine Augen blickten kühn und unternehmungslustig.

»Man folgt uns, Meister«, rief Harry leise, da er sich jetzt endgültig von dieser Tatsache überzeugt hatte.

»Wozu darüber Worte verlieren«, tadelte der Alte. »Ich weiß das schon seit einer Viertelstunde ...«

»Aber das ist doch sehr gefährlich ...«, begann Harry verstört. Er hatte zwei Jahre in Dartmoor verbracht, und er glaubte nicht, dass die deutschen Zuchthäuser wesentlich besser eingerichtet seien als die englischen.

»Nicht so schlimm«, widersprach der Alte ruhig. »Wir sind bereits an drei Schutzleuten vorbeigegangen, und jener Sportjüngling hat kein einziges Mal hingeschielt. Folglich weiß er nicht, wer wir sind; sonst hätte er doch versucht, uns festzunehmen.«

»Aber ... aber ... wenn er es nun doch versucht hätte ...«

»Dann hätte er uns gefasst oder nicht. Wozu sich über solche Dinge nachträglich den Kopf zerbrechen? Einmal enden Sie ja doch am Galgen. Ob heute oder morgen ...«

»Sie meinen: Wir enden am Galgen«, verbesserte Harry bissig.

Der Alte lachte.

»Ich? Nein, mich kann man wohl fassen ... Aber überführen? Nein, das Genie unter den Verbrechern wird nie überführt! Wir kennen ja nur die Fälle der Stümper, die gefasst und überführt wurden. Das Verbrechergenie endet im weichen Daunenbett, umgeben von trauernden Kindern und Kindeskindern. Über das wahre Verbrechergenie berichten die Zeitungen nach seinem Ableben nicht irgendwo unter ›Gerichtschronik‹, sondern sie schreiben salbungsvolle Leitartikel. Ein Genie, das hingerichtet wird, gibt es nicht; dann war es eben kein Genie.«

Der Jüngere zuckte die Achseln.

»Also gut, Meister: Sie sind ein Genie. Ich nicht. Darum möchte ich jetzt vor allen Dingen wissen, wie wir den Kerl loswerden. Wenn er auch drei Schutzleute nicht beachtet hat, so kann er den vierten dennoch herbeirufen.«

»Ja, ja, wir wollen diesen jungen Mann unschädlich machen«, nickte der Alte. »Ich habe nur so lange gezögert, weil keine unmittelbare Gefahr drohte, und weil mir die Unverfrorenheit Spaß machte, mit der uns der Kerl folgte.«

»Wir gehen jetzt in eine einsame, dunkle Gasse«, schlug Harry vor.

»Ganz richtig.«

»Lassen ihn an uns herankommen …«

»Einverstanden.«

»… und stechen ihn nieder«, vollendete Harry.

Der Alte schüttelte missbilligend den Kopf.

»Nein! So was gibt es bei mir nicht. Ich hasse Gewalttätigkeit. Blut? Stell dir mal vor: Blut! Nein, nein! Ich kenne nur eine Waffe – still, sanft und geräuschlos: Gift.«

»Aber Sie können ihn doch nicht auf offener Straße vergiften?«

Der Alte lächelte stillvergnügt.

»Dann nehmen wir ihn eben mit – nach Hause. Ich habe viele ›zu Hause‹, die nur für solche besondere Fälle vorgesehen sind.«

116

Sie waren inzwischen in eine dunkle Seitengasse einge-
bogen und blieben plötzlich wie auf Verabredung stehen.

Der junge Mann im Tennisanzug befand sich nur zwanzig Schritte hinter ihnen. Als er sah, dass die beiden Männer
nicht weitergingen, blieb auch er verblüfft stehen, überlegte es sich aber dann doch anders und schlenderte langsam
heran.

»He! Junger Mann!«, rief der Alte höhnisch. »Wer sind
Sie, und warum laufen Sie eigentlich hinter uns her?«

Der junge Mann – es war Kranich – lächelte gutmütig.

»Ich bin Detektiv«, sagte er freundlich. »Ich beobachte Sie.«

Sogar dem Alten verschlug diese Offenherzigkeit für einen
Augenblick die Rede.

»Sie … Sie beobachten uns …«, war schließlich alles, was
er hervorbrachte.

»Sie dürfen mir nicht böse sein«, rechtfertigte Kranich seine Handlungsweise. »Es ist nun einmal mein Beruf. Sie sind
Verbrecher, nicht wahr? Wenigstens glaube ich mich erinnern
zu können, einmal das Lichtbild dieses jungen Mannes auf
einem Steckbrief gesehen zu haben. Wenn Sie nun Ihre Tante an einem Apfelbaum aufhängen – sehn Sie, dann bin ich
Ihnen auch nicht böse, denn das gehört zu Ihrem Beruf.«

»Was sagst du zu diesem Früchtchen, Harry?«, wandte
sich der Alte grinsend an seinen Begleiter.

»Nichts!«, erklärte jener im Brustton der Überzeugung.

Kranich hatte ein Notizbüchlein aus der Tasche gezogen
und schrieb etwas hinein.

»Was tun Sie denn da?«, fragte der Alte neugierig.

»Ich habe mir nur aufgeschrieben, dass der junge Mann
Harry heißt«, erwiderte Kranich ruhig und verwahrte das
Notizbuch wieder in der Tasche. »Ich bin nämlich etwas ver-
gesslich, wissen Sie.«

Die Hand Harrys fuhr blitzschnell nach hinten, aber ein
strafender Blick des Alten hielt ihn zurück.

»Sagen Sie mal«, wandte sich der Alte mit einem süßlichen Lächeln an Kranich. »Wie lange wollen Sie uns eigentlich noch verfolgen.«

»Bis Sie nach Hause gehen«, klärte ihn der Detektiv bereitwillig auf. »Ich möchte nämlich Ihre Adresse in Erfahrung bringen.«

»Dann können wir ja gleich zusammen weitergehen. Ja, wir können uns sogar einen Wagen nehmen – das geht dann viel schneller. Vielleicht haben der Herr Detektiv noch etwas vor ...«

»Nein, ich habe Zeit. Aber wenn Sie den Wagen bezahlen, fahre ich selbstverständlich gern mit. Wenn ich einmal eine große Belohnung für den Fang eines Verbrechers verdiene – wissen Sie, was ich dann tue? Ich kaufe mir ein Auto! Hm ... Auf Ihre Köpfe ist wohl noch keine nennenswerte Belohnung ausgesetzt?«

»Wer weiß, wer weiß«, murmelte der Alte hüstelnd.

Sie waren wieder auf eine belebtere Straße gekommen und hatten bald einen freien Wagen gefunden. Alle drei stiegen ein, der Alte raunte dem Wagenlenker einige Worte zu, und die Fahrt begann.

Kranich war so heiter und unbefangen und blickte so unbekümmert zum Fenster hinaus, dass der Alte beschloss, ein recht einfaches Verfahren zu wählen, um ihn unschädlich zu machen.

Nach zehn Minuten hielt der Wagen vor einem dreistöckigen Haus in der Kaiser-Friedrich-Straße. Kranich schrieb sich Straße und Hausnummer auf, folgte dann aber bereitwillig der Aufforderung, oben ein Gläschen Likör zu trinken. In angeregter Unterhaltung begaben sich die drei Männer in den zweiten Stock. Der Alte öffnete mit seinem Schlüssel die Wohnungstür und geleitete seine Gäste in ein behaglich ausgestattetes Herrenzimmer. Kranich stürzte sich sofort an den großen Bücherschrank und konnte sich gar nicht beruhigen, so begeistert war er von der reichhaltigen Auswahl.

»Sogar japanische Bücher haben Sie!«, rief er verwundert aus. »Ich hatte einmal eine angeheiratete Schwägerin, die besaß eine japanische Möwe ... Aber japanische Bücher ...«

»Kommen Sie! Trinken wir ein Gläschen auf unseren Erfolg im Beruf!«, rief der Alte mit nur schlecht verhehlter Ungeduld.

»Ja, gern«, versetzte Kranich, nahm sein Glas von der Messingplatte des Rauchtisches und führte es an die Lippen. Plötzlich setzte er es wieder ab.

»Ich trinke auf Ihr Wohl, meine Herren Verbrecher!«, erklärte er feierlich. Die Blicke der beiden Männer hingen wie gebannt an den Lippen Kranichs. »Auf bessere Zeiten denn!« Der Detektiv führte das Glas wieder zum Mund.

»Halt!«, rief er plötzlich, stellte das Glas hastig auf die Tischkante und lief wieder zum Bücherschrank.

»Was ist denn los?«, fragte Harry mit rauher Stimme, und seine Hand zitterte, als auch er jetzt sein Glas absetzte.

»Ein Kätzchen! Ein Kätzchen auf dem Bücherschrank!«, schrie Kranich.

Mit einem erzwungenen Lächeln trat der Alte näher; Harry folgte ihm, aber sein Gang war unsicher.

»Nein, es ist kein Angorakätzchen«, sagte Kranich enttäuscht und trat schnell an den Tisch zurück. Für einen Augenblick verdeckte er mit seinem Körper die Messingplatte.

»Möchte wissen, wie das Tier hierherkommt«, brummte der Alte und lächelte tückisch, denn sein feines Gehör hatte ein leises Gläserklirren vernommen.

»Also Prost!«, rief Kranich und wollte nach seinem Glas greifen.

»Augenblick!«, unterbrach ihn der Alte. »Harry, dreh doch die Deckenbeleuchtung an! Diese modernen Schirme! Man sieht überhaupt nichts ...«

Das stimmte nicht ganz, denn man konnte ganz ausgezeichnet sehen; aber Harry verstand sofort, worum es ging. Rasch trat er an den Lichtschalter.

»Au!«, schrie er auf. »Verdammt noch mal! Ich hab' einen elektrischen Schlag erwischt. Sorgt doch dafür, dass eure Schalter in Ordnung sind, oder dreht selber daran …«

Bei Harrys Aufschrei hatte sich Kranich unwillkürlich umgewandt. Blitzschnell vertauschte in diesem Augenblick der Alte die Gläser Kranichs und Harrys, und dabei war kein Gläserklirren hörbar. Der Alte hatte guten Grund, nicht sein eigenes Glas mit dem Kranichs zu vertauschen, da sein Glas etwas voller war, und er daher genau wusste, dass Kranich es nicht von seinem Platz verrückt hatte.

»Also Prost!«, rief Harry, nachdem sein fragender Blick von dem Alten mit einem Senken der Lider beantwortet worden war. »Prost! Auf gute Freundschaft!«

Kranich hob sein Glas.

»Meinetwegen«, lachte er und stürzte den Inhalt des Glases mit einem Ruck hinab. Alle drei stellten ihre leeren Gläser auf den Tisch und sahen sich an. Die Blicke des Alten waren plötzlich höhnisch und stechend. Er hielt es anscheinend nicht mehr für nötig, noch länger Komödie zu spielen.

»Wissen Sie, was Sie eben getrunken haben?«, fragte er lauernd.

»Ich kenne mich mit den Likörmarken nicht so aus …«, begann Kranich sorglos.

»In Ihrem Glas waren ein paar Tropfen des Giftes ›Curare‹«, sagte der Alte ruhig.

»O nein!«, rief der junge Detektiv lachend. »Ich habe doch vorhin …«

»Sie haben Ihr Glas mit dem Harrys vertauscht«, vollendete der Alte. »Aber ich habe es nachher wieder umgewechselt.«

Kranich faste sich an die Kehle.

»Was? Was?«, stammelte er. »Und … und … es ist tödlich …«

»So ziemlich«, nickte der Alte vergnügt. »Sie haben höchstens ein paar Minuten zu leben. Das Gift wirkt lähmend auf sämtliche Muskeln – auch auf die Luftmuskeln; Sie können also nicht atmen und sterben bei vollem Bewusstsein an Erstickung.«

»Das ist ja teuflisch!«, jammerte Kranich. »Wer … wer sind Sie?«

»Sie haben noch so kurze Zeit zum Leben, dass ich es Ihnen sagen kann. Wer ich bin? Der größte Giftmischer aller Zeiten … Man nennt mich ›die Viper‹ …«

»Ah! Ich verstehe! Sie haben auch den Mord an Sommerfeld begangen?«

»Ja, auch dies ist mein Werk«, erklärte der Alte nicht ohne Stolz.

Kranich lehnte sich plötzlich zurück und begann zu lachen. Sein Lachen wollte gar kein Ende nehmen.

»Wird das ein Spaß werden!«, rief er. »Nein, so was! Haben Sie einen Revolver bei sich?«

»Nein«, erwiderte der Alte verwundert. »Ich kämpfe nur mit Gift …«

»Fein, fein! Da können Sie wohl auch nicht boxen?«

Der Alte wollte schon den Mund zur Antwort öffnen, als etwas Sonderbares geschah. Harry kippte plötzlich vom Stuhl und blieb mit gläsernem Blick am Boden liegen.

»Was? Was ist das?«, rief der Alte bleich vor Schrecken.

»Was wird es schon sein?«, meinte Kranich. »Vergiftet wird er sich haben. Sie müssen nämlich wissen, dass ich die Gläser vorhin nicht vertauschte. Nein, nein, so falsch bin ich nicht.«

Der Alte hatte sofort begriffen. Ehe Kranich eine Bewegung der Abwehr machen konnte, hatte er den Rauchtisch umgeworfen, war aufgesprungen und – zur Tür hinaus. Dann vernahm Kranich, wie sich der Schlüssel im Schloss umdrehte.

Unwillig über sein Versagen im entscheidenden Augenblick trat er an den Fernsprecher und stellte die Verbindung mit Friede her.

»Meister Friede! He? Sind Sie da? Kommen Sie doch schnell mal her! Wie? Wohin? Na hierher ... Ja so: Kaiser-Friedrich-Straße neunzehn. Ich bin eben auf Besuch beim größten Giftmischer aller Zeiten. Ja, ja doch – bei der ›Viper‹! Was, Sie glauben mir nicht? Nein, so was! Aber er hat doch sogar in meiner Gegenwart seine Künste gezeigt. Natürlich: ein Toter. Seine Luftmuskeln wollten nicht mehr so recht mit. Er heißt Harry und ist von Beruf Verbrecher. Also, Sie kommen? Halt! Eine Katze ist auch da ... Aber es ist keine echte Angora. Nein, bestimmt nicht ...«

18

Die Stimmung, die abends bei der Familie Burgmüller herrschte, war seit letzter Zeit nichts weniger als einträchtig. Hertha war schweigsam, antwortete nur einsilbig auf Fragen, saß meist nachdenklich über ihre Stickerei gebeugt und schreckte auf, wenn sie ein missbilligender Blick Mama Burgmüllers traf.

Noch viel sonderbarer aber benahm sich François. Er hatte sich seltsame, dickleibige Bücher angeschafft, die er vor unbefugten Eingriffen stets sorgfältig in seinem Schreibtisch versperrt hielt. Aber nicht dieser Umstand war es, der Mutter Burgmüllers Herz mit Sorge erfüllte. Nein – seit einigen Tagen standen nämlich in François' Arbeitszimmer fünf kleine Käfige mit Mäusen und zwei große mit Ratten. Auf alle Fragen nach dem Grund dieser plötzlichen Tierliebe antwortete er nur mit einem geheimnisvollen und etwas ängstlichem Lächeln.

»Leg dein Buch weg, François«, bestimmte Frau Burgmüller. »Wir essen jetzt.«

François schrak sichtlich zusammen, sagte aber kein Wort.

Alle drei traten ins Speisezimmer und nahmen am reich gedeckten Tisch Platz. François legte sein dickes Buch auf den Stuhl und setzte sich darauf. Und nun begab sich wieder das Seltsame, das Mama Burgmüller in Angst und Schrecken versetzte: François bewaffnete sich mit einer Gabel und blickte prüfend über die vielerlei kalten Gerichte; dann begann er unter allseitigem Schweigen seinen Teller mit Schinken, Wurst und kaltem Braten zu beladen. Als der Teller bis zum Rande bepackt war, legte der Hausherr noch vier Schnitten

Brot darauf, nahm sein Buch unter den Arm, stand wortlos auf und begab sich in sein Arbeitszimmer. Gleich darauf hörten die Zurückgebliebenen das Einschnappen des Riegels.

Mama Burgmüller seufzte leise.

»Hertha«, sagte sie traurig. »Ich glaube, ich glaube …«
Hertha seufzte ebenfalls.

»Ich glaube es auch, Mutter«, meinte sie bekümmert.

»Was glaubst du?«, fragte die Mutter scharf.

»Dass Vaters Geist gelitten hat.«

»Wie kannst du so respektlos von deines Vaters Geist sprechen!«, rief Mama Burgmüller empört. »Nein, diese Kinder!« Sie lud sich das einzige Stück Kalbsbraten, das François übriggelassen hatte, auf den Teller. »Es stimmt«, sagte sie plötzlich. »Hertha, dein Vater ist übergeschnappt.«

»Es ist schrecklich … Alles, alles ist so schrecklich …«, flüsterte Hertha.

»Und schuld daran sind nur diese blödsinnigen Ratten!«, erklärte die Mutter mit Nachdruck. »Seit wir die Biester im Hause haben, ist dein Vater total aus dem Häuschen!« Sie schwieg einen Augenblick und dachte nach. Als sie genug nachgedacht hatte, lud sie sich eine gehörige Menge Salat auf den Teller. »Ich habe einen Gedanken, Hertha!«, rief sie plötzlich aus, und es musste ihr wirklich ein Gedanke gekommen sein, denn sie vergaß sogar das Kauen.

»Nun?«, fragte das Mädchen matt.

»Ich habe mal gehört«, erzählte die Mutter eifrig, »dass es häufig gelingt, Geistesgestörte durch eine starke Gemütserschütterung zu heilen …«

»Auch ich habe davon schon mal irgendwo gelesen. Nun und?«

»Siehst du, siehst du! Hm … Die Geschichte muss natürlich irgendwie mit seiner krankhaften Manie zusammenhängen«, fuhr die Mutter sinnend fort. »Ah! Hertha, ich hab's! Ich vergifte seine Biester mit Rattengift!«

Hertha starrte sie sprachlos an.

»Vater würde einen Wutanfall bekommen«, meinte sie endlich zögernd.

»Das soll er ja gerade, Hertha!«, rief die Mutter triumphierend. »Pass auf, wenn Vater hereinkommt, unterhältst du ihn hier; ich aber –« Und nun setzte sie ihren fabelhaften Plan in allen Einzelheiten auseinander.

Inzwischen kauerte François in seinem Arbeitszimmer am Boden und beobachtete, wie die Ratten und Mäuse mit bestem Appetit die Kostproben seines Abendbrotes verzehrten. Ab und zu blickte er sehnsüchtig auf den halbgeleerten Teller, aber er wagte immer noch nicht zu essen, wenn er auch noch so hungrig war. Erst musste er abwarten, ob nicht das eine oder andere Tier tot umfiel; dann erst konnte er ohne Angst, vergiftet zu werden, seinen Hunger stillen.

Mit jeder Mahlzeit machte er es so; seine Ratten und Mäuse wurden dabei zusehends fetter, und er selbst – zusehends magerer. Aber das kümmerte ihn wenig; Hauptsache war, dass man ihn auf diese Weise nicht vergiften konnte.

Als die Tiere mit ihrer Mahlzeit fertig waren, holte François ein dünneres Buch aus dem Schreibtisch, und las aufmerksam ein Kapitel durch, das von dem »Nachweis von Giften« handelte. Das Buch war sehr gelehrt geschrieben, und François verstand davon so gut wie gar nichts; aber schon das Bewusstsein, solch wissenschaftlichen Berater zu haben, wirkte auf ihn äußerst beruhigend.

Als etwa eine halbe Stunde verstrichen und noch immer keines der Tiere tot zusammengebrochen war, besserte sich die Stimmung François'. Mit Heißhunger machte er sich jetzt an seine Mahlzeit.

»Fein habe ich das eingerichtet«, flüsterte er vor sich hin. »Nee, ich bin gewappnet! An mich kommt der verdammte Giftmischer nicht heran!« François war wirklich vollkommen überzeugt davon, dass er alle erforderlichen Schutzmaßnahmen ergriffen hatte. Keinen Augenblick kam ihm der so naheliegende Gedanke, dass er auf diese Weise ja nur sein eigenes Leben, nicht aber auch das seiner Frau und Tochter schützte.

Nachdem er sein Mahl beendet hatte, holte er aus einem Schreibtischfach ein in weißes Papier gewickeltes und versiegeltes Fläschchen Weinbrand, überzeugte sich, dass die gestern von ihm angebrachten Siegel noch unversehrt waren, und nahm dann einen kräftigen Schluck. Als er das Fläschchen gegen das Licht hielt und sah, dass nicht mehr viel darin war, kam er zu der Ansicht, dass es sich nicht lohne, es neuerdings zu versiegeln, und trank den Weinbrand vollends aus.

Es ist unter diesen Umständen begreiflich, dass er sich beim Betreten des Speisezimmers in bester Stimmung befand.

»Guten A–a–abend! Guten A–a–abend!«, sang er mit seinem zitternden Diskantstimmchen.

»Du hast wohl schon wieder getrunken!«, rief Mama Burgmüller unwirsch.

»Lass mich! Lass mich – dein kleiner Trocadero sein!«, sang François und streckte sehnsüchtig die Arme aus.

»Hertha, unterhalt dich mal mit dem Trocadero«, befahl die Mutter ärgerlich. »Ich muss in der Küche nach dem Rechten sehen.«

François legte sein Buch wieder auf den Stuhl, setzte sich darauf und baumelte mit seinen kleinen Beinchen unternehmungslustig hin und her.

»Mein Herthing«, sagte er zärtlich. Plötzlich wurde er ernst. Ihm war eingefallen, dass er heute Abend mit seiner Tochter noch etwas sehr Wichtiges besprechen wollte. Die Gelegenheit war günstig; vielleicht blieb die Mutter längere Zeit weg.

»Sag mal, liebes Kind«, begann er stirnrunzelnd. »Du hast doch diesem Kerl, dem Sommerfeld, zur Flucht verholfen?«

»Ja, Vater«, sagte sie ruhig.

»Großartig!«, rief der Vater begeistert. »Das hätte ich auch getan ...« In diesem Augenblick erinnerte er sich daran, dass er ja gerade das Gegenteil davon sagen wollte. Es war sein letzter Versuch, mit jenem schrecklichen Spießgesellen Frieden zu schließen.

»Sieh mal an, Herthing«, meinte er freundlich. »So etwas tut man nicht. Sommerfeld ist nämlich ein Brudermörder, verstehst du? Er hat seinen Bruder ermordet und ist daher ein Brudermörder.«

Sichtlich zufrieden mit dieser logischen Begründung, blickte er Hertha triumphierend und erwartungsvoll an.

»Das ist durchaus nicht bewiesen«, sagte das Mädchen leise.

»Beweise?« François zog erstaunt die Augenbrauen hoch. »Hertha, was kümmern uns Beweise? Lass doch den Kerl! Es gibt so viele anständige, wirklich nette, junge Leute, die keine Brudermörder sind ...«

»Was willst du von mir, Vater?«, fragte sie. »Sag es doch – du bist nicht mehr so wie früher ... Hast du irgendeinen Kummer? Kann ich dir helfen?«

»Hertha!«, rief François erfreut. »Ich sehe, du bist ein braves Kind. Der Samen meiner Erziehung trägt Frucht. Ja! Du hast recht: Ich habe eine Bitte an dich ...«

»Nun?«

»Du kennst doch den Aufenthaltsort dieses Sommerfelds?«

»Und wenn ...? Was dann?«

»Geh zur Polizei und melde es.«

François schwieg vor dem strengen Blick seiner Tochter.

»Das werde ich nie tun«, sagte sie entschlossen. »Peter ist völlig unschuldig; man wird seine Unschuld auch bald beweisen. Es wäre niederträchtig, ihn wieder ins Gefängnis zu bringen ...«

»Hertha!«, presste François mit weinerlicher Stimme hervor. »Dein greiser Vater wird dadurch ins Unglück gestürzt ...«

»Lieber Vater, du hast ein so goldenes Herz, dass du unmöglich im Ernst verlangen kannst, ich solle Peter verraten … Wie könnte dich das auch vor einem Unglück bewahren? Wenn dir wirklich Unangenehmes droht, so musst du eben wie ein Mann kämpfen …«

»Recht hast du, Hertha!«, rief François plötzlich ungestüm. Die Wirkung des Alkohols machte sich bei ihm immer mehr bemerkbar. »Ich werde wie ein Mann kämpfen! Oh, ich habe den Mut und die Kraft eines Tigers, wenn es gilt …«

Mama Burgmüller trat ein, und der Mut des Tigers erlitt sofort eine nicht unbeträchtliche Einbuße. Die Mutter warf Hertha einen vielsagenden Blick zu und setzte sich mit an den Tisch.

François hatte seine gute Stimmung bald wiedergefunden und begann ein Gespräch über moderne Tänze. Mit ganz ungewöhnlicher Geduld hörte ihm Mama Burgmüller zu, und erst, als er ihr vorschlug, mit ihm einige neue Schritte auszuprobieren, wurde sie unmutig.

»Du gehst jetzt ins Bett«, erklärte sie entschieden.

»Aber ich bin noch nicht ein bisschen müde«, widersprach der Herr des Hauses.

Die Mutter überlegte, wie sie ihn am unauffälligsten in sein Arbeitszimmer bringen könnte. Sie holte etwas Gebäck aus dem Schrank und ging in die Küche, den Tee zu bereiten. Dieses Mittel hatte den gewünschten Erfolg: François lud sich wieder die Hälfte des Gebäcks auf seinen Teller und begab sich mit Tasse, Teller und Buch in sein Arbeitszimmer.

»Lass mich, lass mich«, sang er vergnügt, »dein kleiner Troca –« Er brach ab, da er einen merkwürdig gespannten Blick seiner Frau aufgefangen hatte. »Was ist denn los? Was hast du denn?«

»Nichts, gar nichts«, beschwichtigte sie ihn.

»Na, dann guck doch nicht so!« François wandte sich um und tänzelte mit zierlichen Schritten weiter.

»… kleiner Trocadero sein«, hörte man ihn noch hinter seiner Tür singen.

»Jetzt, jetzt!«, flüsterte die Mutter heiser vor Aufregung. »Hertha – jetzt!«

»Nur eine Nacht«, klang es leise, mit dünner Stimme, »nur eine –«

Und dann folgte ein schriller Schrei.

Hertha fuhr entsetzt zusammen, aber die Mutter winkte ihr zu, ruhig zu sein. Beide lauschten angestrengt.

»Tot! Tot!«, schrie François. »Vergiftet! Vergiftet –«

Man vernahm einen dumpfen Fall. Hertha sprang auf.

»Ich kann das nicht mit anhören. Ich muss zu ihm!«

Aber die Mutter hielt Herthas Hand mit eisernem Griff fest.

»Dummes Mädel! So musste es doch kommen!« Man hörte noch einige Schreie, dann ward es still. Fünf Minuten vergingen. Noch immer saßen die beiden Frauen in derselben Stellung, noch immer hielt die Mutter Herthas Hand umklammert.

Plötzlich klang eine Stimme hinter der Tür – kläglich und hoffnungslos:

»Nur eine Nacht, nur eine Stunde …«

»Jetzt ist er geheilt«, erklärte Mama Burgmüller und lehnte sich zufrieden in ihrem Stuhl zurück; Hertha aber schlug die Hände vors Gesicht und begann haltlos zu weinen.

19

»Haben Sie mal ›Cymbelin‹ von Shakespeare gelesen?«, fragte Friede.

Kranich schüttelte den Kopf.

»Nein, das haben wir in der Schule nicht durchgenommen.«

Friede unterdrückte ein Lächeln.

»›Cymbelin‹ kann für einen Kriminalisten sehr belehrend sein«, meinte er geduldig. »Sie sollten das mal lesen.«

Kranich blickte von seiner Zeichnung auf, die den Detektiv Friede darstellen sollte, aber eigentlich mehr Ähnlichkeit mit einem Walross hatte.

»Was Sie nur haben! Die ›Cymbelin‹ von Shakespeare lesen?! Meine Zeit ist begrenzt; außerdem lese ich jetzt schon ein Buch, das für Kriminalisten sehr belehrend ist …«

»Und das wäre?«, erkundigte sich Friede sanft.

»›Der Hund von Baskerville‹ von Conan Doyle«, sagte Kranich mit Würde.

Friede öffnete den Mund, wollte etwas sagen … dann überlegte er es sich aber und machte nur eine mutlose Handbewegung.

Nach einer Viertelstunde schob Kranich seine Zeichnung beiseite. Es war ein Fabrikschornstein daraus geworden.

»So, nun erzählen Sie mir, was in der ›Cymbelin‹ Belehrendes drinsteht«, erklärte er. »Dann bin ich bestimmt ebenso klug, als wenn ich es selbst gelesen hätte.«

»Dieses Buch enthält nämlich eine psychologisch sehr beachtenswerte Schilderung einer Giftmischerin. Das muss man selbst gelesen haben. Kennen Sie übrigens den Fall der Giftmischerin Zwanziger?«

Kranich kannte überhaupt keine Fälle, abgesehen von denen, die er selbst für Hirschfeld bearbeitet hatte. Da aber in diesem Augenblick gerade Agnes eintrat, beschloss er, seine Unkenntnis geschickt zu verbergen.

»Selbstverständlich«, sagte er kühn. »Das war doch jenes Weibsbild, das immer Gift mischte, immer Gift mischte ... Ein Frauenzimmer, sage ich Ihnen ... So was hat die Welt noch nicht gesehn ... Aber wozu über so allgemein bekannte Sachen viele Worte verlieren? Sagen Sie uns lieber, was Sie von dem Fall Sommerfeld halten?«

»Es sieht schlimm aus für Peter«, erklärte Friede bedächtig. »Vergegenwärtigen Sie sich mal die Tatsachen, die zu seiner Verurteilung führten. Einen Monat vor dem Tode Albert Sommerfelds schließen die beiden Brüder eine gegenseitige Versicherung für hunderttausend Mark ab – eine für ihre Verhältnisse ganz ungewöhnlich hohe Summe ...«

»Aber«, widersprach Kranich, »gerade das spricht eigentlich für seine Unschuld. Peter ist ein kluger Kerl. Wenn er wirklich die Absicht gehabt hätte, seinen Bruder zu ermorden – er würde bestimmt bedacht haben, wie verdächtig er sich gerade durch diesen Versicherungsabschluss macht.«

»Stimmt«, nickte Friede. »Aber das ist kein Grund, der den Geschworenen einleuchten könnte. Umso weniger, als es unzählige Fälle gibt, wo ebenfalls gebildete und kluge Leute ihre Frauen oder Männer hoch versicherten und sie kurz darauf ermordeten. Immerhin bleibt mir diese Versicherungsgeschichte unverständlich. Peter sagte aus, die Anregung dazu sei gerade von dem Ermordeten ausgegangen. Beweisen ließ sich diese Behauptung natürlich nicht ... Aber weiter: Albert wurde durch das ›Curare‹-Gift umgebracht – durch dasselbe Gift, durch das Sie neulich um die Ecke gebracht werden sollten ...«

»Na, ich hab's den Kerlen ja schön versalzen«, rief Kranich begeistert. »Sie hätten sehn sollen, wie der Alte zu zittern anfing, als ich ihn auf der Straße stellte. Dieser Alte gestand mir ja auch, dass er es war, der Albert Sommerfeld ermordete. Warum wollen Sie das eigentlich nicht glauben?«

»Von ›nicht glauben‹ ist ja gar nicht die Rede. Ich meine nur, dass uns diese Aussage des ›Alten‹ nicht viel nützt, solange wir ihn nicht haben. Nein, damit können wir dem Gericht nicht kommen; das wäre die berühmte Geschichte von dem großen Unbekannten und nichts weiter. Bleiben wir aber bei dem Fall Peters. Ein Fläschchen mit ›Curare‹ wurde nachträglich in Peters Schrank gefunden. Das war für die Geschworenen ein ausschlaggebender Beweis für seine Schuld. Hm ... In Wirklichkeit spricht aber gerade dieser Umstand für seine Unschuld.«

»Wieso?«

»Meistens wird man bei einem Giftmörder überhaupt kein Gift finden. Ab und zu mag es ja vorkommen ... Dass man aber bei einem Giftmörder nach drei Tagen noch das Gift findet, das er zu seinem Verbrechen benutzte – das, lieber Kranich, halte ich für ganz undenkbar.«

»Dann muss also ein anderer das Gift in Peters Schrank versteckt haben.«

»Natürlich. Das tat der Mörder, weil er bewusst den Verdacht auf Peter lenken wollte.«

»Und? Und? Haben Sie etwa schon eine bestimmte Person im Auge?«

Friede nickte.

»Diesen sowie die übrigen Giftmorde der letzten Zeit verübte niemand anderes als die Haushälterin Eilenburg.«

»Das ist aber stark!«, platzte Kranich heraus. »Bei Ihnen stimmt's wohl nicht ganz? Die alte Meck-Meck-Schachtel sollte ... Nein, dass ich nicht lache!«

Auch Agnes machte große Augen, aber Friede ließ sich nicht aus der Ruhe bringen.

»Folgendes müssen Sie bedenken: Erstens ist der Giftmord

eigentlich eine Frauenangelegenheit. Der Mann wählte von jeher den Dolch oder die Schusswaffe. Die Frau dagegen bevorzugte stets den lautlosen, heimtückischen Giftmord. Das liegt auch zum Teil darin begründet, dass der Giftmord ein gerüttelt Maß Komödiantenblut erfordert. Das liebt der Mann nicht, die Frau wiederum spielt fast immer Theater – und wenn nicht bewusst, dann unbewusst. Nach einer neueren Statistik entfallen von sechs Morden fünf auf die Männer und nur einer auf die Frauen. Beim Giftmord dagegen sind die Frauen mit gut fünfzig vom Hundert beteiligt.«

»Immerhin …«, begann Kranich.

»Lassen Sie mich ausreden«, unterbrach ihn Friede gelassen. »Da es sehr wahrscheinlich war, dass der Mörder Alberts im Hause wohnte, lenkte sich mein Verdacht aus den eben genannten Gründen sofort auf die Eilenburg. Besonders aber bekräftigte mich darin der Fall der Zwanziger, den Sie ja sehr genau kennen. Diese Zwanziger war auch so eine Verstellungskünstlerin; ja, sie war darin unserer Eilenburg noch weit überlegen. Sentimental war sie ebenfalls: In ihrer Jugend schwärmte sie für Emilia Galotti und las ›Werthers Leiden‹ …«

»Ida!«, rief Kranich plötzlich stürmisch. »Als ich das Zimmer der Eilenburg durchsuchte, sah ich auf ihrem Nachttisch ein Büchlein! Ausgerechnet ›Werthers Leiden‹!«

Friede hob ein wenig erstaunt die Augenbrauen, sagte aber kein Wort.

»Das alles soll wohl tiefstes Geheimnis bleiben?«, meinte Kranich.

»Warum denn? Im Gegenteil: Die Frau kann ruhig erfahren, dass ich sie durchschaut habe. Mir fehlt doch einstweilen jeder Beweis. Solange das Frauenzimmer ihrer Sache sicher ist, wird sie mir auch nie Beweise liefern. Erst wenn sie unruhig und ängstlich wird, habe ich Hoffnung, dass sie sich durch eine unbesonnene Tat verrät.«

»Ich werde sie überführen«, erklärte Kranich entschlossen.

»Seien Sie dabei aber ein wenig vorsichtig«, warnte Friede. »Ein kleiner Nadelstich genügt vollkommen – und Sie sind eine Leiche.«

»Verdammt noch mal – ja! Sie haben recht. Na, ich werde es ihr schon zeigen: drei Schritt vom Leibe, bitte!«

»Die Eilenburg führt ein Tagebuch«, sprach Friede weiter. »Ich wage nicht zu hoffen, dass sie in diesem Büchlein ihre Taten beschreibt, aber ich glaube, wenn wir nur ihre Eintragung vom Mordtage hätten, wäre es möglich, damit die Unschuld Peters zu beweisen. Wie aber wollen Sie an dieses Tagebuch heran? Sobald sie merkt, dass wir dahinter her sind, wird sie es vernichten.«

Kranich war aufgesprungen und rannte unruhig im Zimmer auf und ab.

»Wissen Sie was?«, fragte er plötzlich und blieb an der Tür stehen. »Wir haben jetzt zehn Minuten vor zwölf. In zwei Stunden, genau um zehn Minuten vor zwei Uhr, bringe ich Ihnen die bewusste Eintragung oder das ganze Tagebuch ...«

»Trauen Sie sich nicht zu viel zu«, wandte Friede ein.

»Ach, was!« Kranich hatte schon seinen Hut vom Ständer gerissen. »Diese Aufgabe ist für mich wie geschaffen! Warten Sie hier auf mich!« Mit diesen Worten stürzte er davon.

Agnes machte ein sorgenvolles Gesicht.

»Sie haben ihn vielleicht in den Tod geschickt«, sagte sie vorwurfsvoll.

Aber Friede lächelte nur.

»Lassen Sie ihn nur machen. In zwei Stunden ist er wohlbehalten wieder da. Und ich möchte wetten: Er bringt die Tagebuchblätter!«

20

Seit dem Augenblick, da Mutter Burgmüller erklärt hatte
»Jetzt ist er geheilt« waren zweieinhalb Stunden vergangen.

Seufzend erhob sich François aus einem Sessel in der Ecke
seines Arbeitszimmers. Zweieinhalb Stunden lang hatte er
trübe vor sich hin gestarrt, zweieinhalb Stunden lang hatte
er den Tod erwartet. Der Tod war nicht gekommen. Es war
ein Wunder, denn alle Ratten und Mäuse, mit denen François
sein Abendessen geteilt hatte, waren tot ...

Und nun galt es, sich in ein Leben zurechtzufinden, das
man in gewissem Sinne schon verloren hatte ... François sah
ein, dass es nicht mehr so weiter ging ... Heute hatte ihn
der Tod verschont, beim nächsten Mal würde es ihm anders
ergehen ... Und François beschloss, eine weite Reise anzu-
treten.

Traurig sammelte er einige Habseligkeiten zusammen und
holte ein kleines Lederköfferchen vom Schrank. Was nahm
man eigentlich auf eine weite Reise mit? François wusste
es nicht, denn er hatte noch nie eine weite Reise gemacht.
Also packte er in sein Köfferchen eine Zahnbürste, den
Schlafanzug, drei Paar Socken und zwei Hemden. Den meisten Platz nahmen seine drei Bücher über den Nachweis von
Giften ein.

Prüfend sah er sich um. Es war noch ein wenig Platz im
Koffer. So nahm er denn vom Schreibtisch die Bilder seiner
Frau und Herthas und verstaute sie ebenfalls im Köfferchen.
Aus unerklärlichen Gründen packte er auch noch einen gro-
ßen Kristallaschenbecher mit ein.

Dann holte er seinen etwas kurzen und ziemlich abgetragenen Mantel und sein altmodisches Hütchen aus dem Vorzimmer und schlich sich leise in den Korridor. Lauschend hielt er vor zwei Türen inne. Rechts war Herthas Zimmer, links schlief Mama Burgmüller. Oh, sie ahnten nicht, dass er für ewig von ihnen schied. Er überlegte, ob er seinen Lieben im Schlafe einen Kuss auf die Stirn drücken solle, denn er hatte das unklare Empfinden, dass in solchen Fällen etwas Ähnliches angebracht sei; dann packte ihn aber die Angst, er könnte die Frauen dabei aufwecken, und so begnügte er sich damit, nach jeder Tür einen Handkuss zu werfen. Dann lief er, beinahe weinend, auf den Zehenspitzen zur Haustür, schloss sie schnell auf, trat hinaus und sperrte sie hastig wieder zu.

Einige Minuten später stand er auf der Straße und starrte wehmütig zu den dunklen Fenstern seiner Wohnung hinauf. Nein, nein – es gab kein Zurück! Dort wartete ja der Tod auf ihn …

Er fuhr sich mit der Hand über die Augen und wandte sich langsam um. Plötzlich durchfuhr ihn ein lähmender Schreck. Kaum zwanzig Schritte von ihm entfernt stand ein junger Mann und beobachtete ihn. Wer konnte das sein? Sicherlich einer von den Feinden, die ihm, François, nach dem Leben trachteten …

Schon wollte sich François umwenden, um in der entgegengesetzten Richtung zu fliehen, als der junge Mann langsam heranschlenderte.

»Guten Abend, Herr Burgmüller«, sagte er freundlich, und François erinnerte sich sofort, dass er diese Stimme schon einmal irgendwo gehört hatte.

»Guten Abend …«, stotterte er verwirrt. »Herr … gewiss, ich kenne Sie … kann mich aber nicht entsinnen …«

»Das macht die schlechte Beleuchtung«, meinte der junge Mann sorglos, »sonst hätten Sie mich sofort erkannt. Ich war doch neulich bei Ihnen eingeladen … wissen Sie – damals, als noch dieser Giftmischer bei Ihnen verkehrte, den ich eigenhändig hinauswarf ...«

François wusste plötzlich ganz genau, wen er vor sich hatte. War doch dieser junge Mann an all seinem Unglück schuld.

»Herr Pelikan, nicht wahr?«, sagte er bedrückt.

»Nicht ganz – Kranich, zu dienen«, verbesserte der junge Mann. »Sie wollen wohl eine kleine Reise antreten, Herr Burgmüller?«, fügte er mit einem Blick auf das Köfferchen hinzu.

»Ja, ja ... So ein bisschen Reisen schadet nie ...«, murmelte François zerstreut. Er war sich noch immer nicht klar darüber, ob dieser Kranich zu seinen Feinden gehörte oder nicht. »Wie kommen Sie denn eigentlich zu so später Stunde hierher?«, erkundigte er sich vorsichtig.

»Ich? Ach so ... Ich habe nämlich noch etwas zu besorgen und musste hier vorbei. Ich will heute Nacht das Tagebuch einer berühmten Giftmischerin beschlagnahmen ... Eine ganz verstockte Person ... Sie hat auch den Mord Albert Sommerfelds auf dem Gewissen ... Aber warum stehen wir denn hier herum? Wir können doch ein Stückchen zusammen gehen ...«

Gehorsam folgte François dem jungen Detektiv. Grübelnd starrte er vor sich hin. Endlich konnte er nicht mehr an sich halten:

»Sie sagen, eine Giftmischerin hätte Sommerfeld umgebracht? Aber es ist doch ein Mann? Sie selbst haben ihn bei mir gesehen ...«

Kranich schüttelte mitleidig den Kopf.

»Haben Sie ›Cymbelin‹ von Shakespeare gelesen?«, fragte er unvermittelt.

»Nein«, erwiderte François verblüfft.

»Dann ist es freilich kein Wunder, wenn Sie immer noch jenen Mann in Verdacht haben ...«

»Was steht denn in dieser ›Cymbelin‹ drin?«, forschte François zaghaft.

»Oh, ’ne ganze Menge ... Aber was nützt es, wenn ich Ihnen das erzähle? Nein, die ›Cymbelin‹ muss jeder selbst gelesen haben ... Kennen Sie übrigens den Fall der Giftmischerin Zwanziger? Auch nicht? Sehen Sie, das war ebenfalls so eine niederträchtige Person ... Sie las ›Werthers Leiden‹ und braute dabei Giftgetränke ... Solch eine Roheit! Wohin verreisen Sie übrigens?«

»Das ist noch unbestimmt«, war die unsichere Antwort.

»Also Sie glauben, dass jener Mann nicht der Giftmischer ist?«

»Ein Giftmischer ist er bestimmt«, erklärte Kranich ruhig. »Aber er ist nur eine der Kreaturen jener Person ... Aber Sie entschuldigen – ich muss jetzt an die Arbeit. Auf Wiedersehen und gute Reise!«

François seufzte erleichtert auf, als Kranich ihn verlassen hatte. Also hatten die Feinde seine Flucht doch nicht bemerkt ... und niemand verfolgte ihn ... Dann aber fiel ihm wieder das eben Gehörte ein: Eine Frau sollte die vielen Giftmorde begangen haben? Aber er wusste doch nur zu gut ... Nein, nein, es konnte nicht wahr sein ...

Vorsichtig spähte François nach allen Seiten. War da nicht wieder ein Mann, der ihn beobachtete? Nein, er ging weiter ... Es war ein Irrtum gewesen. Dennoch war François so erschrocken, dass er zu laufen begann ...

Nach fünf Minuten konnte er nicht mehr. Er blieb stehen und blickte erstaunt auf das schwach erleuchtete Schild eines kleinen Hotels. Ein kurzes Zögern, dann trat er ein. Er trug sich unter dem Namen Fritz Müllersburg ein und folgte einem Jungen, der unaufhörlich mit der Nase zog, nach einem dürftig eingerichteten Zimmer im vierten Stock. Allein geblieben, kramte er seine Habseligkeiten aus, stellte den Kristallaschenbecher und die Bilder seiner Lieben auf den wackeligen Tisch und legte den Schlafanzug auf das bunt überzogene Bett.

»Hier soll mich nur jemand finden«, flüsterte er zufrieden und hüllte sich fröstelnd in seinen dünnen Mantel.

Damit war François' weite Reise beendet.

21

Wenn man je von einem Menschen mit Berechtigung sagen konnte, dass er bei der Verfolgung seiner Ziele mit dem Kopf durch die Wand rannte, dann war es bei Kranich der Fall. Es hätte vielerlei Möglichkeiten gegeben, den Angriff auf das Tagebuch der Eilenburg einzuleiten, aber Kranich wählte die nächstliegendste und – gefährlichste. Er kletterte über das Eingangsgitter in den Park des Kommerzienrates, dann erklomm er einen Baum, von dem aus er auf einen Balkon im ersten Stock sprang. Nun schlug er eine Scheibe der Balkontür entzwei, steckte die Hand durch und schob den Riegel zurück. Als er das Zimmer betreten hatte, zog er die Vorhänge zu und machte Licht.

Er sah sich, wie er erwartet hatte, im Musikzimmer des Kommerzienrats. In einer Ecke stand ein großer Flügel, an der Wand hingen allerlei Musikinstrumente; die Wand quer gegenüber aber war mit verschiedenen altertümlichen Waffen behängt – Dolchen, Gewehren und Pistolen. Kranich nahm einen alten Armeerevolver an sich, prüfte, ob er geladen sei, und als er das bestätigt fand, entlud er ihn vorsichtig und steckte die Patronen in die Tasche. Einen Augenblick sah er sich spähend um, dann sprang er auf die Ottomane an der gegenüberliegenden Wand und holte eine Gitarre herunter. Aber nicht die Gitarre war es, was er suchte; er riss das schwarze Band ab und heftete es – mit der Inschrift »Das Wandern ist des Müllers Lust« nach innen – quer über sein Gesicht. Als er in den Spiegel blickte, stellte er mit Befriedigung fest, dass sein Gesicht und seine Hände von der Kletterpartie so zerkratzt und blutig waren, und die schwarze

Schleife ihm ein so abenteuerliches Aussehen verlieh, wie er es sich gar nicht besser wünschen konnte: Seine eigene Mutter hätte ihn für einen gefährlichen Banditen halten müssen.

So ausgerüstet trat er wieder auf den Balkon und kletterte behutsam längs einem Mauervorsprung zum zweiten Fenster; er erinnerte sich ganz genau, dass es das richtige war. Zu seiner Überraschung entdeckte er, dass es nur angelehnt war; so hatte er denn keine sonderliche Mühe mehr, in das Schlafzimmer der Eilenburg einzudringen.

Sekundenlang stand er ruhig da und lauschte auf die regelmäßigen Atemzüge der Schlafenden. Dann schloss er vorsichtig das Fenster, zog auch hier die Vorhänge zu und brannte ein Streichholz an. Die Schlafende warf sich unruhig im Bett herum. Anscheinend hatte das Knistern des aufflammenden Streichholzes sie halbwach gemacht.

Sofort löschte Kranich das Hölzchen aus und tappte im Dunkeln weiter. Dabei musste er dem Waschtisch zu nahe gekommen sein, denn im nächsten Augenblick fiel etwas mit dumpfem Getöse und hellem Klirren zu Boden.

»Das wird sie gehört haben«, stellte Kranich innerlich fest und wartete auf die kommenden Ereignisse. Vom Bett her erscholl ein ängstliches Fauchen, und dann rief eine zitternde Frauenstimme:

»Hei–heiliger S–ss–Sankt Markus!«

»Keine Sorge«, beruhigte Kranich sie. »Ich bin nicht der heilige St. Markus!«

Jetzt hatte er sich bis ans Bett getastet und schaltete das Licht der Nachttischlampe ein.

Hochaufgerichtet im Bett saß eine ganz in weiß gehüllte Frauengestalt. Sogar der Kopf war von einem weißen Spitzenhäubchen bedeckt, unter dem neugierig ein paar Lockenwickel hervorschauten. Das Gesicht der Frau war so mit Salbe eingeschmiert, dass Kranich die Eilenburg kaum wiedererkannte.

»Wer? Wer … ss–sind Sie?«, stöhnte sie.

Kranich reckte sich zu seiner ganzen Höhe empor und hob drohend den alten Armeerevolver.

»Ich bin ein spanischer Seeräuber«, sagte er würdevoll.

Da begann sie zu schreien.

»Seien Sie still!«, zischte Kranich empört. Einen Augenblick dachte er nach, dann fiel ihm eine geeignete Stelle aus einem Seeräuberroman ein: »Still, oder ich mache ein Sieb aus dir!«

Merkwürdigerweise verfehlte diese Drohung ihre Wirkung: Die Eilenburg kreischte nur noch lauter.

Kranich war in Verlegenheit: Dieses Geschrei gehörte nicht zu dem Programm, das er sich gemacht hatte. Vielleicht hätte ein anderer Detektiv oder Räuber der Schreienden einfach den Mund zugehalten, aber Kranich kam gar nicht auf diesen Gedanken – so fern lag ihm alles Gewalttätige.

Plötzlich kam ihm aber ein anderer Einfall.

»Gut«, sagte er ruhig. »Schreien Sie nur, Jungfer Eilenburg. Gleich wird der Kommerzienrat kommen! Er wird seine helle Freude haben, wenn er Ihr getünchtes Gesicht und die schönen Lockenwickel sieht. Ha! Und hier ist ja auch Ihr zerlegbares Haar!« Kranich nahm einen kastanienbraunen Zopf vom Nachttischchen und betrachtete ihn voller Bewunderung. »Großartig«, meinte er anerkennend. »Weich wie Seide …«

Die Eilenburg war jetzt stumm wie ein Fisch. Da drohte aber auch schon eine neue Gefahr: Es wurde laut gegen die Tür gepocht, und die Stimme des Kommerzienrats rief voller Angst:

»Was ist mit Ihnen, Frau Eilenburg? Machen Sie auf! So öffnen Sie doch!«

»Hilfe! Räuber!«, schrie die Frau mit Aufgebot all ihrer Lungenkraft.

Kranich zuckte die Achseln.

»Also schön«, sagte er leise und schwang unternehmungslustig den Zopf hin und her.

»Geben Ss–sie das her!«, fauchte sie.

»Fällt mir nicht ein: Ich will es dem Kommerzienrat schen-
ken«, erwiderte Kranich. »Wird das einen Spaß geben …«

Ein neues, noch heftigeres Rütteln an der Tür unterbrach
ihn.

»Was ss–soll ich tun?«, jammerte die Eilenburg.

»Sagen Sie ihm, Sie hätten etwas lebhaft geträumt«, riet
der Detektiv.

Nur noch einen Augenblick zögerte die Frau, dann siegte
ihre Eitelkeit. Es folgte eine kurze Auseinandersetzung, dann
zog der Kommerzienrat beruhigt wieder ab.

»Hoffentlich kommt er nicht auf den Gedanken, Klavier
zu spielen«, meinte Kranich besorgt. »Ich fürchte, die kaput-
te Scheibe, das Fehlen des Revolvers und … hm … und so
weiter – würden ihm auffallen.«

»Was wollen Ss–sie denn vo–von mir?«, fragte die Eilenburg.
Plötzlich entschlüpfte ihr ein Ausruf der Überraschung: »Ss–
sie ss–sind ja Ke–ke–ke–Kranich!« Erleichtert atmete sie auf.

»Ich bin Ke–ke–ke–Kranich«, gab der junge Mann etwas
verstimmt zu und löste das Gitarrenband vom Gesicht.

»Was wollen Ss–sie?«, wiederholte sie etwas mutiger.

Kranich hatte sich bereits in die etwas veränderte Lage
hineingefunden.

»Ich wollte Sie fragen, warum Sie eigentlich Albert Sommerfeld vergiftet haben«, erklärte er seelenruhig.

»Ich … ich …«, stammelte die Eilenburg atemlos.

»Ja, Sie!«, bestätigte der Detektiv. »Ich will Ihnen sagen,
warum Sie es taten: Sie wollten die beiden Söhne aus dem
Wege räumen, weil sie gegen Ihre Heirat mit dem Kommerzienrat waren.«

»Ich ff–finde ke–ke–keine Worte«, rief die Beschuldigte
empört. »Wie … wie ko–kommen Ss–sie dazu …«

»Ich habe nämlich Ihr Tagebuch gestohlen«, begann Kranich. »Darin stand ...«

Das Mittel war plump, aber andere Mittel kannte Kranich nicht. Diesmal jedenfalls erreichte er sein Ziel vollkommen.

Die Eilenburg warf sich im Bett herum und suchte unter der Matratze. Gleich darauf hielt sie ein Büchlein in rotem Ledereinband in der Hand und seufzte erleichtert auf.

»Ss–sie lügen!«, rief sie wütend.

»Es war nur eine vordatierte Wahrheit«, widersprach Kranich. »Ich werde das Tagebuch jetzt wirklich stehlen.«

Ehe sie sich's versah, hatte er blitzschnell die Hand vorgestreckt und ihr das Büchlein entrissen.

»Ich rufe um – um Hilfe!«, drohte sie, zitternd vor Zorn. »Jetzt is–sst mir alles ge–ge–gleich.«

Kranich rückte die Lampe zurecht, um besser zu sehen, und blätterte in dem Büchlein.

»›Oh, wie grenzenlos ich ihn liebe‹«, las er vor. »›Diese Qual! Ihm stets so nah, und doch nie ein zärtliches Wort von ihm hören, nie ...‹ – So ein Quatsch! – Weiter!« Kranich blätterte ein paar Seiten um. »›Wenn er ahnte‹«, las er mit Pathos, »›wie sehr ich die Seine bin. Mein Herzblut könnte ich für ihn geben ...‹ – Donnerwetter! Solche Leidenschaft hätte ich Ihnen gar nicht zugetraut, Jungfer Eilenburg! Rufen Sie doch den Kommerzienrat! Er wird sich riesig freuen, wenn er die Geschichte mit Ihrem Herzblut liest ... Ah! Hier ist die bewusste Eintragung ...« Kranich riss einige Blätter heraus und steckte sie in die Tasche. »So, die übrigen Ergüsse Ihres Herzblutes können Sie wieder haben.« Er legte das Büchlein auf den Nachttisch. »Und nun ...«

Plötzlich klirrte eine Fensterscheibe, und der Vorhang bewegte sich. Fast im selben Augenblick hatte Kranich die Nachttischlampe heruntergestoßen und sich gleichzeitig zu Boden geworfen.

Pechschwarze Finsternis umhüllte alles. Die Eilenburg war

so erschrocken, dass sie nicht einmal schrie. Und in der unheimlichen Stille hörte man zweimal, dreimal ein seltsames Surren vom Fenster her und jedes Mal unmittelbar darauf – fast gleichzeitig – einen leisen Klopflaut.

Kranich sah jetzt im Fenster deutlich die Umrisse einer menschlichen Gestalt. Er wusste nicht, was vorging, aber er ahnte, dass es etwas Entsetzliches war.

Und zum ersten Mal in seinem Leben bereute der Detektiv, dass er keinen geladenen Revolver bei sich hatte.

Plötzlich war die dunkle Gestalt im Fenster verschwunden, und auch das Surren und Klopfen hatte aufgehört. Kranich wagte sich aber noch immer nicht vor, da er eine List vermutete. Bange Minuten verstrichen. Nur ein Keuchen und Röcheln vom Bett her war zu hören, sonst kein Laut.

Endlich stand Kranich auf, drehte die Deckenbeleuchtung an und sprang schnell in eine Ecke, in der er vom Fenster aus nicht beobachtet werden konnte. Dann erst blickte er sich im Zimmer um.

»Das war das Werk Ihrer Spießgesellen«, sagte er ernst und wies auf vier kleine, kaum fünfzehn Zentimeter lange Pfeile, die in der Wand steckten, neben der er vorhin gesessen hatte. »Vergiftete Pfeile! So eine Gemeinheit!«

Die Eilenburg starrte erschrocken auf die seltsamen Pfeile. Dann verzog sich ihr ältliches Gesicht zu einer angstvollen Grimasse, und sie begann wie irrsinnig zu schreien.

»Dagegen hilft kein Zopf und kein Tagebuch mehr«, murmelte Kranich und sperrte selbst die Zimmertür auf.

22

Die Uhr schlug.

Friede war über dem Lesen einer Zeitschrift eingenickt. Agnes, die sich mehr Sorgen um Kranich machte, rauchte Zigaretten und warf alle fünf Minuten bekümmerte Blicke nach der Uhr.

Als es halb drei schlug, wurde Friede munter.

»Nanu, so spät?«, meinte er erstaunt. »Und Kranich noch nicht da?«

»Die zwei Stunden sind längst verstrichen ... Sicherlich ist etwas Schreckliches geschehen«, murmelte Agnes sorgenvoll, »Sie sollten hingehen, Herr Friede ...«

Der Detektiv gähnte.

»Warten wir noch ein halbes Stündchen«, antwortete er ruhig. Einen Augenblick schwieg er, dann fragte er unvermittelt: »Sie scheinen den jungen Mann recht gern zu haben, Fräulein Agnes?«

»Wie kommen Sie darauf?«, fragte sie gereizt.

Friede beachtete die Frage nicht.

»Früher liebten Sie mich ... hm ...«, sagte er nachdenklich, zog ein Kistchen heran und wählte mit Bedacht eine schwarze Zigarre. »Jetzt lieben Sie ihn ... hm ... Das ist bestimmt vernünftiger. Übrigens scheint Kranich Sie auch zu lieben ...«

»Davon habe ich bis jetzt noch nichts gemerkt ...«

Der Detektiv lachte leise.

»Ich glaube, Kranich selbst hat noch nichts davon gemerkt«, meinte er heiter. »Ich traue ihm zu, dass er einer anderen seine Liebe erklärt und dann erst merkt, dass eigentlich Sie seine Auserwählte sind.«

»Sie halten ihn für sehr dumm«, sagte Agnes verdrießlich. »Das ist mir schon wiederholt aufgefallen ...«

»Er ist nicht dumm«, widersprach Friede mit einem feinen Lächeln. »Er hat nur etwas verdrehte Anschauungen; er sieht das ganze Leben sozusagen durch eine romantische Brille ... und dann ist er auch furchtbar leichtsinnig ...«

»Wenn er nichts taugt – warum stellten Sie ihn dann bei sich an?«

»Er taugt was, ganz bestimmt«, sagte Friede und blies eine dünne Rauchwolke vor sich hin. »Er ist gerade der Mitarbeiter, wie ich ihn brauche. Sehen Sie, unsere ganzen Methoden sind vertrocknet. Wenn Sie irgendeinen Fall zu untersuchen haben, so werden der Detektiv A., der Kriminalbeamte B. und der Sachverständige C. sich dabei stets die gleichen Fragen vorlegen und an die Untersuchung mit den gleichen Methoden herangehen. Ich verdanke meine Erfolge hauptsächlich dem Umstand, dass ich stets versuche, die ›andere‹ Seite zu finden, wo ich einhaken könnte – leider gelingt das aber nicht immer. Kranich jedoch kennt die althergebrachten Methoden überhaupt nicht. Er packt die Sache frisch und forsch irgendwie ganz verkehrt an und trifft dabei zuweilen – nein: sehr häufig – gerade das Richtige.«

»Also durch Zufall?«

Friede wiegte sinnend den Kopf hin und her.

»Ein Zufall, der immer wieder eintritt, ist schließlich kein Zufall mehr. Ich will Ihnen Kranichs unbewusste Methode mal an einem Beispiel erklären: In einer Fabel erzählt Krylow von einem Mann, der sich stundenlang bemühte, ein geheimnisvolles Kästchen aufzusperren. Er versuchte es mit Nachschlüsseln, suchte fieberhaft nach einer verborgenen Feder ... und konnte das Kästchen doch nicht öffnen, denn – es war unverschlossen!«

»Und was hat das mit Kranich zu tun?«, fragte Agnes gespannt.

»Bildlich gesprochen: Wenn die gewitzigten Fachleute ein rätselhaftes Kästchen zu öffnen haben, so kommt niemand von ihnen auf den Gedanken, es könnte unverschlossen sein. Kranich aber wird stets an das Nächstliegende denken. Wenn er ab und zu Tapeten einreißt und Wände anbohrt, so geschieht das unter dem Einfluss von romantischer Lektüre ... Aha! Jetzt kommt er.«

Agnes seufzte erleichtert auf und rannte zur Tür.

Gleich darauf stürzte Kranich herein.

»Puh!«, stöhnte er und ließ sich in einen Sessel fallen. »Habe mich etwas verspätet. Ha! Heute war der Teufel los!«

Lächelnd schenkte ihm Friede ein Glas Weinbrand ein. Kranich trank es mit einem Zuge aus, dann brannte er sich eine Zigarette an.

»Erzählen Sie uns vom Teufel!«, forderte ihn Friede auf.

»Sie haben gut lachen!«, rief Kranich ärgerlich. »Hören Sie, was ich alles erlebt habe! Ich steige also, als spanischer Räuber verkleidet, zu der alten Schreckschraube ins Zimmer. Aus Versehen berühre ich im Dunkeln eine Alarmvorrichtung, es ertönt ein lautes Klirren, und – sie wacht auf. Ich mache Licht, und sie schreit wie am Spieß. Nicht einmal gestottert hat sie dabei ... Was geschieht? Der Kommerzienrat und ein halbes Dutzend Diener trommeln an die Tür. Sie wollten nämlich herein. Ich nicht faul, rücke ein paar Schränke vor die Tür – eine Art Barrikade, wissen Sie, und werfe mich über die Eilenburg. Im Nu habe ich mir ihr Tagebuch angeeignet ... Schon wollen die Feinde das Zimmer vom Fenster aus stürmen ... Es schwirrt von vergifteten Pfeilen ... Dennoch suche ich kaltblütig die betreffende Eintragung im Tagebuch auf und reiße die Blätter heraus ... Inzwischen bricht doch meine Barrikade zusammen ... Ein Heidenspektakel ... Die Eilenburg, bis jetzt halbtot vor Angst, fängt an zu schreien, als wenn sie schon in der Kochkiste der Siouxindianer wäre ... Kommerzienrat, Diener, Mägde steigen über die Trümmer der Barrikade … Schließlich erscheint die Polente! Können Sie sich das vorstellen: Diese unvernünftigen Beamten wollten mich, ausgerechnet mich, verhaften! Sie ließen mich nur laufen, weil der Kommerzienrat erklärte, dass ich von ihm beauftragt sei und stets Zutritt habe … Morgen aber soll ich auf die Wache und mich rechtfertigen.«

Friede machte unmenschliche Anstrengungen, ernst zu bleiben.

»Das werde ich für Sie schon erledigen … hm … Von den Pfeilen war wohl nachher keine Spur zu finden?«

»Sie glauben wohl, ich dichte?«, rief Kranich beleidigt. »Hier!« Er holte vorsichtig sein Taschentuch hervor und wickelte es auf. »Hier ist einer der Pfeile. Die übrigen hat die Polizei. Die Leutchen hätten auch diesen mitgenommen, so habgierig sind sie, aber ich hatte ihn schon vorher eingesteckt. Und hier sind die Blätter aus dem Tagebuch …«

Beim Anblick des kleinen Pfeiles war Friede doch etwas bleich geworden. Keinen Augenblick zweifelte er daran, dass dieser Pfeil tatsächlich vergiftet war. Mochte Kranich noch so viel erdichtet haben – in Gefahr war er auf alle Fälle gewesen. Friede verschloss den Pfeil in seinem Schreibtisch und nahm die Tagebuchblätter in die Hand.

»Hier!«, rief er plötzlich. »Hier ist die Stelle: ›… bei Tisch passierte ein Malheur. Peter vergoss ein Glas Rotwein über seinen schönen braunen Anzug. Es gab beinah einen Auftritt, da er behauptete, ich sei schuld gewesen. In Wirklichkeit aber hatte er mich gestoßen … Ich konnte nur mit Mühe meine Tränen zurückhalten, da ich sah, wie er, mein Geliebter, die Stirn runzelte …‹ – und so weiter und so weiter.«

»Aber Peter behauptet doch, es sei ein grauer Anzug gewesen«, sagte Agnes.

Nachdenklich starrte Friede vor sich hin.

»Sollte er doch die Unwahrheit gesagt haben?«, meinte er endlich zweifelnd.

»Nein!«, rief Kranich. »Das ist ganz undenkbar. Für Peter lege ich meinen Kopf ins Feuer!«

Alle drei schwiegen und dachten nach. Friede begann als Erster wieder zu sprechen:

»Wollen wir die Angelegenheit noch einmal durchnehmen: Peter behauptet, am Mordtage seinen grauen Anzug getragen zu haben. Diesen grauen Anzug habe er am Abend wie immer über den Stuhl beim Bett gehängt. Am Morgen sei er verschwunden gewesen. Die Eilenburg beschwört, dass Peter am Mordtage seinen braunen Anzug getragen habe. Tatsächlich wird ein brauner Anzug, den Peter als den seinen erkennt, aus dem Teich gefischt. Sachverständige weisen nach, dass dieser Anzug Flecke von Rotwein und Spuren desselben Giftes habe, mit dem Albert vergiftet wurde.«

»Räselhaft«, warf Agnes ein.

»Wenn wir die Möglichkeit ausschalten, dass Peter lügt, können wir nur annehmen, die Eilenburg selbst habe den braunen Anzug aus dem Schrank entwendet, ihn mit Rotwein begossen und im Teich versenkt.«

»So wird es sein!«, rief Kranich.

»Das dachte auch ich bis jetzt«, nickte Friede, »obwohl ich mir nicht erklären konnte, warum die Eilenburg dann nicht den ganzen Anzug in den Teich warf ... Diesen Anzug muss sie ja auch entwendet haben ... Das allein hätte doch genügt ... Nun kommt aber noch Folgendes dazu: Diese Eintragung ins Tagebuch geschah am Mordabend, als noch niemand von der Wichtigkeit dieser Angelegenheit wusste. Als die Eilenburg diese Zeilen schrieb, hing vermutlich Peters grauer Anzug über der Stuhllehne in seinem Zimmer. Auch kann die Eintragung nicht zum Zwecke eines späteren Beweises von ihr bewusst falsch gemacht worden sein, da sie ja vor Gericht nicht einmal das Vorhandensein ihres Tagebuchs erwähnte.« Er schüttelte den Kopf. »Nein, das verstehe ich nicht.«

»Dann lassen wir's eben!«, rief Kranich, dem die Sache

schon viel zu lange dauerte. »Es wird sich schon noch herausstellen. Vorläufig nehmen wir einfach an, die Tante sei farbenblind. Und jetzt wollen wir ein weiteres Gläschen ... Was glotzen Sie mich so an?!«, unterbrach er sich plötzlich. »Bin ich vielleicht ein Wundertier?«

»Kranich!«, schrie Friede auf und schlug mit der Faust auf den Tisch. »Kranich! Das ist doch die Lösung: Die Eilenburg ist farbenblind!«

»Nu' wenn schon«, murrte Kranich unzufrieden und goss die Gläser voll. »Wozu das Geschrei? Ich kann doch nichts dafür, dass sie farbenblind ist ...«

»Aber begreifen Sie denn nicht ...«, stöhnte Friede. Dann begann er plötzlich aus vollem Halse zu lachen. »Sie sind unbezahlbar, Kranich! Sie haben doch eben eine großartige Entdeckung gemacht! Verstehen Sie denn das nicht?«

Verwundert starrte Kranich ihn an. Er schien noch nicht ganz davon überzeugt, dass Friede im Ernst sprach.

»Großartige Entdeckung?«, murmelte er verwirrt. »Nun ja ... natürlich ... Großartige Entdeckung? Na, wenn Sie's nur endlich gemerkt haben! Wollte Sie mal auf die Probe stellen ...« Friede schüttelte in trüber Verzweiflung den Kopf.

»Wir wollen der Sache mal nachgehen«, sagte er dann ernst. »Ist die Eilenburg tatsächlich farbenblind, so wäre das eine Erklärung dafür, warum sie zuerst eine falsche Aussage machte. Dass sie nachher darauf beharrte, ist ja nicht weiter verwunderlich. Sie wird erst den grauen Anzug irgendwo versteckt haben, und später, als sie merkte, dass sie sich in der Farbe geirrt, wird sie den braunen in den Teich geworfen haben. Das erklärt alles. Kranich, wenn Ihre Annahme stimmt, wenn die Eilenburg tatsächlich farbenblind ist – dann fällt ihre ganze, für Peter schwerbelastende Aussage in sich zusammen.«

»Selbstverständlich«, nickte Kranich. »Eine großartige Entdeckung hat auch großartige Folgen.«

23

Es war am nächsten Morgen, als Friede beim Frühstück auffallend ernst von seiner Zeitung aufblickte.

»Wer hat diese Notiz rot angestrichen?«, fragte er langsam.

»Ich nicht«, erwiderten Agnes und Kranich wie aus einem Munde. Sie hatten sich wie immer um acht Uhr eingefunden, denn um diese Zeit pflegte Friede – beim Kaffee – seine Pläne für den Tag zu machen.

»Es wird wohl ein Geist gewesen sein«, mutmaßte Kranich und betrachtete prüfend sein Brötchen. Dann kam er zu der Überzeugung, dass es seiner Gesundheit nichts schaden würde, etwas mehr Butter daraufzutun, und bediente sich in recht ergiebiger Weise. »Ich setze voraus, dass nicht Sie selbst es waren; sonst wäre Ihre Frage – mit Verlaub gesagt – einfach blödsinnig.«

»Nein, ich war es nicht«, sagte Friede nachdenklich. Er stand auf und trat ans Fenster.

»Jetzt ist er schlechter Laune«, murrte Kranich. »Und warum? Weil vielleicht der Milchmann sich einen Scherz erlaubt hat ...«

»Es war bestimmt nicht der Milchmann«, erklärte Friede ruhig. »Und es ist auch bestimmt kein Scherz ...« Plötzlich belebten sich seine Züge. »Kommen Sie mal her, Kranich! Sehen Sie sich mal den Mann draußen an.«

Kranich nahm Kaffeetasse und Butterbrot mit und trat ebenfalls ans Fenster. Auch Agnes folgte ihm neugierig.

»Was gibt's denn da zu sehen?«, fragte Kranich enttäuscht. »Ein Mensch wie tausend andere. Steht da und betrachtet die Auslagen eines Glaswarengeschäftes ...«

»Nein«, widersprach Friede. »Dieser Mann beobachtet in einem der zahlreichen ausgestellten Spiegel unsere Fenster. Ich wollte wegen dieser Möglichkeit schon ausziehen. Darum habe ich vor den Fenstern auch diese Spitzenvorhänge, obwohl ich sehr für Licht und Sonne schwärme. Aber passen Sie auf: Jetzt hat er sich umgewandt ...«

»Nu' wenn schon«, warf Kranich nachlässig hin. »Ich will mir lieber noch eine Tasse Kaffee holen ...«

»Der Mann wird mich gleich besuchen«, sagte Friede plötzlich so bestimmt, dass Kranich verblüfft auf halbem Wege stehen blieb.

»Dieser Mann ist gestern aus dem Gefängnis entlassen worden«, fuhr Friede fort. »Er wohnt am Friedrichshain. Kürzlich hat er einen Menschen getötet und schwebt selbst in Lebensgefahr ...«

»Genug, genug!«, wehrte Kranich ab. »Der reinste Sherlock Holmes! Haben Sie das alles aus einem Sandkörnchen geschlossen, das an des Mannes linker Schuhsohle klebt?«

»Jetzt hat der Mann unser Haus betreten«, war die kühle Entgegnung. »Nein, meine Erklärungen haben mit einem Sandkorn nichts zu tun. Gestern brachte nämlich das Acht-Uhr-Abendblatt das Bild dieses Mannes, und darunter standen alle die Einzelheiten, die ich eben schilderte. Nur eins stand da nicht: dass der Mann mich heute besuchen würde.«

»Und woher wissen Sie das?«

»Der Mann hat mit dem Fall Sommerfeld zu tun, und ich erwartete seinen Besuch eigentlich schon vor drei Tagen ...«

Es klingelte.

»Führen Sie den Besucher ins Nebenzimmer«, wandte sich Friede an Agnes. Dann begab er sich, gefolgt von Kranich, ins anstoßende Zimmer.

Gleich darauf trat Robert Bergengrün ein.

»Ich habe Sie erwartet, Herr Bergengrün«, sagte Friede, nachdem er sich vorgestellt hatte.

Diese Worte schienen den Besucher nicht zu überraschen.

»Ja, ich muss Sie sprechen«, erklärte er ruhig und blickte fragend auf Kranich. Der junge Mann hatte sich am Fenster aufgestellt und schien durchaus nicht gewillt, diesen günstigen Platz zu verlassen.

»Seine rechte Hand«, erläuterte er und wies dabei auf Friede.

»Lassen Sie uns bitte allein«, sagte Friede kurz, und dieser bestimmten Aufforderung musste Kranich, ob er wollte oder nicht, denn doch Folge leisten.

Der Besucher hatte am Rauchtisch Platz genommen und musterte mit kühlen, abschätzenden Blicken Friede, der mit über der Brust verschränkten Armen am Fenster lehnte.

»Sie wissen, wer ich bin?«, fragte Bergengrün kurz.

Der Detektiv nickte.

»Ich weiß über Sie genau so viel wie Sie über mich«, entgegnete er. »Seit fünf Tagen beobachten Ihre Leute mich und meine Angestellten …«

Bergengrün winkte mit der Hand ab.

»Es ist gut. Umso kürzer wird unsere Unterredung sein. Ich möchte Ihnen einen Vorschlag machen …«

»Ich weiß …«, fiel ihm Friede ins Wort. »Sie wollen mir nahelegen, den Fall Sommerfeld nicht weiter zu verfolgen.«

Bergengrün schüttelte den Kopf.

»Nein«, sagte er gelassen und betrachtete angelegentlich seine wohlgeformten, durch die Zuchthausarbeit allerdings etwas verunstalteten Hände. »Nein«, wiederholte er mit Nachdruck. »Ich wollte Sie fragen, ob Sie einen Auftrag übernehmen würden, der eine sofortige Reise nach Japan nötig machte. Für den Fall der Annahme bin ich bereit, Ihnen einen Scheck in Höhe von … Aber nein, die Höhe des Betrages können Sie selbst bestimmen. Meine einzige Bedingung wäre, dass Sie noch heute Abend Ihre Reise antreten.«

Friede lächelte höflich.

»Ich muss leider ablehnen.«

Eine ähnliche Antwort schien Bergengrün erwartet zu haben, denn nichts in seinen Mienen verriet Überraschung.

»Ist diese Ablehnung endgültig?«, fragte er in seiner knappen Art.

»Unwiderruflich«, bestätigte Friede.

Bergengrün erhob sich.

»Also Feindschaft?« Zum ersten Mal klang aus seinem Ton eine leichte Schärfe.

»Wenn es sein muss«, entgegnete Friede mit einem bedauernden Achselzucken.

Damit war die Unterredung beendet.

Der Besucher verneigte sich kurz und ging.

*

Erst fünf Minuten später trat Friede zu Agnes und Kranich ins Zimmer.

»Ich habe eben ein wenig über den Fall Sommerfeld nachgedacht, Kranich«, sagte er ernst. »Die Bearbeitung dieser Angelegenheit wird lebensgefährlich. Sie haben ja schon etwas davon gemerkt. Wenn Sie wünschen, gebe ich Ihnen lieber eine andere Arbeit und verfolge diesen Fall allein …«

Weiter kam er nicht. Kranich war empört aufgesprungen.

»Sie sind wohl ein bisschen nicht ganz richtig!«, rief er wütend. »Ich, und einen Freund in Gefahr verlassen?! Sie hilflos den Ränken der Giftmischerin preisgeben? Nee, nee, da kennen Sie Georg Kranich aber schlecht … Wissen Sie was? Geben Sie mir lieber fünfzig Mark Gefahrenzuschlag!«

Friede lächelte schwach.

»Das können Sie haben. Aber ich warne Sie: Sie machen dabei vielleicht ein recht schlechtes Geschäft.«

»Ach was!« Kranich hatte ein Blatt Papier vom Schreibtisch genommen und war schon dabei, eine Quittung über fünfzig Mark anzufertigen. »Was war denn das für eine

Notiz in der Zeitung?«, fragte er beiläufig. »Sie haben es uns noch immer nicht gesagt.« »Diese Notiz berichtete von dem Giftmord an einem gewissen Metzner«, erwiderte Friede ruhig. »Und dieser Metzner war bis vor einer Woche mein Gehilfe ...«

Kranich fuhr zusammen und drückte beim Schreiben so fest auf, dass die Feder zerbrach. Einen Augenblick schien es, als wolle er die Quittung zerreißen; aber dann griff er entschlossen nach einer neuen Feder und setzte mit fester Hand seine Unterschrift auf das Blatt. Er hatte dabei das Gefühl, als unterschriebe er sein eigenes Todesurteil.

24

Mit einem kurzen Gruß schob Hertha ihren Schemel an den Sessel des neuen Kunden heran und legte neben sich die feinen Werkzeuge für Handpflege zurecht. Ihre Wangen waren bleich, die Augen gerötet, und ihr ganzes Wesen zerstreut und zerfahren.

»Fehlt Ihnen etwas, Fräulein?«, fragte der Kunde freundlich.

Hertha sah zum ersten Mal zu dem Mann neben sich auf und – fuhr erschrocken zusammen. Kein Zweifel, das war ... das war ...

»Sie ...? Sie hier?«, stammelte sie entsetzt.

Sie hatte sich nicht geirrt: Es war wirklich Peter Sommerfeld, der Mann, nach dem die Polizei fahndete, der Mann, dessen Steckbrief an allen Mauern klebte.

Er nickte stumm.

»Ich musste Sie wiedersehen«, sagte er nach einer Weile leise. »Ich musste mich bei Ihnen bedanken ... selbst bedanken. Diesem Kranich traue ich nicht recht ...«

»Sie sind wahnsinnig«, flüsterte sie kaum hörbar.

»Nein, höchstens leichtsinnig«, widersprach er.

»Seit letzter Zeit werde ich stets beobachtet«, fiel sie ihm ins Wort. »Immer folgt mir irgendein Mann auf der Straße. Was weiß ich – vielleicht ist auch einer von den hier wartenden Kunden beauftragt, mich zu beobachten ...« Sie nahm eine andere Feile und beugte sich über seine Hand. »Benehmen Sie sich wenigstens so unauffällig wie möglich ... Tun Sie so, als sprächen wir über ganz gleichgültige Dinge ...«

Ein seltsames Lächeln huschte über seine Lippen.

»Dann kann ich Ihnen das nicht sagen, weswegen ich eigentlich hierhergekommen bin.«

Hertha hatte sofort verstanden, was er meinte. Sie schüttelte langsam den Kopf und beugte sich noch tiefer über ihre Arbeit.

»Das dürfen Sie mir jetzt auch gar nicht sagen«, meinte sie tonlos. »Und ... und ich möchte es auch jetzt von Ihnen nicht hören ... Warten Sie, bis Ihre Unschuld bewiesen ist, bis Sie wieder frei sind ... und dann ...«

»Ach so, ich verstehe«, sagte er enttäuscht. »Auch Sie sehen in mir also den Mör...«

Sie sah ihn so zornig an, dass er jäh verstummte.

»Bitte, jetzt die andere Hand«, bat sie gleich darauf wieder ganz ruhig. Dann fuhr sie leiser fort: »Ich meinte es anders ... Heute sind Sie ein verfolgtes Wild ... Heute sehen Sie in mir Ihre Retterin ... Und wenn Sie frei und unabhängig sein werden, dann ... könnten Ihnen Ihre Worte von heute vielleicht leid tun ... Vielleicht möchten Sie dann dieselben Worte einem anderen Mädchen sagen – einem Mädchen Ihrer Kreise ...«

Er wollte heftig widersprechen, aber in diesem Augenblick näherte sich ihnen ein Herr in Schwarz.

»Könnte ich Sie ein paar Minuten sprechen, Fräulein Burgmüller?«, sagte er kurz. Dann verneigte er sich höflich vor Peter: »Ich bitte vielmals um Entschuldigung, aber es ist etwas sehr Dringendes ...«

Im Spiegel sah Peter, wie der Fremde Hertha etwas abseits führte und eifrig auf sie einsprach. Peter glaubte zu bemerken, dass Herthas Gesicht noch trauriger und bleicher wurde.

Es mochten höchstens drei Minuten vergangen sein, als sie wieder neben ihm Platz nahm.

»Wer ist dieser Mann?«, fragte Peter und ärgerte sich darüber, dass er sich ärgerte.

»Unser Geschäftsführer«, erklärte sie ruhig. Ohne eine

zweite Frage abzuwarten, fügte sie gefasst hinzu: »Er hat mir eben mitgeteilt, dass wir um zwölf Uhr, also in einer halben Stunde, unsere Zahlungen einstellen müssten. Nicht wahr, so sagt man doch, wenn man Pleite macht?«

Peter starrte sie verständnislos an.

»Und das ... das sagen Sie so ruhig?«, stammelte er. »Wie ist denn das möglich ...«

»Mein Vater ist seit einigen Tagen spurlos verschwunden«, unterbrach sie ihn, und jetzt merkte Peter doch, wie ihre Lippen zitterten. »Es stellte sich heraus, dass heute Wechsel in Höhe von fünfundvierzigtausend Mark fällig sind ... Deckung ist nicht vorhanden ... Der Geschäftsführer ist während der letzten Tage überall herumgelaufen und hat versucht, Geld aufzutreiben ... Er hat aber nur elftausend zusammengebracht ...« Sie seufzte leise. »Wie das möglich ist? Das wissen wir selbst nicht ...«

»Ihr Vater muss also eine Menge Geld mitgenommen haben«, mutmaßte Peter. »Oder aber er sah ein, dass sein Geschäft zugrunde gerichtet war, und zog es vor, mit einem geringen Rest des Geldes zu verschwinden.«

Wieder schüttelte sie den Kopf.

»Das sieht Vater gar nicht ähnlich ... Nein, da spielt noch etwas anderes mit, aber ich kann es nicht begreifen ...« Sie machte eine mutlose Handbewegung und widmete sich wieder ihrer Arbeit.

Peter sah nach der Uhr. Es war jetzt genau ein Viertel vor zwölf. Wie gern hätte er dem Mädchen geholfen, aber er konnte ja nicht ... Wohl hätte sein Bankkonto dazu ausgereicht; auch die knappen fünfzehn Minuten hätten genügt, um das Schlimmste zu verhindern, aber sein Konto war ja gesperrt! Er war ein Flüchtling, rechtlos, vogelfrei ...

Plötzlich stand mit allen Zeichen der Verstörtheit der Geschäftsführer neben ihnen. Er war so aufgeregt, dass er sogar die Anwesenheit des Fremden übersah.

»Fräulein Burgmüller«, stammelte er verwirrt. »Eben ruft die Bank an und teilt uns mit, dass vor fünf Minuten der Betrag von fünfundvierzigtausend Mark auf unser Konto eingezahlt wurde ...«

»Aber das ist doch unmöglich!«, entfuhr es Hertha.

»Ich verstehe es auch nicht«, rief der Geschäftsführer ratlos. Dann fügte er hastig hinzu: »Aber wir haben keine Zeit zu verlieren ... Ich muss sofort zur Bank und veranlassen, dass die Wechsel eingelöst werden. Sie entschuldigen ...«

»Halt!«, sagte Hertha leise. »Haben Sie denn nicht gefragt, von wem das Geld eingezahlt wurde?«

»Natürlich; fast hätte ich vergessen, es Ihnen zu sagen. Der Betrag wurde von einem gewissen Robert Bergengrün gezahlt, und zwar mit dem Vermerk: ›Für besondere Dienste‹.«

Der Geschäftsführer war schon längst weg, aber noch immer schwieg Hertha. Geistesabwesend starrte sie vor sich hin und hatte sogar ihre Arbeit vergessen.

»Kennen Sie diesen Robert Bergengrün?«, riss Peter sie endlich aus ihren Gedanken.

Sie schüttelte langsam den Kopf.

»Nein, sogar sein Name ist mir völlig unbekannt.«

*

Als Peter eine halbe Stunde später Kranichs Zimmer betrat, war er so nachdenklich, dass er die Vorwürfe des Detektivs gleichgültig, ohne Widerspruch, über sich ergehen ließ.

»Sie sind mir ja ein netter Kunde!«, schalt Kranich erzürnt. »Hat man so was schon erlebt? Ohne meine Erlaubnis einfach ausreißen? Wo haben Sie sich denn herumgetrieben?«

»Ich war bei Hertha«, erwiderte Peter leise.

»Da hätten Sie ja auch gleich aufs Polizeipräsidium gehen können! Wissen Sie denn nicht, dass Hertha beobachtet wird? Nein, diese Jugend heutzutage! Dieser bodenlose

Leichtsinn ... Als ob es nicht dasselbe gewesen wäre, wenn ich die Hertha besucht hätte!«

Peter war so ernst, dass es Kranich schließlich doch auffiel. So ließ er sich denn von Peter berichten, und dann saßen beide grübelnd da und fragten sich immer wieder, was jenen Robert Bergengrün bewogen haben konnte, den hohen Geldbetrag zu opfern. »Für besondere Dienste?« Was für Dienste konnten das sein?

Dieselben Fragen aber legte sich zu derselben Zeit auch ein anderer vor. Dieser ›andere‹ begnügte sich aber nicht damit, zu fragen, sondern er suchte nach einer Antwort. Und er fand sie.

25

Es war genau achtundvierzig Stunden später, als Hertha in einem Kaffeehaus saß und nachdenklich zwei Briefe betrachtete, die sie heute erhalten hatte. Beide stammten von François, enthielten aber sehr widerspruchsvolle Nachrichten. Der eine Brief war ihr heute durch die Post zugestellt worden. Sein Inhalt war kurz und deutlich:

»Ich bin in der Gewalt meiner Feinde. Wenn du mich vor einem entsetzlichen Ende bewahren willst, übergib morgen um neun Uhr früh vor dem Kaffee ›Vaterland‹ dem Dienstmann Nummer vierundzwanzig einen geschlossenen Briefumschlag mit zehntausend Mark in bar. Benachrichtige auf keinen Fall die Polizei. Hilf mir, liebes Kind, sonst bin ich verloren. Mehr darf ich nicht schreiben. Dein unglücklicher Vater.«

Hertha hätte sich nicht viel dabei gedacht und diesen Brief einfach Kranich oder Friede übergeben, wenn nicht die zweite Nachricht gewesen wäre – ein schmutziges Blatt Papier im fettigen Umschlag, den ihr heute auf dem Weg ins Geschäft ein kleiner Junge zugesteckt hatte. So unmissverständlich der erste Brief war, so verworren war der Inhalt des zweiten:

»Liebe Hertha, in aller Eile schreibe ich. Vielleicht gelingt es mir, jemanden zu finden, der dir diese Zeilen bringt. Glaube nicht dem Brief, den ich an Dich schreiben musste. Es ist nicht wahr. Bring kein Geld. Ich habe gehört, dass meine Feinde mich dennoch töten wollen. Ich bin verzweifelt. Ich habe keine Hoffnung mehr. Man will mich umbringen, weil ich etwas weiß … Hüte Dich vor Kranich und dem anderen Detektiv, mit dem er zusammenarbeitet. Diese beiden

haben mich hierher gelockt, weil ich etwas erfahren hatte ...
Ich werde im Hause Nummer zweiunddreißig auf der Beyme-
straße gefangen gehalten. In der Nacht ist meist nur ein
Wächter da. Es wäre leicht, mich zu befreien, wenn man jemand hätte ... Aber die Polizei darf nichts erfahren, ich habe
etwas getan –«

Hier brach der Brief ab.

Grübelnd starrte Hertha vor sich hin. Also auch Kranich
und Friede waren »Feinde«! Man durfte keinem Menschen
mehr trauen. Nein, einem Menschen vertraute sie – Peter
Sommerfeld; aber gerade er konnte ihr nicht helfen. Ihm
selbst drohten ja Gefahren. Auf Gnade und Ungnade war er
diesem Kranich ausgeliefert ... Wie könnte sie ihm nur helfen, ihn wenigstens warnen? Aber nein, die Gefahr, die ihrem
Vater drohte, war noch größer! Da musste sofort etwas geschehen, noch heute Nacht ...

Als Hertha eine halbe Stunde später das Kaffeehaus verließ, war ihr Gesicht bleich, und ihre Lippen waren fest aufeinander gepresst; ihre Augen aber blitzten entschlossen. Sie
wusste jetzt, was sie zu tun hatte.

*

Eine Kirchturmuhr schlug langsam zwölfmal, als Hertha sich
lauschend in ihrem Bett aufrichtete. Sie hörte nur das leise
Ticken der Wanduhr und die regelmäßigen Atemzüge ihrer
Mutter, in deren Zimmer sie seit François' Verschwinden
schlief.

Leise, jedes Geräusch sorgfältig vermeidend, begann
Hertha sich anzukleiden. Das Zimmer war durch den Mondschein gerade so hell, wie Hertha es für ihre Zwecke brauchte. Jedes Mal nach dem Anlegen eines Kleidungsstückes hielt
sie einen Augenblick inne, um sich zu vergewissern, ob ihre
Mutter noch immer fest schlief. Endlich, nach zwanzig Minuten war sie fertig und stand im Mantel, den Hut in der Hand,

in der Mitte des Zimmers. Dann schlich sie sich vorsichtig zur Tür und öffnete sie fast lautlos.

Sie atmete bereits erlöst auf, als plötzlich der Schlüsselbund ihren Fingern entglitt und klirrend zu Boden fiel.

Die Schlafende warf sich im Bett herum.

»Bist du es, Hertha?«, fragte sie träge.

»Ja, ich. Sei ganz ruhig, Mutter. Ich hole nur ein Glas Wasser aus der Küche.«

»Gib mir auch zu trinken«, murmelte die Mutter.

Hertha warf schnell ihren Morgenrock über den Mantel, eilte in die Küche und trat gleich darauf mit einem Glas Wasser ans Bett ihrer Mutter, die jedoch schon wieder fest eingeschlafen war. Hertha stellte das Glas auf den Nachttisch und beeilte sich, nun endlich aus dem Hause zu kommen.

Sie fuhr mit der Straßenbahn. Von Minute zu Minute wurde die Gegend, die sich am hell erleuchteten Wagen vorüberzog, unfreundlicher und düsterer; dort aber, wo Hertha endlich ausstieg, herrschte eine geradezu unheimliche Stille und Finsternis, die nur durch das bleiche Mondlicht und hier und dort durch den schwachen Schimmer einer Laterne unterbrochen wurde.

An einer Wegkreuzung gelang es Hertha mit einiger Mühe, die Straßenbezeichnung zu entziffern, und nun schritt sie unerschrocken aus, denn sie wusste, dass sie auf dem rechten Wege war. Furcht hatte sie nicht, denn in ihrer Manteltasche steckte ein kleiner, zierlicher Browning, und sie wusste diese Waffe vorzüglich zu gebrauchen.

Sie mochte etwa zehn Minuten lang durch die trostlose Gegend mit den schmutzigen, verwahrlosten Gebäuden gegangen sein, als sie plötzlich vor einem einstöckigen Haus halt machte. Davor befand sich ein kleiner Garten mit wohlgepflegten Blumenbeeten und sauberen, kiesbestreuten Wegen. Er passte nicht recht zu den übrigen Häusern dieser Straße, deren einzigen Schmuck die an einigen Fenstern

angebrachten geschmacklosen, bunten Blumenbretter bilde-
ten.

Vorsichtig öffnete das Mädchen die Gartentür. Im selben
Augenblick hörte sie im Hause eine Klingel leicht anschla-
gen. Erschrocken fuhr Hertha zusammen. Sekundenlang
kämpfte sie mit dem Entschluss, umzukehren und das nächt-
liche Abenteuer aufzugeben; doch gleich darauf trat sie entschlossen durch die Gartentür und lief mit flinken Schritten
über den Rasen nach dem Hause. Die Hand am entsicherten
Browning, stand sie jetzt unter einem der dunklen Fenster
und spähte furchtsam hinauf. Würde sich irgendwo Licht
zeigen?

Doch nichts rührte sich, nichts war zu sehen.

Geduldig wartete sie. Es vergingen fünf Minuten und dann
noch fünf Minuten.

Mit einem erleichterten Seufzer machte sich Hertha nun an
die Arbeit. Auf den Zehenspitzen schlich sie sich an die Tür
und zog einige Drähte aus der Tasche. Das Herz klopfte ihr
zum Zerspringen. Jetzt musste es sich zeigen, ob ihr nächt-
liches Abenteuer Erfolg haben würde oder nicht. Einmal, vor
Jahren, hatte ihr ein Verwandter – ein ehemaliger Kriminal-
beamter – gezeigt, wie man ein Schloss mit ein paar Drähten
mühelos öffnen könne. Sie hatte es auch zu Hause wiederholt mit Erfolg versucht. Aber hier, bei einem ihr gänzlich
unbekannten Schloss – würde ihr geringes Können da wohl
ausreichen?

Plötzlich – ein leises Knacken. Ein Druck auf die Klinke –
die Tür gab nach. Und wieder schlug irgendwo, diesmal
etwas lauter, eine Klingel an. Da sich aber noch immer nichts
rührte, wurde Hertha mutiger. Sie zog eine kleine Laterne aus
der Tasche und leuchtete den Raum ab. Es war ein fast leeres
Vorzimmer; nur ein Kleiderständer mit einem abgetragenen
Herrenmantel stand in der Ecke.

Es gab zwei Türen, eine rechts und eine geradeaus. Hertha

wählte die zur Rechten und drückte leise auf die Klinke: Die Tür war nicht versperrt. Entschlossen trat das Mädchen ein.

Der Mond warf sein mattes Licht voll durchs Fenster, sodass Hertha mühelos ihre Umgebung mustern konnte. Sie sah sich in einem vornehm eingerichteten Herrenzimmer. Am Fenster, das mit grünseidenen Vorhängen ausgestattet war, stand ein schwerer, mit Büchern und allerlei Schriftstücken überladener Schreibtisch. Ein großer Teppich bedeckte den Boden, und überall standen etwas altertümliche Möbel.

Hertha schritt lautlos über den Teppich zum Schreibtisch. Sie fühlte sich jetzt wieder sehr siegesgewiss und frohlockte innerlich bereits über das Gelingen ihres kühnen Vorhabens, als es sie plötzlich eisig überlief. Das im Dunkel gelegene Zimmer war auf einmal von einem gedämpften grünen Licht durchstrahlt.

Mit einem heftigen Ruck warf sich das Mädchen herum. Da sah sie am Kamin, die Arme über der Brust verschränkt und in den Augen ein spöttisches Leuchten, einen Mann lehnen. Er hatte dunkle Augengläser, rötliches, volles Haar und einen ebenfalls rötlichen, aber reichlich angegrauten Bart. Kleidung und die etwas gebeugte Haltung ließen eher auf einen alten Mann schließen, aber irgendwie schien der nicht-verdeckte Teil seines Gesichtes dieser Vorstellung zu widersprechen. Was aber Hertha am meisten beunruhigte, war der Umstand, dass etwas an dem Manne ihr bekannt vorkam. Aber sie hatte zunächst keine Zeit, sich darüber den Kopf zu zerbrechen.

»Guten Morgen, Fräulein Hertha!«, sagte der Mann am Kamin freundlich. »Es freut mich, dass Sie auf den Gedanken kamen, mich zu besuchen.«

Als Hertha ihn noch immer verwirrt und keines Wortes mächtig anstarrte, fügte er lächelnd hinzu:

»Schade, dass Sie sich nicht vorher angemeldet haben. Ich hätte einen Imbiss – kalten Braten oder Aufschnitt und etwas zum Trinken – zurechtgemacht. Ich bin Damen gegenüber immer sehr zuvorkommend ... «

Hertha erholte sich langsam von ihrem Schrecken. Sie begann zu überlegen. Der Mann am Kamin sah in ihr das törichte, einfältige Mädchen, das mit blindem Eifer in eine Falle hineingerannt war. Er unterschätzte sie. Solange er nicht wusste, dass sie einen entsicherten Revolver in der Tasche hatte, war ihre Lage gar nicht so ungünstig. Sie beschloss aber, dennoch auf der Hut zu sein. Sobald er Anstalten machte, ihr näherzukommen, musste sie sofort von ihrer Waffe Gebrauch machen. Sonst war sie verloren.

»Nun, Fräulein Hertha, Sie sagen ja gar nichts«, fuhr der Hausherr spöttisch fort. »Bitte, nehmen Sie doch Platz. Es plaudert sich netter im Sitzen. Wollen Sie übrigens nicht Hut und Mantel ablegen?« Er machte eine Bewegung, als ob er ihr zu Hilfe eilen wollte.

»Nein, nein!«, rief Hertha hastig und setzte sich auf einen Stuhl. »Bleiben Sie dort, wo Sie stehen!«

»Wie Sie wünschen«, erwiderte er und verharrte in seiner Stellung am Kamin. »Nun, was wollten Sie mir eigentlich mitteilen? Sie kamen doch hierher, um mir etwas mitzuteilen, nicht wahr?«

Hertha hatte sich wieder gefasst.

»Ich kam hierher, weil ich jemand helfen wollte«, sagte sie finster. »Wahrscheinlich war aber alles nur eine Falle. Jedenfalls scheint es mir jetzt so.«

»Da könnten Sie schon recht haben«, antwortete er höhnisch. Plötzlich ließ er die auf der Brust verschränkten Arme sinken und begann im Zimmer auf- und abzugehen. Hertha folgte mit den Augen jeder seiner Bewegungen. Ihre Hände hielt sie in den weiten Manteltaschen, und der Zeigefinger der Rechten lag am entsicherten Browning. Etwas in der Stimme des Fremden machte sie stutzig. Er sprach mit tiefer, offenbar verstellter Stimme, aber ab und zu klang ein höherer

Ton durch, der sie an irgendjemanden erinnerte. Vergeblich versuchte sie sich darüber klar zu werden, wo sie schon einmal diese Stimme gehört hatte. An den Fremden, der damals François besuchte, erinnerte die Stimme jedenfalls nicht.

»Jetzt will ich Ihnen mal etwas sagen«, erklärte der Hausherr entschlossen und hielt plötzlich in seiner Wanderung durchs Zimmer inne. »Sie dringen hier bei mir ein ...«

»Halt, Herr Gerron oder wie Sie sonst heißen mögen!«, rief Hertha laut. »Halt, oder ich schieße!«

Der Fremde drehte sich heftig um. Er stand neben dem mannshohen Bücherschrank und hatte sich gerade abgewandt und seine Hand nach dem Lichtschalter ausgestreckt.

»Halt!«, sagte Hertha noch einmal nachdrücklich. »Sobald Sie das Licht ausdrehen, knalle ich Sie nieder! Ich kann gut zielen. Sie dürfen es getrost glauben!«

Der andere lachte auf.

»Dass Sie gut zielen können, glaube ich ihnen gern. Dass Sie aber so klug waren, einen Revolver mitzunehmen, das glaube ich nun wieder nicht. Sie haben in irgendeinem Schauerroman gelesen, wie Detektive zuweilen Verbrecher verhaften, indem sie aus Ermangelung eines Besseren einen Bleistift, einen Schlüssel oder Ähnliches in der Tasche umklammern und damit zu schießen drohen. Nicht wahr, Fräulein Hertha, so ist es doch?«

Ehe das Mädchen dazu kam, eine Antwort zu geben, ging das Licht aus. Fast in der gleichen Sekunde knallten unmittelbar hintereinander zwei Schüsse.

Hertha hielt den Revolver noch immer umklammert und lauschte angestrengt. Sie vernahm ein unterdrücktes Stöhnen, zwei, drei unsichere Schritte und dann einen dumpfen Fall.

Jetzt sprang das Mädchen auf. Beim Schein ihrer Laterne fand sie sich bis zum Schalter und drehte das Licht wieder an.

Da sah sie den Fremden regungslos, mit dem Gesicht nach unten, am Boden liegen. Sie kniete neben ihm nieder und suchte nach der Schusswunde. Im Rücken konnte sie nicht sein – mühsam drehte sie den schweren Körper um. Die Stirn des Mannes war blutig.

Hertha hatte einige Kenntnisse im Verbinden von Wunden. Sie riss dem regungslos Daliegenden das Hemd auf der Brust entzwei und versuchte, aus einem Stück davon einen Notverband anzufertigen. Als sie die Binde an die Stirn des Verwundeten presste, schrak sie zusammen: Der Haarschopf des Mannes war ihr beim Angreifen wie eine Mütze in den Fingern geblieben. Dichtes, dunkelblondes Haar bedeckte jetzt den Kopf des »Rothaarigen«.

»Eine Perücke!«, beruhigte Hertha sich selbst. Da kam ihr ein neuer Gedanke: Rasch packte sie den Fremden beim rötlichgrauen Bart und zerrte daran. Sie hatte sich nicht getäuscht: Es war ein aufgeklebter Bart.

Plötzlich schrie Hertha laut auf. Sie hatte den Mann erkannt.

»Peter Sommerfeld!«, stammelte sie, bleich vor Entsetzen.

26

Was war das? Was bedeutete das? Peter – also doch: ein Verbrecher – Hertha fuhr sich mit der Hand durchs wirre Haar. Dann blickte sie rasch auf.

Da – kaum zwei Schritte von ihr entfernt – stand ein Mann im Frack. Um seine Lippen spielte ein leises Lächeln; seine Augen konnte Hertha nicht sehen, da sie hinter blauen Brillengläsern verborgen waren.

»Helfen Sie mir«, bat Hertha. Sie war noch so entsetzt, dass sie sich über das unerwartete Auftauchen des Fremden gar nicht wunderte. »Helfen Sie mir! Ich – habe ihn erschossen ...«

Der Mann vor ihr schob seine Hornbrille auf die Stirn und blickte das Mädchen mit einem Gemisch von Neugier und Spottlust an.

»Ich soll Ihnen helfen?«, fragte er langsam, und sein ältliches, aber fast faltenloses Gesicht verzog sich zu einer kleinen Grimasse. »Hm ... Ich dürfte wohl der letzte sein, der Ihnen helfen würde. Ich kam mit der festen Absicht her, Peter Sommerfeld zu töten. Sie haben mir die Arbeit abgenommen ...«

Hertha starrte ihn an. Sie begriff noch nicht recht, aber schneller als ihre Gedanken waren ihre Augen: Sie spähten nach der Waffe, die sie am Schreibtisch liegen gelassen hatte.

Der Fremde lächelte. Mit zwei langen Schritten war er neben dem Tisch; eine scheinbar achtlose Bewegung des Fußes, und der Revolver flog unter den Schreibtisch.

»Wer sind Sie?«, rief Hertha atemlos.

»Ich?« Der Fremde wandte sich ihr voll zu. »Ja, ich sehe

es an Ihrem Blick: Sie haben es richtig erraten. Ich bin der Giftmischer, man nennt mich ›die Viper‹ …«

Hertha schwieg. Sie wusste, der Tod war ihr in diesem Augenblick näher denn je bisher; aber ihre Gedanken und ihr ganzer Wille waren jetzt auf etwas anderes gerichtet. Der Fremde hatte gesagt, er sei gekommen, um Peter zu töten … Er glaubte, Peter sei tot … Ihre Hand aber lag auf Peters Brust, und deutlich spürte Hertha, wie sein Herz schlug …

»Sie sind nicht in Ohnmacht gefallen?«, fuhr der Fremde spöttisch fort. Er lehnte jetzt halb sitzend an der Schreibtischecke, und seine Hände spielten nachlässig mit einem Revolver. »Sie haben also mehr Mut als Verstand. Ja, Verstand haben Sie nämlich gar keinen. Sonst wären Sie nicht auf meine ziemlich plumpe Falle hereingefallen. Hm … Wissen Sie eigentlich, wie ich Peter hierher brachte?«

»Nein«, erwiderte Hertha tapfer. Sie musste Zeit gewinnen. Vielleicht gab es doch noch eine Möglichkeit, Peter zu retten … »Nein«, wiederholte sie. »Ich glaube auch nicht, dass Sie es waren, der ihn dazu brachte. Sie wollen mir nur etwas vormachen …«

Ihre Worte schienen den Zweck nicht verfehlt zu haben. Der Fremde setzte sich bequemer zurecht, als ob er zu einer längeren Erzählung ausholen wollte.

»Das war fast genauso einfach wie in Ihrem Fall«, erklärte er triumphierend. »Ich ließ Peter einen an Kranich gerichteten Brief finden, aus dem er entnehmen musste, dass Kranich ebenfalls zu meiner Bande gehörte … Zweitens ging aus dem Brief hervor, dass ich hier in diesem Hause mein Hauptquartier hätte, das ich aber nie anders als in Verkleidung betrete. Drittens erfuhr Peter, dass ich Sie hier gefangen hielte … Nun, er war töricht genug, den Versuch zu wagen, hier ein Gastspiel unter meinem Namen zu geben … Meine Leute fielen auch auf seine List herein. Jetzt werden Sie sich denken können, warum Peter sich Ihnen nicht zu erkennen gab: Meine Komplizen standen nämlich die ganze Zeit hinter jenem Vorhang, wie sie es auch in diesem Augenblick tun …«

Rasch trat er an den dunkelgrünen Vorhang, der eine Tür verdeckte, und schob ihn zurück. Hertha erblickte zwei Männer mit Schusswaffen in der Hand.

Sie schwieg noch immer. Ihre Wangen waren gerötet, und ihr Atem ging stoßweise.

»Ein Wink meiner Hand«, erläuterte der Mann im Frack, »und Sie sind tot. Aber – vielleicht lasse ich Sie leben … Ich muss mir die Sache nochmal in Ruhe überlegen …« Er gab seinen Spießgesellen ein Zeichen. »Schafft den Toten weg. Der Anblick stört mich.«

Der Herzschlag Herthas setzte aus. Alles Blut war aus ihren Wangen gewichen. Wenn jetzt nicht etwas geschah – dann war Peter rettungslos verloren.

Aber es geschah kein Wunder … Die Männer traten näher … Da wusste Hertha, dass sie zu ihrem letzten, verzweifelten Mittel greifen musste.

»Wissen Sie auch«, rief sie plötzlich mit dem ganzen Rest ihres Mutes, »wissen Sie auch, dass jeden Augenblick Kranich hier erscheinen kann?!«

Die beiden Männer blieben mitten im Zimmer stehen und blickten fragend auf ihren Anführer, dessen Gesicht entstellt vor Wut war.

»Kranich? Ha!«, schrie er zornig auf. »Sie haben ihm also doch gesagt, dass Sie hierher gingen?«

»Ich habe ihm die zwei gefälschten Briefe zugesandt«, sagte Hertha verzweifelt. Sie wusste, dass sie durch ihre Worte Kranichs Leben in Gefahr brachte, aber sie dachte nur an die viel größere Gefahr, die Peter drohte. »Ich traute den zwei Briefen doch nicht recht«, fuhr sie etwas ruhiger fort, denn nun war ihr alles gleich. »Ich beauftragte also einen Dienstmann, diese Briefe genau um halb eins bei Kranich abzuliefern. War alles nur eine Falle, so konnte Kranich noch zurechtkommen und mich schützen ... «

»Genug!«, herrschte sie der Fremde an. »Albert, Bob«, wandte er sich an seine Genossen. »Rasch in den Hof! Holt auch die beiden andern aus ihren Federn. Drei von euch bewachen den Eingang. Kranich wird hereingelassen, aber nicht wieder hinaus. Der vierte von euch macht den Diener.«

Wortlos entfernten sich die zwei.

Hertha atmete erlöst auf: Es war ihr also doch gelungen, für Peter Zeit zu gewinnen. Gleich darauf fuhr sie aber entsetzt zusammen. Deutlich hatte sie ein leises Pfeifen gehört. War Kranich schon da? Wollte er sich ihr bemerkbar machen?

Im nächsten Augenblick sah sie ihre Vermutungen bestätigt. Einer der beiden Komplicen trat ein und meldete kurz:

»Herr Kranich wünscht Sie zu sprechen, Meister.«

Ehe der Fremde eine Antwort geben konnte, öffnete sich die Tür zum zweiten Mal, und herein trat – vergnügt lächelnd, die Hände in den Hosentaschen – Kranich.

Beim Anblick der leblosen Gestalt Peters ging es wie ein schmerzliches Zucken über sein frisch gerötetes Gesicht. Mit einem Satz war er neben dem Verletzten und beugte sich über ihn. Als er sich gleich darauf aufrichtete, war sein Gesicht wieder so sorglos wie immer.

»Auf diesen Augenblick habe ich schon lange gewartet«, sagte der Fremde spöttisch. »Jetzt sind auch Sie in meiner Gewalt. Polizisten werden Sie wohl kaum mitgebracht haben ... Oder doch?«

»Nein«, erwiderte Kranich gleichmütig. »Als ich Peter nicht daheim fand, durchsuchte ich die Wohnung. Da fand ich denn im Papierkorb Ihren netten Brief ... Jedenfalls wusste ich nun, dass ich die Polizei nicht benachrichtigen durfte, da man sonst Peter festgenommen hätte ... «

»Diese rührende Sorge um Peter wird Sie teuer zu stehen

kommen, lieber Herr Kranich«, unterbrach ihn der Alte. Plötzlich hob er lauschend den Kopf. »Was ist das?«

Deutlich vernahm nun auch Hertha Schreie und dumpfes Poltern, das vom Garten her zu kommen schien.

»Was wird das schon sein?«, meinte Kranich achselzuckend. »Ich habe ein paar Spediteure mitgebracht. Die vermöbeln jetzt da unten Ihre Leute.«

Der Mann im Frack war so verblüfft, dass er für die nächsten Sekunden vergaß, Kranich zu beobachten. Wie eine Katze sprang der Detektiv vor und riss seinem Gegner mit blitzschnellem Griff den Revolver aus der Hand. Dann warf er die Waffe in die äußerste Ecke des Zimmers.

»So, und jetzt werde ich mir mal Sie vornehmen«, sagte er freudig und begann, umständlich seinen Rock auszuziehen.

Der Alte wich einige Schritte zurück. Er stand jetzt dicht neben dem Vorhang, der vorhin seinen Komplicen als Versteck gedient hatte. Die Rechte leicht vorgestreckt, die Linke hinter dem Rücken, erwartete er den Angriff des Detektivs.

Mit gesenktem Kopf, wie ein wütender Stier, stürzte Kranich auf seinen Feind zu.

»Halt!«, schrie Hertha plötzlich schrill auf. »Die Nadel! Kranich, die Nadel!«

War es zu spät? Kranich flog mit solcher Wucht auf seinen Gegner zu, dass ein Aufhalten unmöglich erschien, aber – da – dicht vor dem Fremden warf er sich zur Seite, überkugelte sich auf dem weichen Teppich und war gleich wieder auf den Beinen.

»So eine Gemeinheit!«, rief er wütend. »Nein, so was!« Auch er sah jetzt die dünne, kleine Nadel in der Linken des Alten. Dass diese Nadel vergiftet war, das brauchte ihm nicht erst jemand zu sagen.

»Sie haben Glück«, sagte der Alte böse. Dann wandte er sich hastig um und riss die Tür hinter dem Vorhang auf, denn schon hörte er im Gang Lärm. »Wenn ich Sie das nächste

Mal in meine Hände bekomme, Kranich, dann – gnade Ihnen Gott!«

»Wenn!!«, rief Kranich triumphierend.

*

Fünf kräftige, stämmige Spediteure betraten den Raum und blieben erstaunt an der Tür stehen.

»Habt ihr euren Auftrag gewissenhaft ausgeführt?«, erkundigte sich Kranich mit leicht gefurchter Stirn.

»Jawohl, Herr«, antwortete der vorderste der Männer. »Sie sagten uns aber, wir sollten zuhauen, bis Sie ›genug‹ riefen. Die vier Kerle liegen unten und mucksen nicht mehr, aber Sie haben noch immer nicht ›genug‹ gerufen. Sollen wir weitermachen?«

»Nein, das genügt. Schafft sie jetzt auf die nächste Polizeiwache. Ich komme nach. Hoffentlich haben die Kerle wenigstens Ausweispapiere bei sich … Es sind nämlich Verbrecher, Lumpen, sozusagen Parasiten der Menschheit … Denen ist alles zuzutrauen. Ja … und jetzt … euer Geld!« Er trat an Peter heran, zog dessen Brieftasche aus dem Rock und gab jedem der Spediteure fünfzig Mark.

Die Männer dankten und verabschiedeten sich.

»Schickt einen Mietwagen her«, ordnete Kranich noch an. Dann hockte er sich neben Peter nieder, lockerte etwas den Verband und betrachtete sorgenvoll die Kopfwunde.

»Ein Streifschuss«, sagte er gleich darauf beruhigt. »Ein Kinderspiel! Sie sind 'ne richtige Memme, Peter. Gleich hinfallen und den Geist aufgeben! Nein, so was! Ich war einmal bei einem Eisenbahnunglück dabei … Nicht mit der Wimper habe ich gezuckt, und doch hatte ich fünf Granatsplitter im Leibe …«

»Granatsplitter?« Peter lächelte matt. »Bei einem Eisenbahnunglück?«

»Es kann auch etwas anderes gewesen sein. Die Ärzte streiten sich noch heute darüber«, erklärte Kranich leichthin.

Dann nahm er plötzlich einen neuen Anlauf:

»Ihr beide seid mir ja die Richtigen! Fangen an, Detektiv zu spielen! Fein habt ihr das gemacht! Wäre ich nicht dazugekommen, kein Hahn hätte nach euch gekräht.«

»Aber, lieber Kranich«, widersprach Peter verstört. »Ich hatte doch den Brief gelesen ... Ich musste doch glauben, dass Sie zu den Verbrechern gehören ...«

»Ach, was Sie sagen!«, höhnte Kranich. »Sie mussten glauben! Hat man so was schon gehört?! Und ich muss glauben, dass Sie unschuldig sind, obwohl Sie eigentlich jetzt im Zuchthaus sitzen sollten!«

»Sie haben recht«, gab Peter zerknirscht zu.

»Detektiv spielen!«, ereiferte sich Kranich. »Überlasst das nur gefälligst uns, erprobten Fachleuten, die wir durch die Schule der Erfahrung –«

Das Hupen eines Wagens unterbrach Kranichs Redefluss.

»Wir müssen uns beeilen«, erklärte er. »Bald wird die Polizei hier sein.«

»Wollen Sie denn nicht versuchen, den Alten zu finden?«, fragte Hertha.

»Den?« Kranich zuckte die Achseln. »Der ist längst über alle Berge! Ja, wenn die Nadel nicht gewesen wäre – ich hätte Gänseklein aus ihm gemacht ... Aber so ... Los, Hertha, helfen Sie mir!«

Gemeinsam richteten sie Peter auf. Mit vereinten Kräften gelang es ihnen, den Verwundeten bis zum draußen haltenden Wagen zu führen.

Alle stiegen ein, und Kranich nannte seine Adresse. Als der Wagen sich in Bewegung setzte, brannte sich der Detektiv eine Zigarette an und sagte nachdenklich:

»Wenn auf die vier Köpfe der von mir Verhafteten je fünftausend Mark Belohnung ausgesetzt sind, dann kaufe ich mir eine Villa am Gardasee mit viel Mondschein und Nachtigallen ...«

27

Als Friede von den letzten Ereignissen hörte, wurde er sehr ernst.

»Sie haben ganz richtig gehandelt, Kranich«, sagte er nachdenklich. »Und doch … Die Geschichte gefällt mir nicht mehr so recht. Der Alte durfte nicht entkommen …«

»Aber die Nadel!«, rief Kranich aus. »Bedenken Sie, die Nadel … Ich konnte nichts tun …«

»Als der Mann die Nadel in der Hand hielt, war es allerdings bereits zu spät«, unterbrach ihn Friede. »Sie hätten sofort schießen müssen, als Sie dem Mann den Revolver aus der Hand schlugen.«

»Dafür gibt's unter Umständen Zuchthaus«, rechtfertigte sich Kranich. »Nee, nee, auf solche Sachen lasse ich mich nur ungern ein. Und dann … Ich verstehe Sie gar nicht! Ist denn nicht alles in bester Ordnung? Hertha gerettet, Peter gerettet … Vier Verbrecher festgenommen … Allerdings war nur auf den Kopf des einen eine Belohnung von lumpigen tausend Mark ausgesetzt, aber immerhin …«

Friede erhob sich.

»Kommen Sie, wir fahren zum Kommerzienrat. So, so, Sie meinen, alles sei in bester Ordnung? Ich bin da leider anderer Ansicht: Hertha droht Gefahr, Peter droht Gefahr … Am schlimmsten sieht es aber für Sie selbst aus, mein lieber Kranich …«

*

Es war bereits mehr als eine Stunde vergangen, seit der Kommerzienrat, Frau Eilenburg und die beiden Detektive in den tiefen Sesseln am Rauchtisch Platz genommen hatten. Erst hatte man Mokka getrunken, jetzt war man schon beim Likör angelangt; aber noch immer wusste der Hausherr nicht, was Friede und Kranich eigentlich hierhergeführt hatte. Schon machten sich bei ihm leise Zeichen der Ungeduld bemerkbar, aber Friede schien das nicht zu sehen, und Kranich plauderte so unbekümmert darauf los, als sei er zu einem gemütlichen Kaffeeklatsch eingeladen worden.

»Gestatten Sie die Frage«, meinte der Kommerzienrat endlich stirnrunzelnd, »wie geht es eigentlich mit Ihrer Arbeit in meiner Sache vorwärts?«

»Glänzend«, erklärte Kranich strahlend. »Ich rotte die Bande der ›Viper‹ nach und nach mit Stumpf und Stiel aus. Gestern habe ich wieder Stücker vier von den Kerlen verhaften lassen ...«

»Daran liegt mir wenig«, unterbrach ihn der Hausherr kühl. »Ich möchte nur wissen und bewiesen sehen, wer meinen Sohn ermordete ... Können Sie mir da noch gar nichts sagen, Herr Friede?«

Friede lehnte träge in seinem Sessel und liebäugelte mit den feingeschliffenen bunten Likörgläsern.

»Frau Eilenburg«, sagte er schläfrig, ohne die Frage des Hausherrn zu beachten. »Das Glas, aus dem Sie eben trinken, ist mein Glas.«

»Aber nn–nein!«, rief sie befremdet. »Esss ... stand die ganze Zeit vor mm–meinem P–P–Platz.«

»Ich weiß es ganz genau«, beharrte Friede. »Dieses rote Glas hatte ich ...«

»Nein, das ro–rote Glas ha ... hatte ich«, widersprach sie ärgerlich. »Ich verstehe gar nn–nicht ...«

Der Kommerzienrat hatte verblüfft diesem kurzen Streit zugehört. Jetzt hielt er es nicht länger aus:

»Das Glas ist doch blau!«, platzte er heraus. »Seid ihr denn beide verrückt geworden!«

Friede brannte sich seelenruhig eine Zigarre an.

»Ein äußerst seltener Fall von völliger Farbenblindheit«, sagte er gelassen.

Die Eilenburg starrte ihn an. Plötzlich verzog sich ihr Gesicht zu einer weinerlichen Grimasse; sie sprang jäh auf und lief laut schreiend aus dem Zimmer.

»Auch das noch«, stöhnte der Kommerzienrat verzweifelt.

»Hat sie des öfteren derartige Anfälle?«, erkundigte sich Friede.

»Ab und zu«, lautete die Antwort. »Meist hängt das mit einer ihrer unsinnigen Behauptungen zusammen. Wenn man ihr widerspricht, kriegt sie Schreikrämpfe und läuft davon.«

»Und auf diese Weise ist es ihr gelungen, fünfunddreißig Jahre lang ihre Farbenblindheit zu verbergen«, sagte Friede sinnend.

Jetzt erst begann der Kommerzienrat zu verstehen.

»Aber das gibt es doch nicht«, rief er kopfschüttelnd. »Jahrzehntelang ... Nein, nein, das ist doch undenkbar!«

»Der farbenblinde Mensch«, erklärte Friede, »empfindet sein Gebrechen meist als etwas Beschämendes ... Es gibt viel mehr Farbenblinde, als wir ahnen, denn die meisten verstehen es, ihr ›Gebrechen‹ geschickt zu verbergen. Bekannt ist der Fall des Hamburger Arztes U. Dieser Arzt sah überhaupt keine Farben, was für ihn bei der Diagnose manchmal recht hinderlich war. Dennoch wusste kein Mensch von seinem ›Fehler‹ – nicht einmal seine Frau! Erst nach längerer Zeit schöpfte sie einmal Verdacht; daraufhin schminkte sie sich eines schönen Tages blau, und ihr Mann sagte etwas ärgerlich, sie hätte heute viel zu viel Rot aufgelegt ...«

»Aber«, fiel ihm der Hausherr ins Wort, »wenn er gar keine Farben sah, dann konnte er doch das Blau überhaupt nicht bemerken.«

»Doch, natürlich«, gab Friede zurück. »Auch der völlig

Farbenblinde unterscheidet zwischen hell und dunkel. Er sieht seine Umgebung etwa so, wie wir ein Lichtbild sehen.«

»Ich verstehe …«, murmelte der Kommerzienrat nachdenklich.

Kranich, der bis jetzt klugerweise geschwiegen hatte, hielt nun seine Stunde für gekommen.

»Lieber Kommerzienrat«, meinte er nachlässig, »Sie dürfen sich nicht wundern, dass Ihnen derartige Dinge unbekannt waren. Bei einem Detektiv ist es was anderes: Ein Detektiv muss einfach alles wissen. Schon beim ersten Zusammentreffen mit der Frau Eilenburg kam mir der absonderliche Verdacht; nach und nach wurde er zur Gewissheit. Herr Friede fiel förmlich aus den Wolken, als ich ihn plötzlich mit meiner Entdeckung überraschte …«

Der Kommerzienrat blickte verblüfft bald Kranich, bald Friede an.

»Sie, Herr Kranich …«, fragte er langsam. »Sie haben das entdeckt?«

»Es stimmt«, sagte Friede, aber in seinen Augen flimmerte es belustigt.

»So, so …«, meinte der Hausherr unbestimmt. Doch dann hob er entschlossen den Kopf. »Wir sind da ganz vom Thema abgekommen. Ich fragte sie vorhin, wie weit Sie mit Ihren Untersuchungen wären …«

Friede lächelte.

»Aber wir haben doch eben in Ihrer Gegenwart eine sehr wichtige Feststellung in Ihrer Sache gemacht. Die Eilenburg ist farbenblind; folglich ist ihr ganzes, für Peter schwer belastendes Zeugnis wertlos, wenigstens soweit es die Anzugsangelegenheit betrifft.«

»Oh!«, rief der Kommerzienrat überrascht. »Daran hatte ich noch gar nicht gedacht … Ob das wohl genügt, um Peters Unschuld zu beweisen?«

»Dazu genügt es nicht«, erwiderte Friede. »Aber es genügt

zu einer Wiederaufnahme des Prozesses und zu einer Freisprechung mangels Beweisen. Jetzt bitte ich Sie aber, uns zu entschuldigen: Wir müssen sofort die nötigen Schritte einschlagen. Zunächst muss ein ärztliches Gutachten eingebracht werden, das klipp und klar besagt, die Eilenburg sei völlig farbenblind. Das Weitere ist dann einfach ...« Er erhob sich, und Kranich folgte seinem Beispiel.

»Aber ... aber ... meine Herren«, stotterte der Kommerzienrat verwirrt. »Wie erklären Sie sich denn das? Aus welchem Grunde sollte denn die Eilenburg falsch geschworen haben ...«

»Das ist sehr einfach«, sagte Friede ruhig. »Sie wünschte die Verurteilung Peters, weil sie selbst den Mord begangen hat.«

Der Kommerzienrat fand zunächst keine Worte. Und als er endlich etwas sagen konnte, saßen die beiden Detektive schon in ihrem Wagen.

Sinnend starrte der Kommerzienrat der sich rasch entfernenden Staubwolke nach.

*

Den größten Teil des Weges legten die Detektive schweigend zurück. Friede schien sich nur um die Straße zu kümmern; er blickte weder rechts noch links, und das wurde Kranich schließlich doch zu dumm.

»Das haben wir wieder einmal glänzend gemacht!«, platzte er heraus.

Friede wandte nicht einmal den Kopf.

»Ausgezeichnet«, stimmte er kurz zu.

»Jetzt ist Peter gerettet ...«, fuhr Kranich fort. »Und das ist doch schließlich die Hauptsache!«

»Sie vergessen, dass wir heute auch noch etwas anderes erreicht haben«, sagte Friede kühl, mit besonderer Betonung des Wörtchens »wir«.

»Was meinen Sie eigentlich?«, erkundigte sich Kranich neugierig.

»W i r haben erreicht, dass man Ihnen zwei bis drei Tage lang nicht nach dem Leben trachten wird, lieber Kranich. Und das dürfte doch für Sie nicht ganz unwichtig sein.«

»Ach so ...«, meinte Kranich gedehnt. Er kämpfte einen schweren Kampf mit sich selbst. Zu gern hätte er gewusst, auf welche Weise sie das erreicht hätten, aber seine Eigenliebe verbot eine derartige Frage.

»Ach so ...«, wiederholte er nach einer Weile. »Nein, so was! Nun, das ist doch wohl zu selbstverständlich, um darüber noch viel Worte zu verlieren ...«

Friede hatte Hertha vor neuen Anschlägen gewarnt. Erst hatte sie ungläubig gelächelt, denn sie konnte es sich nicht erklären, warum es irgendjemandem so wichtig sein sollte, ihrer habhaft zu werden; nach kurzer Zeit aber musste sie Friede recht geben. Sie merkte nicht nur, dass sie ständig verfolgt wurde, sondern sie erhielt auch wiederholt Botschaften von Peter, François oder Friede, und bei näherer Nachprüfung erwiesen sich alle diese Briefe als gefälscht.

Hertha war jetzt vorsichtig geworden. Sobald ihr irgendetwas verdächtig erschien, wandte sie sich an Friede. Auf diese Weise glaubte sie sich gegen alle Anschläge geschützt. Darin aber irrte sie.

Eines Abends, als sie nach Hause kam und den dunklen Treppengang betrat, fühlte sie sich von ein paar kräftigen Armen umschlungen, und ehe sie Zeit fand, auch nur einen Schrei auszustoßen, presste sich ein feuchtes Tuch über ihr Gesicht. Sie merkte noch, wie sie hinausgetragen wurde, hörte das Surren eines Motors, dann – wusste sie von nichts mehr.

Als sie wieder zu sich kam, sah sie sich in einem kleinen, aber behaglich ausgestatteten Zimmer. Sie lag sorgfältig in

Decken gehüllt auf einer niedrigen Ottomane. Daneben stand ein Rauchtischchen mit Erfrischungen und Zigaretten. Eine kleine Lampe mit grünseidenem Schirm verbreitete gedämpftes Licht.

Hertha glaubte zu träumen. Erstaunt sah sie sich um. Große, prachtvolle Gemälde schmückten die Wände, der Boden war mit einem dicken Perser bedeckt. Totenstille herrschte im Raum, nicht einmal durch das Ticken irgendeiner Uhr unterbrochen.

Hertha überlegte. Natürlich – sie war einfach überrumpelt worden. Sie hatte nur mit einer List ihrer Gegner gerechnet, jene aber hatten nach verschiedenen erfolglosen Versuchen die Geduld verloren und sie einfach mit Gewalt festgenommen ... Und wieder schweiften die Blicke des Mädchens über die kostbaren Einrichtungsstücke ... Nein, das sah eigentlich kaum einem Gefängnis ähnlich ... Sogar für Erfrischungen und Zigaretten war gesorgt worden ... Was mochte diese sonderbare Rücksicht bedeuten?

Sie schlug die Decke zurück. Sie lag vollständig angekleidet auf der Ottomane; nur die Schuhe fehlten, aber Hertha erblickte sie gleich am Fußende ihres Lagers. Sie streifte sie an, sprang auf und ging zur Tür.

Verschlossen! Also war sie doch eine Gefangene ...

Da erblickte sie über dem Rauchtisch eine schwarze Schnur mit einem Druckknopf daran. Ah! Eine Klingel! Entschlossen drückte sie auf den Knopf und wartete gespannt, was nun geschehen würde.

Es war kaum eine Minute verstrichen, als sie hörte, wie an der Tür ein Riegel zurückgeschoben wurde. Gleich darauf trat ein Mann in schwarzem Anzug ins Zimmer. Sein Gesicht war kalt und ausdruckslos, aber seine Haltung verriet Ehrerbietung.

»Was bedeutet das alles?«, rief Hertha mutig. »Wo bin ich? Wer sind Sie?«

»Beunruhigen Sie sich bitte nicht«, sagte der Mann höflich. »Sie sind hier in Sicherheit. Und ich – ich bin Sergius, erster Diener des Herrn Robert Bergengrün.«

Robert Bergengrün ... Oh, diesen Namen kannte Hertha! Das war doch der Mann, der ihr Geschäft vor dem Untergang bewahrt hatte ... Der Mann, der ihr bis heute ein ungelöstes Rätsel geblieben war. Sie hatte ihren Geschäftsführer zu ihm gesandt, um Klarheit über die eingezahlte Summe zu erhalten; aber der Geschäftsführer war kurz abgefertigt worden: Es sei alles in Ordnung, war ihm gesagt worden, und Herr Bergengrün wünsche in dieser Sache nicht weiter belästigt zu werden. Und nun hatte dieser Mann sie entführen lassen ...

Hertha hob rasch den Kopf.

»Warum hat man mich hierher verschleppt?«, fragte sie ungeduldig.

Sergius hob die Schultern.

»Das kann ich Ihnen nicht sagen, da ich es selbst nicht weiß.«

Mit der Angst Herthas war es nun vorbei. Ein Mann, der ihr mit einem so großen Geldopfer aus der Not geholfen hatte – brauchte sie sich vor diesem Mann zu fürchten?

»Führen Sie mich zu Ihrem Herrn«, befahl sie entschlossen.

»Der Herr ist gerade abwesend«, erwiderte der Diener ehrfurchtsvoll. »Bis er wiederkommt, habe ich für ihr Wohlergehen zu sorgen.«

Hertha stampfte zornig mit dem Fuß auf.

»Ich will aber selbst für mein Wohlergehen sorgen. Verstanden? Sagen Sie mir jetzt: Bin ich hier eine Gefangene oder nicht?«

Die Beantwortung dieser Frage bereitete Sergius sichtlich Schwierigkeiten.

»Eigentlich nicht«, sagte er endlich zögernd. »Ich habe

Anweisung, Sie in nichts zu behindern, sofern Sie mir versprechen, bis zur Ankunft meines Herrn dieses Haus nicht zu verlassen.«

»Und wenn ich das nicht verspreche? Was dann?«, rief sie mit blitzenden Augen.

»Dann ... hm ... dann ...«, brachte er stockend hervor. »Dann müsste ich Sie in diesem Raume festhalten.«

»Mit Gewalt?«

»Nur falls das nötig sein sollte – was ich nicht hoffe.«

Hertha überlegte einen Augenblick.

»Wissen Sie eigentlich, dass Sie sich dabei strafbar machen?«

Sergius zuckte wieder die Achseln.

»Ich richte mich genau nach den Anweisungen meines Herrn«, erwiderte er leise. »Mein Herr wird schon wissen, warum er von mir eine strafbare Handlung verlangt.«

Hertha war aufgesprungen und lief unruhig im Zimmer auf und ab. Plötzlich blieb sie entschlossen am Fenster stehen. Ein Ruck, und sie hatte den Flügel aufgerissen.

»Es würde mir sehr leid tun«, knurrte Sergius und machte drohend ein, zwei Schritte auf sie zu.

»Also gut«, sagte sie ärgerlich. »Ich verspreche, das Haus nicht zu verlassen. Gehen Sie jetzt! Ich will mir mein Gefängnis näher ansehen.«

Sergius war sofort wieder die Höflichkeit selbst.

»Ganz wie Sie wünschen, gnädiges Fräulein«, erklärte er mit einer tiefen Verbeugung. Dann schritt er steif, mit seltsam abgehackten Schritten, davon – ins Gesindezimmer.

Ein Wink seiner schmalen, wohlgepflegten Hand, und zehn Diener und Knechte – alles kräftige, stämmige Gestalten – rückten erwartungsvoll näher.

»Verteilt euch im Garten«, ordnete Sergius an. »Alle drei Eingänge und sämtliche Fenster sind genau, aber unauffällig zu überwachen. Sobald ein Fremder sich einzuschleichen versucht, wird sofort scharf geschossen.«

»Und wenn das Fräulein fliehen will?«, fragte einer der Knechte. »Festhalten?«

»Nein«, sagte Sergius sehr bestimmt. »Wenn sie wirklich das Haus verlassen wollte, darf sie es ungehindert tun.«

*

Hertha stand vor dem Schreibtisch Robert Bergengrüns und war vollkommen ins Betrachten eines Mädchenbildnisses in goldenem Rahmen versunken, als die Tür sich lautlos öffnete und der Hausherr eintrat.

»Guten Abend, mein Fräulein«, sagte er ruhig und presste sein Einglas in die Augenhöhle. Die Blicke, mit denen er das Mädchen musterte, waren etwas spöttisch, aber nicht unfreundlich.

Hertha stellte das Bild wieder auf den Tisch. Wenn das unerwartete Erscheinen Bergengrüns sie ein wenig verwirrt hatte, so merkte man ihr davon nichts an. Sie blickte voll zu ihm auf, und nichts in ihrem Benehmen verriet Angst oder auch nur Besorgnis.

Bergengrün schwieg.

»Sie haben mich entführen lassen«, sagte Hertha kühl. »Ich gab einem Ihrer Bediensteten das Wort, so lange hier zu bleiben, bis Sie kämen. Nun werden Sie mir wohl einige Erklärungen geben, mein Herr?«

Bergengrün schwieg noch immer. Er ließ das Einglas geschickt in die Hand gleiten und schritt ein paar Mal langsam über den weichen Teppich durchs Zimmer.

»Wenn Sie mir nichts zu sagen haben«, fuhr Hertha unwillig fort, »so kann ich ja gehen ...«

Der Hausherr sah schräg zu ihr hinüber. Dann steckte er die Hand in die Tasche, zog einen Schlüssel hervor, warf ihn einmal, zweimal spielend in die Höhe und verschloss die Tür.

»Also gefangen!«, sagte Hertha. »Ich werde an die Polizei telefonieren ...« Sie griff nach dem Hörer des Fernsprechers.

»Die Leitung ist durchschnitten«, bemerkte Bergengrün gelassen.

Zornig warf Hertha den Hörer wieder auf die Gabel.

»Aber was soll denn das alles bedeuten? Was fällt Ihnen ein?«

Bergengrün schüttelte missbilligend den Kopf.

»Alles gefällt mir an Ihnen«, meinte er nachdenklich. »Sie sind mutig, nicht auf den Kopf gefallen, durchaus nicht romantisch, nur ... hm ... Sie reden zu viel.«

Hertha blickte ärgerlich auf. Schon wollte sie ihrem Unmut Worte verleihen, aber eine Handbewegung des Hausherrn gebot ihr Schweigen.

»Wenn Sie wüssten, um wie viel beredter Schweigen ist, Sie würden den Mund halten und warten«, sagte er und nahm seine Wanderung durchs Zimmer wieder auf. »Warten ... Das können die Menschen nicht ... Das lernt man erst im Zuchthaus.«

Er schwieg, und Hertha nahm die Gelegenheit sofort wahr.

»Wer sind Sie eigentlich? Was wollen Sie ...«

»Halt!«, unterbrach er sie ruhig. »Immer nur eine Frage, nicht zwei auf einmal stellen.« Er lächelte. »Das lernt man beim Untersuchungsrichter.«

Wieder schwieg er.

Achselzuckend setzte sich Hertha auf einen Sessel.

»Also gut. Ich rede kein Wort mehr. Von mir aus können Sie jetzt stundenlang in Ihren geistreichen Ausführungen fortfahren.«

»Solche Gedanken darf man nie laut werden lassen«, tadelte er mit einem mitleidigen Lächeln. »Schweigend muss man auch den größten Blödsinn anhören können – das lernt man, wenn man eine Rede des Staatsanwalts gegen sich selbst angehört hat.«

Hertha sprach kein Wort mehr. Nur ihre blitzenden Augen und die zuckenden Lippen verrieten ihre Gefühle.

»Und jetzt«, sagte Bergengrün nach einer Weile mit immer derselben Gelassenheit, »jetzt will ich Ihnen in wenigen Worten Ihre Frage beantworten und noch einiges sagen, wozu Sie vermutlich eine halbe Stunde brauchen würden.« Er trat ganz nahe an sie heran. »Sie fragten, wer ich eigentlich sei? Nun, ich bin Robert Bergengrün und habe gerade zehn Jahre und etliche Monate Zuchthaus verbüßt; und Sie, mein Fräulein, sind Hertha Alexandra Bergengrün, meine Tochter.«

28

Hertha starrte ihn an, als zweifle sie an seinem Verstand.

»Wer – wer bin ich?«, stammelte sie endlich.

»Meine Tochter«, wiederholte er ruhig. Als wollte er ihr Zeit lassen, das Unerwartete in sich aufzunehmen, durchmaß er noch ein-, zweimal mit langsamen Schritten das Zimmer. Mit dem Rücken gegen das Fenster gelehnt, blieb er stehen. Er verschränkte die Arme über der Brust und begann gleichmütig seine Erzählung:

»Ich traf Sie vorhin beim Betrachten jenes Bildes dort an. Sie werden die Ähnlichkeit bemerkt haben – die Ähnlichkeit des Bildes mit Ihnen selbst. Das ist kein Wunder, denn es ist ja das Bild Ihrer Mutter ...« Er machte eine abwehrende Handbewegung, die deutlicher als Worte sagte, dass er keine Unterbrechung wünschte. »Ich heiratete sehr früh ... Meine Eltern waren tot und hatten mir ein beträchtliches Vermögen hinterlassen. Ich war also nicht gezwungen, einen Beruf auszuüben, aber das Nichtstun lag mir nicht. So wurde ich Jurist und betätigte mich außerdem als Privatdetektiv. Ich konnte es mir erlauben, nur bedeutende Fälle zu übernehmen, und tat es meist ohne Vergütung – für Minderbemittelte. Dabei hatte ich einige recht hübsche Erfolge, und mein Name war bereits nicht mehr ganz unbekannt, als ich auf den sonderbaren Fall ›Kramer‹ stieß. Dieser Kramer war mit Arsen vergiftet worden, und die Geschworenen hatten seine Frau des Mordes für schuldig erklärt. Kurz vor seinem Ende hatte Kramer eine kleine Erbschaft gemacht; auch war er von einem Agenten zu einer hohen Versicherung überredet worden – zugunsten der Erben. Trotz aller meiner Bemühungen gelang es mir nicht, die Geschworenen davon zu überzeugen, dass nicht die Frau, sondern der Bruder des Toten der Mörder sei. Dieser Bruder konnte nämlich ganz einwandfrei sein Alibi nachweisen. Dass er durchtriebene Helfershelfer gehabt, die es auch verstanden hatten, den Verdacht auf die Frau Kramers zu lenken – das wollte mir niemand glauben. Kurz: Frau Kramer wurde hingerichtet, Kramers Bruder aber trat als einziger Verwandter die Erbschaft an und erhielt auch die hohe Versicherungssumme ausgezahlt ...«

»Schrecklich!«, rief Hertha aus, die im Banne der Erzählung vollkommen vergessen hatte, dass Bergengrün eigentlich eine ganz andere Frage beantworten sollte. »Und ... und die Frau war wirklich unschuldig?«

»Ich bin davon überzeugt«, erwiderte Bergengrün finster. »Heute mehr denn je. Aber hören Sie weiter: Ich beobachtete insgeheim den Bruder Kramers. Er lebte bescheiden, schlecht und recht weiter. Dabei hob er aber immer wieder hohe Summen von der Bank ab, und nie gelang es mir festzustellen, was mit diesem Gelde geschah. Heute weiß ich es: Er bezahlte damit den eigentlichen Mörder, der in seinem Auftrag gehandelt hatte ...«

Bergengrün unterbrach seine Erzählung, da es an der Tür geklopft hatte. Sergius trat ein. Er hatte keinen Blick für Hertha, und sein Gesicht war so ausdruckslos wie immer, als er meldete:

»Müller II mit einer wichtigen Botschaft.«

»Sofort vorlassen«, ordnete Bergengrün an.

Eine Minute später betrat ein noch junger Mann, mit hageren, entschlossenen Gesichtszügen das Zimmer. Sein brauner Regenmantel war nass, den Schlapphut hielt er in der Hand, und sein dichtes, pechschwarzes Haar fiel ihm wirr in die Stirn.

»Nun?«, fragte Bergengrün mit einem kaum merklichen Heben der Augenbrauen. Das war das einzige Zeichen der Gespanntheit, das man bei ihm bemerken konnte.

Unentschlossen blickte der junge Mann zu Hertha hinüber.

»Meine Tochter«, erklärte Bergengrün kurz. »Sie können ruhig sprechen.«

Jetzt brachte der Fremde eine Aktenmappe zum Vorschein, die er bis dahin geschickt hinter seinem Rücken verborgen gehalten hatte.

»Auftrag erledigt«, sagte er einfach und legte die Tasche vor den Hausherrn auf den Tisch.

Bergengrün öffnete sie und zog ein versiegeltes Päckchen in hellbraunem Papier hervor. Dann klemmte er sein Einglas vors Auge und betrachtete prüfend die wenigen Worte der Aufschrift. Unwillkürlich blickte auch Hertha hin, aber sie konnte nur zwei Worte entziffern:

»Beweise gegen –«

Bergengrün legte das Päckchen mit der Aufschrift nach unten auf den Tisch und blickte prüfend den jungen Mann an, der, ohne das Gesicht zu verziehen, der Musterung standhielt.

»Mussten Sie Gewalt anwenden?«, fragte der Hausherr etwas leiser als sonst.

Ein Kopfschütteln des Fremden war die Antwort.

»List«, erklärte er. »Es gelang, Friede von seiner Wohnung fernzuhalten. Den Schrank mussten wir allerdings gewaltsam öffnen.«

»Friede?!«, schrie Hertha auf. Ein schrecklicher Verdacht war in ihr aufgetaucht. »Bei Friede haben Sie …«

Sie verstummte unter dem jähen, zornfunkelnden Blick Bergengrüns.

»Ich erkläre es dir später«, sagte er gleich darauf wieder beherrscht.

Sinnend blickte er durch die regennassen Scheiben in den Garten. Eine ganze Minute verstrich unter allgemeinem Schweigen.

Plötzlich wandte sich Bergengrün um.

»Müller II«, sagte er scharf. »Sie haben die Aufschrift des Päckchens natürlich gelesen?«

Der junge Mann nickte.

»Ich konnte nicht anders. Es ließ sich nicht vermeiden, da im Schrank noch andere Päckchen lagen ...«

»Es ist gut«, wehrte der Hausherr ab. »Berichten Sie jetzt genau, was Sie taten, nachdem – Sie verstehen?«

Wieder nickte der andere.

»Meyer IV wartete unten im Wagen«, begann er seinen Bericht. »Dort zog ich mich um. Während Meyer den Wagenlenker entlohnte, verschwand ich unauffällig im Menschengewühl. Dann fuhr ich nach Hause, wo ich wiederum die Kleider wechselte. Nachher besuchte ich das Kaffeehaus ›Ruscho‹. Ich hielt mich dort etwa eine halbe Stunde lang auf. Von da kam ich mit der Straßenbahn hierher.«

»Sie haben während dieser Zeit niemandem verraten, wie die Aufschrift des Päckchens lautet?«, forschte Bergengrün.

»Keinem Menschen.«

»Auch Meyer IV nicht?«

»Auch ihm nicht.«

Bergengrün kreuzte die Hände auf dem Rücken und machte ein paar Schritte, blieb aber sofort wieder stehen und drückte auf einen Klingelknopf.

Sergius erschien sogleich.

»Ist der Bericht Fischers I da?«, fragte Bergengrün.

»Jawohl.«

Kurz darauf hielt Bergengrün zwei eng beschriebene Schreibmaschinenbogen in der Hand und las sie aufmerksam durch.

»Ja«, sagte er. »Fischer I bestätigt Ihre Angaben. Nur hätten Sie nicht vergessen dürfen, zu erwähnen, dass Sie im Kaffeehaus für etwa drei Minuten die Fernsprechzelle betraten.« Plötzlich war Bergengrüns Gesicht weiß vor Zorn. »Mit wem sprachen Sie?«, fragte er finster.

Das braune Gesicht Müllers war noch dunkler geworden.

»Ich ... ich wollte ... musste ...«, stammelte er. Doch sogleich hatte er sich wieder gefasst. »Auf meine Tat steht Zuchthaus, Herr Bergengrün«, sagte er fest. »Sie können es mir nicht verdenken, wenn ich mich sicherheitshalber bei der Schiffsagentur erkundigte, ob für mich wirklich für morgen früh ein Platz auf der ›Aquitania‹ belegt sei.«

Wortlos griff der Hausherr nach dem Hörer des Fernsprechers.

»Entschuldigen Sie, bitte«, sprach er freundlich in die Muschel, aber seine Augen funkelten drohend. »Ich wollte nur mal anfragen, ob für mich, Alfons Murnau, ein Platz auf der ›Aquitania‹ belegt ist ... Wie? Ich hätte heute schon bei Ihnen angefragt? Nein ... Ach, das wird mein Freund gewesen sein. Nein, nein ... Es ist alles in Ordnung: Ich reise bestimmt.«

Er hängte ein und trommelte gereizt mit den Fingern auf der Tischplatte.

»Ihr Glück, dass es so war«, bemerkte er endlich langsam. »Dennoch war Ihr Gespräch ein grober Fehler. Als Sie an Ihren Tisch zurückkehrten, saß doch dort ein junger Mann? Nicht wahr?«

»Ja, aber es war ein ganz harmloses Früchtchen; für uns bestimmt nicht gefährlich.«

»So, so ...«, knurrte Bergengrün und tippte mit dem Finger auf eine Stelle des Berichts Fischers. »Dieses harmlose Früchtchen war der Detektiv Kranich. Er ist Ihnen begegnet, als Sie Friedes Haus verließen, und folgte Ihnen bis zum Kaffeehaus. Die drei Minuten Ihrer Abwesenheit benutzte er, um sich den Inhalt Ihrer Tasche anzusehen. Vermutlich hätte er das Päckchen sogar geraubt, wenn ihm nicht aufgefallen wäre, dass ihn Fischer scharf beobachtete.«

»Ich hätte die Tasche in die Fernsprechstelle mitnehmen sollen«, meinte Müller II kleinlaut.

»Sie hätten überhaupt nicht telefonieren sollen«, verbesserte Bergengrün kalt. »Und Sie hätten Ihren Verfolger unbedingt entdecken müssen.«

»Ich habe genau aufgepasst, aber keinen Menschen gesehen, der sich irgendwie verdächtig benahm ...«

»Das ist es ja eben, was Kranich zu einem so gefährlichen Gegner macht!«, rief Bergengrün heftig. »Er benimmt sich so auffallend, dass es schon gar nicht mehr verdächtig wirkt ...« Dann fügte er sinnend hinzu: »Drei Mann, die zu viel wissen: Friede, Sie und Kranich ... Friede wird schweigen, Sie müssen schweigen, aber Kranich ... Nun, ganz gleich. Ihr Dienst bei mir ist jetzt jedenfalls beendet.« Er griff in die Tasche: »Hier sind fünfhundert Mark für die Reise, ferner die Schiffskarte, ein ganz ausgezeichneter Pass und endlich die Bankanweisung. Wie Sie sehen, habe ich angeordnet, Ihnen monatlich dreihundert Dollars zu zahlen – bis auf Widerruf! Sobald Sie plaudern, sperre ich die Zahlungen. Sie werden also schweigen.«

Der Agent Müller II verneigte sich stumm.

»Leben Sie wohl«, sagte Bergengrün steif und hielt die Rechte dabei mit betonter Absichtlichkeit hinter dem Rücken.

Gleich darauf waren er und Hertha wieder allein.

»Ein tüchtiger Mensch«, brummte der Hausherr. »Hat aber einen Fehler: Furcht vor der Polizei! Warum musste er auch die Schiffsagentur anrufen? Aus Angst! Lächerlich!« Er drückte auf den Klingelknopf und befahl dem eintretenden Sergius, für Erfrischungen zu sorgen.

Immer verwirrter wurde Hertha, als sie das sonderbare Benehmen des Hausherrn und seines Dieners beobachtete. Wie stets musste Sergius vom Likör und Gebäck kosten; dann erst schenkte Bergengrün auch sein und Herthas Glas voll.

»Eine notwendige Vorsichtsmaßregel gegen Giftmordanschläge«, erklärte er auf Herthas fragenden Blick. Dann bedeutete er Sergius mit einer Handbewegung, das Zimmer zu verlassen.

»Dieser Kranich geht mir nicht aus dem Kopf«, knurrte er. »Es sollte mich nicht wundern, wenn er bald hier erschiene ...«

»Mich auch nicht«, erwiderte Hertha. »Er hat mich schon einmal aus einer unerquicklichen Lage befreit, und ...«

»Ach so«, unterbrach Bergengrün sie zerstreut. Seine Gedanken schienen ganz woanders zu sein. »Sie betrachten also Ihre Lage immer noch als unerquicklich ... Warten Sie, ich will Ihnen das erklären ... Übrigens, warum sage ich noch ›Sie‹? Du bist meine Tochter, und daher ...«

»Bleiben wir lieber bei dem ›Sie‹«, fiel ihm jetzt Hertha ins Wort. »Ich muss gestehen, dass ich von Ihrer Vaterschaft noch nicht ganz überzeugt bin.«

Bergengrün betrachtete sie mit einem Ausdruck von Staunen. Dann verzogen sich seine Lippen zu einem leisen Lächeln.

»Du bist eine echte Bergengrün«, meinte er anerkennend. »Mutig, selbstbewusst und sogar dreist ... Aber nun höre zu: Seit dem Fall Kramer verfolgte ich einen unbekannten Mann – einen Giftmischer von Beruf, wenn man sich so ausdrücken darf. Von seinen Spießgesellen wurde er ›Viper‹ genannt, und ich muss gestehen, man hätte für ihn keine geeignetere Bezeichnung finden können – so hinterlistig und heimtückisch waren seine Taten. Nach und nach wurde mein Ahnen zur Gewissheit, und täglich brachten mir meine Agenten Nachrichten, die meine Mutmaßungen bestätigten. Immer enger wurde der Kreis, den ich um jenen geheimnisvollen Verbrecher zog ... bis ... Ja, eines Tages erhielt ich von ihm einen Brief ... Er drohte, sich an mir zu rächen, falls ich meine Nachforschungen nicht sofort einstellte. Ich beging den unverzeihlichen Fehler, diese Drohung nicht ernst zu nehmen. Und ... acht Tage später war meine Frau, deine Mutter, tot.«

Bergengrün war aufgesprungen und stand in ganz ungewöhnlicher Erregung, leicht über den Tisch gebeugt, vor Hertha. Seine Augen glänzten fieberhaft, die Stirn war feucht.

»Als Todesursache wurde Herzschlag festgestellt. Aber unter den zahlreichen Beileidsbriefen befand sich ein Kärtchen folgenden Inhalts: ›Mein innigstes Beileid zum Ableben Ihrer Gemahlin. Sie hätten es verhindern können.‹ Kein weiteres Wort, auch keine Unterschrift, aber ich wusste jetzt, dass meine Frau mit irgendeinem nicht nachweisbaren Stoff vergiftet worden war. Und ich wusste, wer der Täter war. Und doch konnte ich ihm nichts anhaben, denn ich kannte ihn nur unter dem Namen ›die Viper‹.«

Erschöpft fuhr sich Bergengrün mit der Hand über die Stirn und ließ sich in seinen Sessel fallen. Nach kurzem Schweigen, das Hertha nicht zu unterbrechen wagte, nahm er seine Erzählung wieder auf:

»Drei Wochen lang hatte ich Ruhe, dann kamen neue Drohbriefe. Nun hatte ich außer dir, Hertha, keinen Menschen mehr auf der Welt. Du warst damals zwei Jahre alt und mein einziger Trost nach dem schweren Verlust, der mich betroffen. Manchen bangen Abend verbrachte ich mit dir allein … Du saßest auf meinem Schoß, und ich erzählte dir Geschichten und Märchen. Und wenn du dann eingeschlafen warst, betrachtete ich still dein unbekümmertes kleines Gesichtchen und kam mir wie ein Mörder vor, wenn ich daran dachte, dass ich die Verfolgung des Bedrohers deines Lebens noch immer nicht eingestellt hatte. Abend für Abend kämpfte ich immer wieder denselben schweren Kampf aus, und Abend für Abend fasste ich den Entschluss, am anderen Tage allen meinen Agenten den Befehl zum Aufgeben der Verfolgung zu geben. Und jeden Morgen, wenn ich an meinen Schreibtisch trat und dort die Berichte meiner Leute vorfand, änderte ich wieder meinen Entschluss. Ich rieb mich

in diesem Kampfe förmlich auf; meine Nerven waren über-
reizt, jede Kleinigkeit brachte mich zum Schäumen vor
Wut. Und dann – eines Abends – fasste ich einen Plan!
Am nächsten Morgen war ich wieder so ruhig wie früher.
Gefasst gab ich den Befehl zum Einstellen der Verfolgung.
Eine ganze Woche lang konnte jener Verbrecher tun und lassen, was er wollte. Wie ich später feststellen konnte, beging
er in dieser Zeit drei neue Giftmorde, die anscheinend schon
lange geplant und nur durch das stete Beobachten meiner
Leute bis dahin verhindert worden waren. Nach Ablauf dieser acht Tage aber gab ich den Befehl, die Verfolgung wieder
aufzunehmen und rücksichtslos mit allen Mitteln durchzu-
führen.«

»Wie? Ich verstehe nicht!«, rief Hertha verwundert.

»Diese acht Tage brauchte ich, um dich verschwinden zu
lassen«, erklärte er müde. »Zweiundzwanzig Agenten arbeiteten daran, die Spuren zu verwischen. Ein mir gänzlich
unbekanntes zweijähriges Mädelchen wurde kreuz und quer
durch vierzehn Staaten bis Venezuela geschafft. Erst nach
fünf Jahren hatte mein Feind den Aufenthalt des Kindes entdeckt, und dann starb es …« – er schwieg einen Augenblick –
»… an Herzschlag«, setzte er bitter hinzu.

»Und … und ich?«, flüsterte Hertha atemlos.

»Du lebtest inzwischen ganz in meiner Nähe bei dem
Ehepaar Burgmüller, das dich an Kindes statt annahm. Ich
gründete François später mit Hilfe eines Mittelsmannes ein
Geschäft, das ich häufig besuchte. So konnte ich dich ab und
zu sehen, ohne Gefahr für dein Leben, denn auch François
selbst weiß nicht, wessen Tochter du bist … Leider war das
doch ein verhängnisvoller Fehler, wenn auch nicht du es
warst, die darunter zu leiden hatte … Ich benutzte häufig
die Kunst François', um mein Äußeres zweckentsprechend
unkenntlich zu machen … Da ich niemandem traute, betrat
ich das Geschäft deines Pflegevaters nie anders als maskiert.

Auch er hat also nie mein wahres Gesicht gesehen ... Und das war ein verhängnisvoller Fehler ...«

Erstaunt schüttelte Hertha den Kopf.

»Aber wieso denn? Nach alledem, was Sie ... du mir eben erzähltest, durftest du doch gar nicht anders handeln ...«

»Als ich später ins Zuchthaus gesteckt wurde, kam statt meiner jener Giftmischer zu François, und es gelang ihm, den armen Mann zu täuschen. Zehn Jahre lang hat François jenem schrecklichen Menschen Helfersdienste geleistet ...«

»Aber natürlich völlig ahnungslos!«, rief Hertha hitzig.

»Das ist ja eben das Schlimme an der Sache: Jener Kerl hat es verstanden, François nach und nach einzuwickeln. Als François Geld brauchte, lieh er es ihm bereitwillig gegen Wechsel mit Wucherzinsen. Und als er den armen Menschen ganz in der Hand hatte ... nun, da wird er ihm wohl gesagt haben, welcher Art Dienste François ihm leistete. Fest steht jedenfalls, dass der kleine Haarkünstler seit vier Jahren ein Leben in steter Angst und Sorge führte ...«

»Und jetzt ist er verschwunden! Vielleicht hat ihn jener Mann auch ermordet ...«

Bergengrün lächelte.

»Ich kann dich beruhigen, liebes Kind«, sagte er freundlich. »Dein Pflegevater hat für sich in all seiner Einfalt doch ein wunderbares Versteck gefunden – nämlich ganz in der Nähe. Seine Feinde suchen ihn aber bereits im Ausland!«

Erleichtert atmete Hertha auf. Doch sogleich trat in ihr Gesicht wieder ein nachdenklicher Ausdruck.

»Vater«, sagte sie stockend. Das Aufleuchten in seinen Augen machte sie nur noch verwirrter. »Wie ... wie war das doch ... mit den zehn Jahren ... die du ... im ... im ...«

»Die ich im Zuchthause zubrachte?«, fragte er ruhig. »Nun, auch das war ein Verbrechen jener ›Viper‹. Als er jenes andere Kind ermordet; als er sah, dass auch das nichts genützt hatte, da dachte er sich etwas anderes aus. Und eines Tages wurde ich unter Mordverdacht verhaftet … Die Indizien so gut wie lückenlos … Nur der Tüchtigkeit meines Verteidigers verdanke ich es, dass ich noch mit dem Leben davonkam …«

Es klopfte.

»Ein Herr Kranich wünscht Sie zu sprechen, Herr«, meldete der Diener Sergius.

29

Der Eintritt Kranichs vollzog sich in der ihm eigenen über-
raschenden und lebhaften Weise. Er stürzte herein, stolperte über den dicken Teppich, fiel auf die Knie, raffte sich
geschwind wieder auf und streckte Bergengrün mit leuchten-
dem Antlitz beide Hände entgegen.

»Guten Tag, guten Tag, lieber Herr Bergengrün!«, rief er
stürmisch. »Gestatten: Kranich, erfolgreicher Privatdetektiv.«

Bergengrün musterte den Besucher mit abweisender Miene.

»Das ist allerhand«, sagte er ironisch.

»Das ist noch gar nichts«, widersprach Kranich unbekümmert. »Wenn Sie einen Begriff von meinen Fähigkeiten
bekommen wollen, müssen Sie die letzten Tagesblätter lesen –
sie sind voll von meinen Erfolgen.«

»Das ist allerhand«, wiederholte der Hausherr ruhig und
entzog Kranich seine Hand, die der Detektiv sehr gegen
Bergengrüns Willen ergriffen und bis jetzt leidenschaftlich
gedrückt hatte.

Wenn Kranich es sich einmal in den Kopf gesetzt hatte,
einen Menschen zu verblüffen, so konnte ihn ein so kühles
Benehmen völlig aus dem Häuschen bringen.

»Noch gar nichts ist das!«, rief er aufgebracht. »Heute erhielt ich ein Angebot aus Chicago, den Kampf mit den dorti-
gen Spitzbuben aufzunehmen, aber ich werde wohl ablehnen,
da auch Scotland Yard …«

»Das ist allerhand«, unterbrach ihn Bergengrün bissig,
mit finster zusammengezogenen Augenbrauen. Hertha aber
konnte sich nicht mehr beherrschen: Sie lachte hell auf.

Jetzt erst bemerkte Kranich das Mädchen.

»Meine Tochter«, stellte Bergengrün vor.

»Ihre – was?!«, entfuhr es Kranich. Eine geraume Weile starrte er bald Hertha, bald Bergengrün an, dann platzte er heraus:

»Das ist aber wirklich allerhand!«

Sogar um die Mundwinkel Bergengrüns zuckte es jetzt verdächtig.

»Sie sind mir über, lieber Herr Bergengrün«, erklärte Kranich gleich darauf versöhnt. »Eine fabelhafte Lüge! Nur müssen Sie wissen, dass ich in Herthas Familie sozusagen ein- und ausgehe. Ihre Mutter hält große Stücke auf mich, und ihr Vater zieht mich häufig zu seinen geschäftlichen Beratungen hinzu. Neulich erst habe ich einen lästigen Besucher rausgeschmissen – es war ein Giftmischer! Er hat auch mit dem Mord an Albert Sommerfeld etwas zu tun. Wenigstens sagte er mir einmal ...«

Jetzt hatte Kranich seinen Zweck doch noch erreicht: Bergengrün war überrascht aufgefahren.

»Sie kennen den Kerl, diesen Giftmischer?«

»Wie meine Westentasche«, erwiderte Kranich selbstzufrieden. »Wie oft hat er mich schon in seinem Wagen mit nach Hause genommen. ›Kranich‹, sagte er, ›Kranich, altes Haus, du musst bei mir noch ein Likörchen trinken.‹ ›Meinetwegen‹, pflegte ich dann zu antworten. ›Aber dass du mir keine Späße machst – ich vertrage nun einmal keinerlei Gift.‹ – Ein wirklich netter Kerl, wenn er nur nicht diese scheußliche Angewohnheit hätte: Immer muss er Menschen vergiften ...«

»Glauben Sie ... Glaube ihm nicht, Vater«, rief Hertha dazwischen. »Er schwindelt wie gedruckt.«

Bergengrün machte eine abwehrende Handbewegung.

»Das habe ich bereits gemerkt«, sagte er missmutig. Dann wandte er sich Kranich zu: »Was wünschen Sie eigentlich, mein Herr?«

Der junge Detektiv rieb sich nachdenklich die Stirn.

»Was ich wünsche? Jesses ja, nun hab ich's richtig vergessen … Aha, natürlich: Ich wollte Sie fragen, wann Sie Herrn Friede das entliehene Päckchen zurückzugeben gedenken. Wissen Sie, das Päckchen mit der Aufschrift: Beweise ge…«

»Still!«, herrschte ihn Bergengrün an. »Drei Menschen zu viel kennen diese Aufschrift. Es ist nicht nötig, dass auch Hertha sie noch erfährt.«

»Drei Menschen zu viel?«, meinte Kranich sinnend. »Das ist jener schwarzhaarige junge Mann, ferner Friede … und … und … Aha, ich hab's: und Sie!«

»Nein, Sie!«, rief Bergengrün erzürnt. Etwas ruhiger fuhr er fort: »Mit Herrn Friede werde ich schon einig werden. Was den Müller II betrifft, so verlässt er …«

»… morgen zehn Uhr siebenundzwanzig mit der ›Aquitania‹ Europa, meinen Sie?«, unterbrach ihn Kranich. »Gott ja, es ist möglich. Aber – der Mensch denkt, das Polizeipräsidium lenkt; besonders, wenn im letzten Augenblickchen so ein Telegrämmchen kommt: ›Einen gewissen Alfons Murnau bei Betreten des Dampfers Aquitania verhaften!‹«

»Woher wissen Sie das alles!?«, fuhr Bergengrün auf. Bei dieser Unterredung fiel es ihm wirklich schwer, seine gewohnte Selbstbeherrschung zu wahren.

»Ihr Müller II hatte in der Fernsprechzelle das Teilnehmerverzeichnis offen liegen gelassen. Der Name einer Schiffsagentur stach mir derart in die Augen, dass ich ihn mir aufschreiben musste. Vor zehn Minuten rief ich die Agentur an und sagte, ich sei der Herr, der vorhin wegen seiner Überfahrt angerufen hätte. Die Wut, die die Leutchen hatten! Sie schrien mir zu, sie hätten mehr zu tun, als dreimal am Tage dieselbe Auskunft zu geben … Die Ochsen nannten mich Murnau und glaubten, ich wolle mit der ›Aquitania‹ reisen. Sie hielten mich wirklich für Murnau. So ein Quatsch! Dabei ist der Murnau schwarz, und ich bin blond …«

»Genug, Herr Kranich«, sagte Bergengrün matt. »Nennen Sie mir Ihren Preis.«

»Meinen P... P... Preis?«, stotterte Kranich und riss die Augen weit auf. »Ich bin doch keine Ware ...«

»Stellen Sie sich nicht dümmer, als Sie sind«, unterbrach ihn der Hausherr zornig. »Wie viel verlangen Sie für Ihr Schweigen? Geradeaus und ohne Umschweife!«

»Ich bin unbestechlich!«, rief Kranich entrüstet. »So eine Zumutung! Nein, so was! Ich finde keine Worte!« Er warf sich mit aller Wucht in einen Sessel und betupfte sein gerötetes Gesicht mit einem seidenen Taschentuch. »Sagen wir: fünftausend Mark in bar ...«

Bergengrün zog wortlos sein Scheckheft aus der Tasche.

»... und zehntausend Mark in Aktienwerten«, ergänzte Kranich seelenruhig.

Die Augen Bergengrüns krochen förmlich aus den Höhlen.

»So etwas ...« knirschte er. Dann riss er das Scheckheft auf, und die Feder kratzte über das Papier.

Kranich begegnete Herthas vorwurfsvollem Blick und fühlte die Pflicht, seine Handlungsweise zu rechtfertigen.

»Mein Vater ist krank«, seufzte er. »Meine Mutter siecht dahin. Mein Onkel leidet an Nikotinvergiftung ... Überhaupt, meine ganze Familie liegt mehr oder weniger im Sterben ... Übrigens, Herr Bergengrün, warum mag wohl Friede die Anfangsbuchstaben des Namens bei der Aufschrift falsch geschrieben haben?«

»Ich verstehe nicht ganz, was Sie sagen wollen«, versetzte Bergengrün zerstreut und drückte den Scheck auf dem Löschblatt ab.

»Nun, statt ›P‹ steht doch dort ein ›K‹«, meinte der Detektiv achselzuckend.

Bergengrün sah seinen Besucher eine Weile stumm fragend an, dann verzogen sich seine Lippen zu einem leisen Lächeln. Und nun geschah etwas Entsetzliches: Er nahm den eben erst ausgestellten Scheck und zerriss ihn langsam, Zug um Zug, in winzige Fetzen.

»Mein Scheck!«, schrie Kranich wild auf und war mit einem Satz auf den Beinen. »Mein sauerverdientes Geld!«

Der Hausherr beachtete ihn gar nicht mehr. Er entnahm seiner Brieftasche fünf Hundertmarkscheine und legte sie auf den Tisch.

»Dieses Geld ist mir Ihr Schweigen wert. Mehr nicht. Und auch das nur, damit Müller II unbehelligt über die Grenze kommt. Gegen mich können Sie kaum etwas unternehmen ... Außerdem würde man Sie dann wegen Erpressung einsperren.«

»Aber ... aber ...«, stammelte Kranich mit tränenerstickter Stimme. »Sie wollten doch vorhin für mein Schweigen fünfzehntausend Mark zahlen ...«

Bergengrün nickte.

»Ja, aber inzwischen hat sich die Lage etwas verändert.«

»Mein Vater ist krank«, jammerte Kranich. »Meine Mutter siecht ...«

»Verschonen Sie mich mit der Aufzählung der übrigen leidenden Familienmitglieder. Ich rate Ihnen: Nehmen Sie jetzt die fünfhundert Mark und verschwinden Sie, ehe ich meine Großmut bereue.«

»Legen Sie fünfhundert dazu«, riet Kranich. »Dann gehe ich.«

Bergengrün schüttelte stumm den Kopf.

»Dreihundert?«, fragte Kranich. »Herr Bergengrün, ich rate Ihnen gut. Nun, wie wär's mit zweihundert? Nein? Also dann gehe ich zur Polizei und ... einhundert? Auch nicht? ... und erzähle den Beamten ... Halt! Halt!«

Bergengrün hatte die Hand nach dem Geld ausgestreckt, aber Kranich sprang wie ein Stierkämpfer vor und riss es an sich.

»Dieser Verlust ... Nein, dieser Verlust ...«, stöhnte er und fuhr sich mit der Hand über die feuchten Augen. »Vierzehntausendfünfhundert Mark Verlust an einem einzigen Tage ...« Er wankte nach der Tür.

»Durch ein einziges unbesonnenes Wort«, verbesserte Bergengrün.

30

Kranich verbrachte zwei Stunden in einem Kaffeehaus mittleren Ranges. Still saß er da, rührte in seiner Tasse und gab sich der ungewohnten Beschäftigung des Nachsinnens hin. Bergengrüns letzte Worte hatten ihm ein Rätsel aufgegeben, und er war entschlossen, dieses Rätsel unter allen Umständen zu lösen. Vierzehntausendfünfhundert Mark waren für ihn Ansporn genug, sich eine Weile den Kopf zu zerbrechen.

Als aber die Uhr vier schlug und ihm noch immer nichts Geistreiches eingefallen war, stand er missmutig auf und begab sich zu Friede.

Verstört empfing ihn Agnes im Vorzimmer.

»Kranich, bei uns ist wieder eingebrochen worden ... Herr Friede ist ganz aufgebracht ...«

»So?«, meinte Kranich lässig.

»Ja, so?«, rief sie ärgerlich über seinen Gleichmut. »Sie berührt das wohl gar nicht? Und doch sind Sie genau so wie ich bei Herrn Friede angestellt ...«

»Wo ist denn der Herr Friede?«, unterbrach Kranich sie mit unerschütterlicher Ruhe.

»Zur Polizei, den Vorfall melden.«

»Na, warten wir seine Rückkehr ab. Und einstweilen kein Wort mehr über diesen blödsinnigen Einbruch! Sprechen wir von etwas Wichtigerem ...«

»Es gibt im Augenblick nichts Wichtigeres!«

»Meinen Sie wirklich?« Kranich lächelte nachsichtig. »Und wenn ich mich nun mit Heiratsgedanken trage?«

Agnes starrte ihn sprachlos an. Dann blickte sie auf die im Büro herumliegenden Schriftstücke, auf den umgeworfenen Tisch, auf den erbrochenen Wandschrank – und lachte gereizt auf.

»Ich hätte mir eigentlich denken können, dass Sie mir im allerungeeignetsten Augenblick einen Heiratsantrag machen würden ...«

Kranich runzelte die Stirn.

»Verzeihen Sie, aber ich habe noch kein Wort über die Person meiner Auserwählten gesagt«, meinte er kühl. »Dass Sie meine Wahl wie selbstverständlich auf sich beziehen, gibt mir zu denken. Eine zu selbstbewusste Frau ist nichts für mich. Ich werde doch lieber die Hertha heiraten ...«

In Agnes' Gesicht zuckte es verdächtig.

»Dann heiraten Sie eben die Hertha!«, rief sie zornig. Aber ihr Zorn war rasch verflogen. So entschlossen und tatkräftig sie auch im Beruf und Leben war – in Fragen der Liebe war sie genau so ungeschickt, wie es jedes andere Mädchen ist, wenn es wirklich liebt. Sie setzte sich auf den Rand der Ottomane und vergrub ihr Gesicht in den Händen.

»Sie weinen wohl gar?«, fragte Kranich kopfschüttelnd. »Nein, so was!«

Er rannte quer durchs Zimmer, stolperte über den umgeworfenen Tisch, versetzte ihm wütend einen Fußtritt und trat wieder vor Agnes.

»Hören Sie auf zu heulen!«, befahl er streng.

Die zuckenden Schultern Agnes' zeugten davon, dass sie seinem Befehl nicht gehorchte.

»Geradezu kindisch«, knurrte Kranich ratlos. Dann trat er noch näher an sie heran und zog ihr die Hände vom Gesicht. »Warum weinen Sie? Rechneten Sie so bestimmt damit, die Frau eines berühmten Detektivs zu werden?«

Das Mädchen schüttelte stumm den Kopf.

»Warum sollten Sie sonst weinen? Nun, warum?«, forschte er weiter. »Ha! Ich hab's: Sie lieben mich!«

Agnes sah ihn nur schweigend an, aber aus diesem Blick

las Kranich deutlich die Bejahung seiner Frage. Allerdings hätte er dasselbe auch aus jedem anderen Blick eines jeden anderen Mädchens herausgelesen.

Jetzt ließ er die Hände los und durchquerte noch einmal das Zimmer.

»Das ändert die Sachlage«, meinte er nachdenklich.

»Allerdings liebt mich die Hertha auch ... hm ...«

»Und ... und Sie selbst?«, fragte Agnes stockend.

Der junge Detektiv hatte endlich seinen Entschluss gefasst. Mit ein, zwei Sätzen war er neben ihr und sank geschickt auf ein Knie.

»Ich liebe dich«, erklärte er feierlich, »und ich schwöre beim Bart des Propheten ...«

Ein kurzes Räuspern hinter ihm und der erschrockene Blick Agnes' verrieten ihm, dass Friede eingetreten war.

»... beim Bart des Propheten schwöre ich«, fuhr Kranich fort, »dass ich nicht eher ruhen werde, bis ich Friede geholfen habe, den Mörder Sommerfelds zu finden.«

»Nette Angestellte habe ich da!«, rief Friede ärgerlich. »Mir werden die wichtigsten Papiere gestohlen, und meine Leute belustigen sich ...«

»Haben Sie nicht eben meinen Schwur vernommen?«, erkundigte sich Kranich ernst.

»Ach, Ihre Schwüre ...«

Kranich hatte sich zu seiner ganzen Größe emporgerafft.

»Warten Sie!«, gebot er mit Nachdruck. »Ehe Sie leichtfertig über meine Schwüre urteilen, lassen Sie mich berichten. Ich weiß, wer Ihre Papiere gestohlen hat.«

»Sie wissen?«, rief Friede misstrauisch. »Wer?«

»Der Herr Robert Bergengrün. Außerdem hat er auch die Hertha geraubt und behauptet jetzt, sie sei seine Tochter. So ein Blödsinn! Übrigens ist er ein ganz böser Mensch; und geizig, sage ich Ihnen ...«

Friede erholte sich erst jetzt von seinem Erstaunen.

»Bergengrün, sagen Sie? Aber das ist ja ganz undenkbar!«

»Und ob das denkbar ist!«, ereiferte sich Kranich. »Ich war doch schon bei ihm, und er ist bei meinem geschickten Kreuzverhör zusammengebrochen und hat alles gestanden. Fünfzehntausend Mark bot er mir an, wenn ich schweigen würde. Aber ich blieb hart wie Granit ...«

»Was Sie sagen?«, warf Friede mit einem leisen Augenzwinkern ein.

»Der Schlag soll mich treffen, wenn ich das Geld genommen habe!«, rief Kranich in ehrlicher Entrüstung.

»Aber Sie sagten doch, Bergengrün sei geizig. Wie reimt sich denn das mit seinem großzügigen Angebot?«

»Ja ... hm ...«, stotterte Kranich verwirrt. »Natürlich, natürlich ... Sehen Sie, das ist sehr einfach: In diesem Augenblick war er eben nicht geizig.«

»Na gut! Berichten Sie jetzt genauer.«

Kranich schaltete erst ein, dass Bergengrün nur gestanden habe, nachdem Kranich ihm versprochen hätte, vierundzwanzig Stunden lang darüber zu schweigen. Dann erzählte er geläufig von seinen Heldentaten und verschwieg nichts – bis auf die Geldangelegenheit.

»Sie haben gut gearbeitet«, sagte Friede anerkennend. »Ich sehe, es war doch kein Missgriff, dass ich Sie für mich verpflichtete.«

Kranich wollte gerade ein paar Worte des Lobes für sich hinzufügen, als ihn sehr zu seinem Ärger das Klingeln des Fernsprechers daran hinderte.

Agnes hob den Hörer von der Gabel.

»Hier ist die Privatdetektei Egon Friede«, meldete sie ruhig. Plötzlich trat in ihr Gesicht ein gespannter Ausdruck. »Wie bitte? Wer ist dort? Einen Augenblick, bitte.« Sie verdeckte den Hörer mit der Hand und flüsterte: »Herr Robert Bergengrün wünscht Herrn Friede zu sprechen.«

Der Detektiv trat rasch an den Apparat.

»Hier ist Friede ... Ja, ich selbst ... Bitte?«

Kurz und abgerissen klangen vom anderen Ende der Leitung die Worte Bergengrüns:

»Hören Sie, Herr Friede ... Bei mir ist eingebrochen worden ... Es wurde nichts geraubt ... Aber ... einer meiner Diener wurde dabei getötet ...«

Friede kniff die Augen zusammen.

»Sehr spannend, Herr Bergengrün«, unterbrach er den Sprecher kühl. »Aber gestatten Sie die Frage: Was geht das mich an? Übrigens ist bei mir auch eingebrochen worden, und ich habe wohl mehr Grund, Ihnen davon zu erzählen ...«

Bergengrün ließ ihn ebenfalls nicht weitersprechen.

»Meinen Sie, dass ich Sie anrief, weil ich Sie verdächtigte? Dann sind Sie auf einer falschen Fährte. Nein, ich wollte Sie nur bitten, mich heute Abend um zehn Uhr zu besuchen. Bringen Sie auch Ihren tüchtigen Gehilfen mit und möglichst auch Ihre Sekretärin ... Man kann nicht wissen, vielleicht gibt es etwas zu schreiben, wozu wir eine verlässliche Kraft brauchen. Darf ich also mit Ihrem Erscheinen rechnen? Dann auf Wiedersehen bis heute Abend.«

Friede hängte den Hörer ein. In knappen Worten unterrichtete er seine Angestellten über den Inhalt des Gesprächs.

»Das ist das Ende«, fügte er ernst hinzu. »Wir werden der Einladung Folge leisten ... Vergessen Sie aber nicht, lieber Kranich, einen Revolver mitzunehmen, und zwar einen geladenen.«

»Oh!«, rief Kranich begeistert. »Heute Abend werden wir also die ›Viper‹ festnehmen!«

»Wir wollen es hoffen«, sagte Friede nachdenklich.

31

Die erste Überraschung an diesem denkwürdigen Abend erlebten Friede, Kranich und Agnes schon beim Betreten des Wohnzimmers Bergengrüns. Sie hatten erwartet, den Hausherrn allein anzutreffen, und sahen sich plötzlich einer ganzen Anzahl von Gästen gegenüber. In der Ecke, am Rauchtisch, saß Kommerzienrat Sommerfeld in angeregter Unterhaltung mit zwei unbekannten Herren; am Fenster aber standen in ebenso lebhafter Unterhaltung – Hertha und Peter.

Bergengrün, der seine neuen Gäste an der Tür begrüßte, las in ihren Gesichtern – wenigstens bei Kranich und Agnes – mühelos ihr Erstaunen. Friedes undurchdringliche Miene verriet nichts; vielleicht war er aber auch wirklich nicht ganz so überrascht.

»Darf ich bekannt machen«, begann der Hausherr, aber es stellte sich heraus, dass die meisten der Anwesenden einander bereits kannten. Nur die beiden Herren neben dem Kommerzienrat waren den Neuankömmlingen unbekannt.

»Kriminalkommissar Lindemann und Inspektor Herne«, erläuterte Bergengrün, aber er sagte kein Wort darüber, ob die beiden Männer private Bekannte von ihm oder aus einem bestimmten Anlass hier wären. Lebhaft fuhr er fort: »Es fehlt noch ein Gast. Wenn es den Herrschaften aber recht ist, wollen wir nicht länger warten. Darf ich bitten, sich zu einem kleinen Imbiss ins Nebenzimmer zu bemühen?«

»Ein guter Gedanke!«, meldete sich Kranich, der sich nunmehr von seiner Verblüffung erholt hatte. »Ich verspüre tatsächlich Hunger ... Da fällt mir übrigens ein: Lieber Kommerzienrat, warum ist eigentlich die Frau Eilenburg nicht anwesend? Sie gehört doch zur Familie, nicht wahr?«

Der Kommerzienrat machte ein Gesicht, als hätte Kranich ihn tief gekränkt. Statt seiner antwortete Bergengrün.

»Frau Eilenburg wurde vor zwei Stunden verhaftet«, sagte er ruhig. Dann wandte er sich an alle seine Gäste: »Bitte, nehmen Sie Platz – ganz zwanglos, wie es Ihnen gefällt … Aber wo ist denn Herr Friede? Einen Augenblick, bitte …« Er hastete zur Tür hinaus.

Kranich, der sich bereits zwischen den Kommerzienrat und Hertha gesetzt hatte, sprang so plötzlich auf, dass sein Stuhl polternd umfiel. Gleich darauf war er zur Tür hinausgestürzt. Er erreichte Bergengrün in dem Augenblick, als jener die Türklinke seines Arbeitszimmers berührte.

»Wünschen Sie etwas von mir?«, fragte der Hausherr erstaunt.

Die Augen des Detektivs blitzten.

»Ach, nee …«, meinte er nachlässig. »Wollte nur mal sehen, was Sie hier wünschen …«

Bergengrün legte den Finger an die Lippen. Deutlich vernahm Kranich jetzt Friedes Stimme aus dem Innern des Zimmers:

»Bitte, recht schnell! Ja: Lindemann – Kommissar … Herne – Inspektor … Jawohl … Was? Das stimmt? Ich danke vielmals.«

»Dachte ich's mir doch«, knurrte Bergengrün und lächelte spöttisch, als sich die Tür öffnete und Friede heraustrat. »Nun? Sind Sie beruhigt, Herr Friede?«

»Ich bin beruhigt«, erwiderte der Detektiv kurz.

»Dann wollen wir uns wieder den übrigen Gästen zugesellen.«

Friede nickte stumm und folgte mit einem seltsam nachdenklichen Gesichtsausdruck dem Hausherrn und Kranich ins Esszimmer. Kaum aber hatte er am Tisch Platz genommen, schwand der gespannte Ausdruck, und seine Miene war so sorglos, als handelte es sich hier um ein Abendessen im Kreise von guten Freunden.

Die allgemeine Unterhaltung war lebhaft, vielleicht etwas zu lebhaft, um natürlich zu erscheinen. Alle – mit Ausnahme Kranichs – standen wie unter einem unsichtbaren Zwang. Sie sprachen und sprachen – über allerlei Dinge, nur um nicht darüber sprechen zu müssen, woran alle dachten.

»Wenn man so bedenkt«, begann Kranich plötzlich, und zwar so laut, dass alle aufhorchen mussten, »wenn man so bedenkt, dass alle Anwesenden zu den Feinden der ›Viper‹ gehören ... Was für eine Gelegenheit, uns alle durch Gift um die Ecke zu bringen! Im übrigen wünsche ich recht guten Appetit, meine Damen und Herren!«

Ein peinliches Schweigen war die Folge dieser Worte.

»Ich glaube nicht, dass jemand so gemein sein könnte, gleich ein Dutzend Menschen zu vergiften«, sagte Hertha leise. Aber sie sagte es nur, um diesem unerträglichen Schweigen irgendwie ein Ende zu machen.

Vielleicht war es derselbe Grund, der Bergengrün zu einer Antwort veranlasste.

»Es gibt keine Gemeinheit, zu der der Mensch nicht fähig wäre«, versetzte er ernst und schüttelte langsam den Kopf. »Und gerade Massenvergiftungen! Das hat es schon oft gegeben. Im Handelsstaat Venedig zum Beispiel waren sie geradezu an der Tagesordnung. Man schritt dazu aus ›patriotischen Gründen‹! Es gab damals sogar staatlich angestellte Vergifter, die bisweilen ganze Familien ausrotten mussten. Den Häuptern der Republik wurde ein besonderes Preisverzeichnis für die Vergiftung von hochstehenden Persönlichkeiten vorgelegt. Danach kostete die Vergiftung des Groß-Sultans fünfhundert Dukaten; den Tod des Königs von Spanien konnte man bereits für hundertfünfzig Dukaten erkaufen; noch geringer gewertet wurde das Leben des

Papstes: Für seine Vergiftung wurden nur hundert Dukaten verlangt.«

»Glauben Sie, dass heutzutage etwas Ähnliches möglich wäre?«, fragte Kommissar Lindemann.

Aber Bergengrün schien seine Redseligkeit schon zu bereuen. Er zuckte gleichmütig die Achseln. »Warum nicht?«

Die neue Gesprächspause behagte Kranich gar nicht. »Herr Bergengrün«, wandte er sich an den Hausherrn, »Sie sagten vorhin, die Eilenburg sei verhaftet worden. Weswegen eigentlich?«

»Wegen Meineids«, war die kurze Antwort. »Sie hatte eine falsche Aussage gemacht und diese Aussage beschworen ...«

»Undenkbar!«, rief der Kommerzienrat entrüstet. »Dasselbe wurde mir gesagt, aber ich kann es einfach nicht glauben ...«

Kranich lächelte nachsichtig.

»Lieber Kommerzienrat, Ihnen fehlt das richtige Einschätzungsvermögen für die Bosheit der Welt und ihrer Bewohner. Wenn Sie wie ich jahrelang mit Räubern, Dieben, Brandstiftern und ähnlichen Schelmen zu tun gehabt hätten ... Sie beurteilen alle Menschen gemäß Ihrem eigenen Charakter; und da ihr Charakter ohne Zweifel eines gewissen Edelmuts nicht entbehrt ...«

»Verzeihen Sie, aber wir sprachen doch eben über Frau Eilenburg«, unterbrach ihn der Kommerzienrat ärgerlich. »Ich habe Sie nicht gefragt, wie Sie meinen Charakter beurteilen ...«

»Du liebe Güte!«, rief Kranich sorglos. »Darf man nicht auch etwas sagen, wenn man nicht gefragt wurde? Sie tun ja gerade so, als ob ich Ihnen aufs Kukirolpflaster getreten hätte ... Nein, so was! Hat der Mensch Töne!«

»Sie sind sehr ungezogen, mein Herr«, sagte der Kommerzienrat scharf.

»Wa–as sagen Sie da?«, platzte Kranich heraus. »Ich ... ich sei ...«

»Meine Herren«, mischte sich jetzt der Hausherr ein. »Bitte, mäßigen Sie sich. Im übrigen, Herr Kranich, hat der Herr Kommerzienrat nicht ganz unrecht. Ihr Benehmen ist in der Tat nicht ganz so …«

»Also auch Sie!«, rief Kranich, bleich vor Entrüstung. »Na, gut! Ich hülle mich in Schweigen. Mein Benehmen nicht ganz so … Hat man so was schon gehört!«

Friede tat, als ginge ihn der ganze Streit gar nichts an. Unbekümmert widmete er sich seinem Essen, und auch Bergengrün beschloss, die letzten Worte Kranichs nicht zu beachten.

»Um zu unserem Thema zurückzukommen«, bemerkte er ruhig. »Ich kann Ihnen da nicht beistimmen, Herr Kommerzienrat …«

»Nu da!«, knurrte Kranich leise, aber doch so laut, dass es alle hören mussten. Dann wandte er sich an seine Nachbarin: »Hast du gehört, Herthakind! Und mich schimpfen Sie, weil ich genau dasselbe sage …«

Hertha winkte ihm mit der Hand, er solle schweigen, und Bergengrün fuhr, ohne auf den Einwurf einzugehen, mit leicht erhobener Stimme fort:

»… nicht ganz beistimmen, Herr Kommerzienrat. Bekanntlich hatte Herr Friede den Antrag auf ärztliche Untersuchung der Frau Eilenburg gestellt. Es bestätigte sich, dass sie tatsächlich, wie Herr Friede vermutete, farbenblind ist …«

»Ich war der erste Vermuter«, warf Kranich vorwurfsvoll dazwischen.

»… wie Herr Friede vermutete …«, betonte Bergengrün.

»Heiliger Moses!«, fuhr Kranich auf. »Ich habe doch eben gesagt …«

Mit einer plötzlichen Bewegung wandte sich ihm Bergengrün zu:

»Vielleicht haben Sie die Güte, dieses Zimmer für eine Zeit lang zu verlassen, Herr Kranich«, sagte er beherrscht.

»Fällt mir gar nicht ein«, erklärte Kranich eigensinnig.

»Damit Sie hinter meinem Rücken dann alle über mich herfallen ... Nee, nee, nicht zu machen ...« Plötzlich trat in sein Gesicht ein nachdenklicher Ausdruck. »Übrigens ist mir das egal. Ich gehe ... Sie haben mich viel zu schwer beleidigt ...« Mit diesen Worten stand er auf und schritt zur Tür hinaus. Nie und nimmer hätte er so leicht nachgegeben, wenn ihm nicht eingefallen wäre, dass er doch nun die beste Gelegenheit hätte nachzuforschen, welche Bewandtnis es mit den ihm entgangenen vierzehntausendfünfhundert Mark habe.

Bergengrün nahm seine Erklärungen wieder auf, als sei nicht das geringste geschehen:

»Frau Eilenburg konnte also gar nicht beschwören, ob Ihr Sohn am Mordtage den oder jenen Anzug angehabt hatte, da ihr beide Farben gleich hell erscheinen mussten.«

Über die Züge des Kommerzienrates huschte ein freudiges Lächeln.

»Dann ...«, er blickte rasch zu Peter hinüber. »Dann wird wohl dein Prozess wieder aufgenommen werden?«

Peter nickte.

»Der entsprechende Antrag ist schon eingebracht, und ich habe die Absicht, mich heute um zwölf Uhr freiwillig zu stellen. Aus diesem Grunde habe ich auch die Herren Lindemann und Herne hierher gebeten; ich möchte nicht, dass ich im letzten Augenblick noch verhaftet werde ...«

Der Kommerzienrat atmete erleichtert auf.

»Damit befreist du mich von einer großen Sorge. Ich habe immer davor gezittert, dass man dich finden würde ... Da fällt mir übrigens ein, Herr Friede: Sie stellten einmal die Behauptung auf, die Eilenburg selbst habe Albert ermordet ... Ja, und Ihr Herr Kranich erklärte sogar, die Eilenburg sei die berühmte ›Viper‹ ... Das stimmt doch nicht?«

»Warum denn nicht?«, mischte sich Bergengrün ein. »Ich bin ebenfalls vollkommen überzeugt davon.«

»Entschuldigen Sie eine Frage«, sagte Friede langsam. »Was führt denn die Eilenburg zu ihrer Entlastung an?«

»Ach, wegen des Meineids?«, meinte Bergengrün nachlässig. »Nun, sie erzählt da eine geradezu lächerliche Geschichte: Sie hätte nicht falsch geschworen, da sie genau wüsste, dass Peter am Mordtage den braunen Anzug getragen habe. Sie selbst habe nämlich drei Tage zuvor diesen Anzug zum Schneider gebracht und den Bruch der Hose umbügeln lassen, da er nicht an der richtigen Stelle war. Am Mordtage habe die Hose aber ausgezeichnet gesessen ...«

Bergengrün konnte nicht weitersprechen, da Peter erregt aufgesprungen war.

»Das stimmt!«, rief er. »Aber ich hatte doch durch den Diener Johann auch den grauen Anzug zum Schneider schaffen und den Bruch ebenfalls umbügeln lassen! Die Sache war so«, fuhr er etwas gefasster fort. »Diese beiden Anzüge waren gleichzeitig bei demselben Schneider angefertigt worden. Nachträglich erst war mir aufgefallen, dass bei beiden Anzügen der Bruch des rechten Hosenbeins nicht richtig fiel. Die Eilenburg war es, die mir riet, die Hose einfach umbügeln zu lassen. Ich glaubte aber, dadurch würde die Sache vielleicht nur noch schlimmer werden, und das war der Grund, warum sie zunächst nur die braune Hose zum Schneider schaffte. Nachher war ich aber mit seiner Arbeit so zufrieden, dass ich ihm auch gleich die graue Hose zuschickte. Das kann der Eilenburg aber unbekannt gewesen sein.«

Alle waren erstaunt über diese Lösung. Nur Friede nickte zustimmend, als hätte er etwas Ähnliches erwartet.

»Damit ist der letzte Beweis für die Unschuld der Eilenburg erbracht«, sagte er ruhig.

»Was?«, rief Agnes erstaunt. »Die Eilenburg soll unschuldig sein?«

»Sie ist nicht unschuldig«, bemerkte Bergengrün scharf. »Sie und keine andere ist die ›Viper‹!«

Sekundenlang kreuzten sich die Blicke Friedes und Bergengrüns wie in stummem Zweikampf.

»Sie ist nicht die ›Viper‹«, widersprach Friede.

»Aber Herr Friede«, sagte Agnes vorwurfsvoll, »Sie selbst haben uns doch lang und breit auseinandergesetzt ...«

Friede nickte.

»Ich habe sogar noch mehr getan. Ich erzählte Kranich von dem Fall der Giftmischerin Zwanziger und zog Vergleiche zwischen ihr und der Eilenburg. Dabei erwähnte ich beiläufig, dass die Zwanziger in ihrer Jugend ›Werthers Leiden‹ gelesen hatte, und sofort entsann sich Kranich, dieses Buch auch bei der Eilenburg im Zimmer gesehen zu haben. Das war weiter kein Wunder und auch kein Zufall, denn ich selbst hatte es dorthin gelegt ...«

Sogar die beiden Kriminalbeamten waren jetzt gespannt.

»Und warum das alles?«, fragte der Kommissar.

»Alles das tat ich nur, damit der Giftmischer nicht wusste, dass ich ihn durchschaut hatte«, war die gelassene Erwiderung.

»Und jetzt?«, fragte Bergengrün langsam. »Jetzt ist wohl die Gefahr vorüber?«

Friede war plötzlich wieder die Liebenswürdigkeit selbst.

»Ich bin davon überzeugt, Herr Bergengrün«, sagte er lächelnd.

Alle atmeten auf, wie von einem Alpdruck erlöst.

»Um Gottes willen, reden wir von etwas anderem«, bat der Kommerzienrat. »Schließlich regen wir uns doch nur unnötig auf, und die Damen werden uns noch böse ...«

Ein kurzes, herrisches Klopfen unterbrach ihn.

»Herein!«, rief Bergengrün.

Ein Mann in Zivil und zwei Polizisten betraten den Raum.

»Mein Name ist Kersten, Inspektor der Kriminalpolizei«, sagte der Zivilbeamte leise, als bitte er für etwas um Entschuldigung. Dann fügte er ein wenig lauter hinzu: »Herr

Kommerzienrat Sommerfeld, ich verhafte Sie im Namen des Gesetzes.«

Noch ehe die Anwesenden den Sinn dieser Worte erfasst hatten, flog von irgendwoher ein schwerer Gegenstand gegen die Lampe.

Dunkelheit umhüllte alles.

32

Kranich hatte sich ins Bibliothekszimmer begeben, da er – weiß Gott, warum – überzeugt war, hier am ehesten die Lösung des ihn quälenden Rätsels zu finden. Eine Weile stand er grübelnd in der Mitte des Zimmers, sah sich die mannshohen Büchergestelle an, die sämtliche Wände verdeckten, und überlegte, an welcher Stelle wohl Bergengrüns Geheimfach eingemauert sein mochte. Es gab eigentlich keinerlei zwingenden Grund zu der Annahme, dass Bergengrün ein eingemauertes Geheimfach hätte; aber Kranich war überzeugt, dass jeder bessergestellte Mensch derartige Geheimschränke besitze. Es dauerte gar nicht lange, da hatte sich bei Kranich der Gedanke festgesetzt, dass Bergengrüns Geheimfach nur hinter den Regalen zu suchen sei – boten doch die Bücher die beste und natürlichste Deckung. Mit einem leisen Seufzer machte sich der Detektiv daran, die Bücher von den Gestellen zu heben und die Wand dahinter abzuklopfen. Eine noch so flüchtige Zeitberechnung hätte ergeben, dass er, um diese Aufgabe bis zu Ende zu führen, etwa fünf Stunden Zeit brauchte; aber Kranich stellte keine noch so flüchtige Zeitberechnung an.

Schnaufend und schwitzend häufte er einen Bücherpack auf den anderen, unverdrossen und unermüdlich klopfte er an den Wänden und lauschte, ob sich nicht endlich irgendwo ein hohler Ton hören ließe. Manchmal glaubte er sich schon am Ziele, aber bei genauerer Prüfung erwies sich immer wieder die völlige Harmlosigkeit der Wand.

Plötzlich richtete sich Kranich lauschend auf. Waren das nicht Laufschritte? Aber natürlich!

Mit einem Satz sprang er vom Stuhl, mit zwei Schritten hatte er die Tür erreicht, riss sie auf ... Gerade auf ihn zu rannte durch den halbdunklen Gang eine schwarze Gestalt. Da Kranich aus dem hellen Zimmer kam, konnte er nicht gleich erkennen, wer es war.

»He! Junger Mann, wer sind Sie?!«, rief er. »Halt! So warten Sie doch! Oh! Au!«

Mit aller Wucht hatte der Mann den Detektiv angerannt; fast wären beide zu Boden gestürzt.

»Beim Zopf des Konfuzius«, knurrte Kranich erbost. »Eile mit Weile ... Warum pressierts Ihnen denn so?«

In diesem Augenblick fiel das Licht aus dem Bibliothekszimmer auf das Gesicht der dunklen Gestalt.

»Uff!«, entfuhr es Kranich. »Der Herr Kommerzienrat persönlich!«

»Lassen Sie mich vorbei!«, schnaubte ihn Sommerfeld an. »Gehen Sie aus dem Weg, Sie ...«

Aber Kranich dachte nicht daran, dem Befehl Folge zu leisten.

»Die Gelegenheit ist günstig«, sagte er freudig. »Wir können unser Thema von vorhin weiterspinnen ... Was hatten Sie doch gleich behauptet ...«

Blitzschnell griffen die knochigen Hände des alten Mannes nach Kranichs Hals, und nur mit einem ebenso raschen Boxschlag gelang es dem Detektiv, sich wieder frei zu machen.

»Ihr Großhirn hat wohl 'n Leck bekommen?!«, stieß Kranich verdutzt hervor, da er sich das sonderbare Benehmen des Kommerzienrats durchaus nicht erklären konnte.

Schweigend, in verbissener Wut, griff der Alte wieder nach Kranich.

»Hände weg!«, schrie Kranich wütend und sprang rasch zurück. Einen Augenblick dachte er nach, dann war sein Entschluss gefasst.

»Hier hast du eins!«, sagte er. Es war ein Schlag mitten ins Gesicht. »Und wenn du zehnmal Kommerzienrat bist – hier hast du zwei!« Ein ganz ähnlicher Hieb. »Und weil du öffentlich erklärt hast, ich sei ungezogen – hier hast du drei!«

Beim dritten Schlag taumelte der Kommerzienrat. Seine Hände griffen wild in die Luft, dann fiel er um, schlug mit dem Kopf hart am Boden auf und blieb regungslos liegen.

Kranich blickte etwas besorgt drein. Als er sah, dass aus Mund und Nase des Niedergeschlagenen Blut quoll, kratzte er sich nachdenklich am Hinterkopf.

»Blöde Geschichte«, murmelte er. »Ob die wohl ihren Kommerzienrat vermissen werden? Und nachher bin natürlich wieder ich an allem schuld ... Nein, so was!«

*

Als im Esszimmer so plötzlich das Licht ausging, vergingen einige kostbare Sekunden, ehe die Anwesenden begriffen, was sich hier eigentlich abspielte. Dann aber brach der Tumult aus.

Stühle wurden umgeworfen, Glas splitterte ... Schreie, Befehle ... Irgendwo wurde gekämpft ... Man hörte Keuchen und Stöhnen ... Und dann krachte ein Schuss.

Endlich blitzte eine Taschenlampe auf. Über die Gestalten von ringenden Männern hinweg tastete sich das Licht nach der Tür ... Sie stand sperrangelweit auf.

Jemand lief ins Nebenzimmer und brannte dort Licht an. Es genügte, um erkennen zu lassen, dass sich der, den alle suchten, nicht unter den Kämpfenden befand.

Bergengrün hatte aus einer Lampe im Nebenzimmer die Birne herausgeschraubt und brachte nun die Beleuchtung des Esszimmers wieder in Ordnung. Sein Gesicht war weiß vor Zorn und Enttäuschung.

»Wir müssen sofort das ganze Haus absuchen!«, rief Inspektor Kersten. »Wir werden den Kerl schon ...« Er schwieg betroffen, denn in der Tür stand Kranich – die Hände blutig, den Hals voller Kratzspuren, das Haar zerzaust.

»Haben Sie den Kommerzienrat gesehen?!«, schrie ihn Bergengrün an.

Kranich nickte trübselig.

»Hab ich's mir doch gleich gedacht, dass Sie ihn vermissen werden«, meinte er traurig. »Ich kann wirklich nichts dafür ... Er kam wie irrsinnig dahergerannt ... Ich konnte nicht sehen, wer es war ... Es konnte ebensogut wie der Kommerzienrat auch irgendein blutrünstiger Buschmann sein, nicht wahr? Ich pochte ihm also einmal in die Vorderfassade, ganz sanft, wissen Sie ... Und ehe er Kikeriki schreien konnte, lag er da in seiner ganzen Größe ...«

»Wo? Wo?«, schrien Bergengrün, Friede und die Kriminalbeamten auf Kranich ein.

»Ich kann doch nichts dafür«, klagte der Detektiv. »Er selbst ist schuld ... Und wo er liegt? Da hinten, neben dem Bibliothekszimmer ...«

Wie auf Befehl setzten sich alle in Bewegung. Sie fanden den Kommerzienrat an der von Kranich bezeichneten Stelle. Er war gerade wieder zu sich gekommen und versuchte mühsam, sich aufzurichten. Schon war aber Inspektor Kersten an seiner Seite, und gleich darauf klappten die Handschellen um die Handgelenke des Kommerzienrats zu.

»Was ... was ...?«, stotterte Kranich.

»Ich danke Ihnen für Ihre Hilfe«, wandte sich der Inspektor an ihn, und diese Worte machten Kranich nur noch verwirrter.

»Für meine Hilfe ... hm...«, brummte er. »Nun ja, selbstverständlich ... Ich hatte das alles durchschaut ... Deshalb war ich auch unauffällig hinausgegangen und lauerte ihm auf ...«

»Erlauben Sie mal«, mischte sich Bergengrün ins Gespräch. »Sie erzählten doch vorhin eine ganz andere Geschichte ...?«

Kranich lächelte herablassend. Er war jetzt wieder sehr zuversichtlich.

»Aber, mein lieber Herr Bergengrün, haben Sie denn nichts gemerkt? Meine Worte vorhin? Das war doch ... hm ... beißende Ironie!«

Das ungläubige Lächeln Bergengrüns störte ihn nicht im geringsten. Lebhaft fuhr er fort:

»Der Kerl wollte mich erwürgen ... Hat man so was schon erlebt! Will uns der Schuft um die Früchte unserer Arbeit bringen! Dieser elende Giftmischer! Und dabei wagt er es, mir bei Tisch Moral zu predigen! Mir, ausgerechnet mir, dem bekannten Detektiv ...«

»Entschuldigen Sie, bitte«, unterbrach ihn Kersten. »Aber ich verstehe nicht, warum Sie den Mann Giftmischer nennen?«

»Das verstehen Sie nicht?!«, rief Kranich erbost. »Nein, so was! Haben Sie ihn denn nicht eben selbst wegen Giftmischerei verhaftet?«

Der Beamte schüttelte den Kopf.

»Ich verhafte ihn wegen Einbruchs und Totschlags«, erwiderte er ruhig.

33

Der Kommerzienrat, der seit seiner Fesselung völlig teil-
nahmslos vor sich hingestarrt hatte, blickte plötzlich auf.

»Bei wem bin ich eingebrochen? Wen soll ich totgeschla-
gen haben?«, fragte er erregt.

»Bei mir sind Sie eingebrochen«, sagte Bergengrün gleichmütig, »und einen meiner Diener haben Sie dabei erschlagen.«

Das Gesicht des Verhafteten war jetzt geisterhaft bleich.

»Das – ist – nicht wahr!«, schrie er schrill auf, und seine
Hände zerrten verzweifelt an den Handschellen.

»Ich werde es beweisen«, widersprach Bergengrün und
musterte den Unglücklichen mit kalten Blicken. »Ich werde es genauso geschickt beweisen, wie mir der Totschlag
bewiesen wurde, wegen dessen ich zehn Jahre Zuchthaus ver-
büßte.«

Der Kommerzienrat wollte etwas erwidern, aber da legte
sich Inspektor Kersten ins Mittel:

»Ich kann es nicht dulden, dass mit dem Verhafteten noch
lange Gespräche geführt werden.« Er gab seinen zwei Polizisten einen Wink, dann verneigte er sich leicht vor allen:
»Guten Abend!«

Die bleierne Stille, die einen Augenblick nach dem Ab-
führen des Kommerzienrats herrschte, wich gleich darauf
lebhaftem Gedankenaustausch. Nur Peter lehnte verstört
am Fenster und starrt noch immer fassungslos dem Wagen
nach, in dem man eben seinen Vater weggeschafft hatte. Alle
Übrigen waren so erregt und sprachen so laut, dass es kein
Wunder war, wenn der zaghafte Gruß eines unscheinbaren

neuen Gastes überhört wurde. Dann aber schrie Hertha laut auf und stürzte auf den kleinen Mann zu.

»Vater! Du!«

François, also zum Mittelpunkt der allgemeinen Teilnahme geworden, fühlte sich nicht recht wohl.

»Ich – ich – wollte nur ...«, stammelte er.

»Vater, jetzt haben wir dich wieder!«, jubelte Hertha.

»Sprich dich mal mit ihm aus, Hertha«, sagte Bergengrün freundlich.

Im allgemeinen Durcheinander fiel es niemandem auf, dass er das Zimmer verließ. Doch nein, Friede hatte es bemerkt ...

Bergengrün stand vor seinem Schreibtisch und hielt ein Mädchenbildnis in goldenem Rahmen in der Hand, als Friede plötzlich neben ihn trat.

»Warum?«, fragte der Detektiv kurz.

Bergengrün wies mit den Augen auf das Bild.

»Darum!«

»Also Rache?«, forschte Friede.

Bergengrün schwieg. Sein Blick hatte etwas seltsam Weiches; das Lächeln auf seinen Lippen, halb erstorben, passte nicht mehr so recht zu diesem harten Mund mit den scharfen Falten um die Winkel.

»Wissen Sie, was jener Mann mir angetan hat?«, begann er endlich leise. »Alles hat er mir genommen. Alles – nur mein Geld nicht ... Mein junges Weib hat er ermordet ... Mich hat er für zehn unendlich lange Jahre ins Zuchthaus gebracht ... Können Sie das begreifen? Zehn Jahre lang – unschuldig – im Zuchthaus ... Ja, damals war es, als ich ihm Rache schwor. Er sollte nicht einfach geköpft werden für seine zahlreichen Morde. Nein, erst sollte er zehn Jahre im Zuchthaus verbringen – unschuldig! Darum ließ ich Ihnen Ihr Beweismaterial gegen ihn stehlen. Es soll an dem Tage zum Vorschein kommen, da dieser Unmensch aus dem Zuchthaus entlassen wird. Ja, erst soll er zehn Jahre lang – Tag für Tag – dasselbe erleiden wie ich ...« Bergengrün fuhr sich mit der Hand über die Stirn. »Aber vielleicht hätte ich ihm verziehen und ihn doch gleich dem Scharfrichter ausgeliefert, wenn er mir nicht auch noch mein letztes – meine Tochter – genommen hätte ... Sie liebt Peter ... Nun, jedes Mädchen in dem Alter ... Und Peter ist ein guter Kerl. Was kann er dafür, dass sein Vater ein Verbrecher ist? Na, ja ... Da ist nichts dabei ... Aber – sagen Sie selbst: Glauben Sie, dass Hertha je einmal so auf mich zustürzen und ›Vater‹ rufen wird wie bei jenem kleinen François?! Nein, Herr Friede, das werde ich nie erleben – ich, ihr wirklicher Vater ... Einsam und liebeleer wird mein Lebensabend sein ...«

Plötzlich richtete sich seine Gestalt mit einem Ruck auf. Die Falten um die Mundwinkel waren wieder ganz scharf, und die Augen hatten einen kalten Glanz.

»Seit wann hatten Sie den Mann in Verdacht?«, fragte er ruhig und stellte das Mädchenbildnis wieder auf seinen Platz.

»So ziemlich von Anfang an«, erwiderte Friede, der froh war, dass das Gespräch sich wieder geschäftlichen Dingen zuwandte. »Schon dass er sich gleich mit zwei Detektiven in Verbindung setzte, kam mir verdächtig vor; umso mehr, da er erst noch einen ›Prüfungsfall‹ konstruierte, den er insgesamt fünf Detektiven übergab. Dann aber wurde ich stutzig, als ich von dem Versicherungsabschluss Peters und Alberts hörte. Ich sprach nämlich den Agenten, der die beiden jungen Leute dazu überredet hatte, und erfuhr, dass der Gedanke nicht, wie Peter behauptete, von Albert, sondern – ziemlich unauffällig – vom Kommerzienrat selbst stammte. Da hatte ich also auch den Beweggrund für den Mord an Albert und für die Bezichtigung Peters: Nach dem Tode seiner Söhne erhielt ja der Kommerzienrat nicht nur das mütterliche Erbteil der Söhne ausgezahlt, sondern auch die hohe Versicherungssumme.«

»Ja«, fiel ihm Bergengrün ins Wort. »Dieser Punkt war auch mir sofort aufgefallen. Aber ich konnte anfangs einfach nicht daran glauben, dass ein Vater imstande sei, seinen Sohn zu vergiften.«

Friede schüttelte den Kopf.

»Von solchen Erwägungen ließ ich mich nicht beeinflussen. Es ist ja aus der Geschichte nur zu bekannt, dass unter den Verbrechern gerade die Giftmischer nicht vor der Vernichtung ihrer Kinder und anderer Angehöriger zurückschrecken. Kein anderer Verbrecher begeht grundlos einen Mord, nur der Giftmischer tut es, vielleicht aus der unbewussten Sucht, dadurch seinen Machthunger zu befriedigen, vielleicht aber auch nur triebhaft wie ein Kranker. Wissen wir denn überhaupt, ob es jemals einen Giftmischer gegeben hat, der wiederholt zu seiner fürchterlichen Waffe griff und dabei – normal war? Aber lassen wir diese Untersuchungen – darüber mögen sich die Ärzte ihre Köpfe zerbrechen; unsere Sache ist es, Beweise herbeizuschaffen ...«

Bergengrün nickte.

»Sie haben recht. Bitte, fahren Sie fort.«

»Nachdem mein Verdacht nun so bestimmte Formen angenommen hatte«, nahm Friede seine Schilderung wieder auf, »sammelte ich Steinchen für Steinchen die Beweisstücke zusammen. Die Eilenburg hatte ich keinen Augenblick in Verdacht, aber ich musste den Anschein erwecken, damit Kranich das dem Kommerzienrat erzählte und ihn auf diese Weise in der Meinung bestärkte, wir seien auf einer ganz falschen Fährte. Die Gefahr, selbst vergiftet zu werden, war sonst für Kranich und mich zu groß. Trotz dieser Vorsichtsmaßregeln hätte Kranich doch noch beinahe sein Leben eingebüßt, als er nämlich nachts bei der Eilenburg einbrach. Vom Fenster aus wurde auf ihn mit vergifteten Pfeilen geschossen. Vermutlich hatte es der Kommerzienrat in jener Nacht doch mit der Angst zu tun bekommen, eben weil Kranich bei der Eilenburg eingebrochen war, ohne dem Hausherrn vorher Bescheid zu sagen. Aus diesem Grunde erklärte ich dem Kommerzienrat später selbst noch einmal, dass meiner Ansicht nach nur die Eilenburg als Täterin in Betracht käme. Dadurch erlangte ich für mich und für Kranich noch einige Tage Gnadenfrist. Am unklarsten bei der ganzen Sache war mir Ihre Rolle. Erst als ich alles aus Ihrem Leben erfuhr, was vor Ihrer Verurteilung lag, erst dann begann ich zu verstehen. Nachher wurde ich aber wieder irre an Ihnen, denn ich konnte nicht begreifen, warum Sie soviel Wert darauf legten, den Fall ohne meine Hilfe zu bearbeiten; noch unverständlicher war mir aber der Raub meiner ›Beweisstücke‹.«

Bergengrün lächelte schwach.

»Zum Schluss hatten Sie mich doch noch in Verdacht, mit dem Giftmischer gemeinsame Sache zu machen«, sagte er. »Sonst hätten Sie mir vorhin nicht widersprochen, als ich die Eilenburg für schuldig erklärte. Ich wollte ja nur, dass der Kommerzienrat sich bis zum letzten Augenblick sicher fühlte, bis zu dem Augenblick, da es Inspektor Kersten gelang, den Haftbefehl zu erwirken. Die Festnahme sollte für den Mann ganz überraschend kommen ... Sie haben ja gesehen, wie geistesgegenwärtig dieser Kerl ist. Wäre ihm nicht Kranich in den Weg gelaufen – wer weiß, ob nicht alle unsere Arbeit vergebens gewesen wäre ... Übrigens können Sie bei Gelegenheit später einmal Ihrem Kranich ein Rätsel lösen. Er zerbricht sich nämlich noch jetzt den Kopf darüber, warum ich bereit war, ihm fünfzehntausend Mark für sein Schweigen zu zahlen, und ihn nachher mit fünfhundert Mark abspeiste. Ich glaubte anfangs, Kranich habe alles durchschaut und könne unter Umständen alle meine Pläne zum Scheitern bringen; dann aber stellte es sich heraus, dass er die Aufschrift ›Beweise gegen K. S.‹ nicht zu deuten wusste. Er fragte mich, wie Sie wohl dazu gekommen seien, statt ein ›P‹ ein ›K‹ zu schreiben. Er ahnte also gar nicht, dass das ›K‹ – Kommerzienrat bedeutete, und ich hatte somit auch keinen Grund, für sein Schweigen einen so hohen Geldbetrag zu opfern ...«

Friede lachte.

»Großartig! Also versuchte er sozusagen eine ganz niedliche Erpressung! Nein, dieser Kranich!« Dann wurde der Detektiv wieder ernst. »Eins möchte ich noch wissen, Herr Bergengrün: Auf welche Weise sind denn Sie dahinter gekommen, dass der Kommerzienrat der lang gesuchte Giftmischer ist?«

»Das kam ganz plötzlich«, erwiderte Bergengrün. »Aber da muss ich Ihnen erst erzählen, welche Rolle François bei der ganzen Geschichte spielte.« In knappen Worten berichtete er Friede dasselbe, was er bereits Hertha geschildert hatte. »Einer meiner Agenten«, fuhr er fort, »beobachtete einmal, wie dieser geheimnisvolle Fremde das Frisörgeschäft François' verließ, mit einem Wagen bis zur Lambertstraße fuhr, wo er im Hause Nummer sechzehn verschwand. Mein Agent wartete fünf geschlagene Stunden, aber jener Fremde kam nicht zum Vorschein. Als zwei Tage später die Zeitungen von einem im Hause Lambertstraße sechzehn verübten geheimnisvollen Giftmord berichteten, nahm ich mir meinen Agenten noch einmal vor. Und nun erfuhr ich, dass er beobachtet hatte, wie aus jenem Hause der Kommerzienrat Sommerfeld getreten sei. Da ich über François' Maskierungskunst ja sehr gut Bescheid wusste, zweifelte ich keinen Augenblick an der Möglichkeit, dass der Kommerzienrat und jener geheimnisvolle Fremde ein und dieselbe Person seien. Von da an wickelte sich alles sehr rasch und leicht ab. Schwieriger wurde die Sache erst, nachdem auch mir ein grober Fehler unterlief. François hatte sich mit dem Giftmischer überworfen und war geflohen. Nun hatten die Leutchen des Kommerzienrats aber François' Wechsel in der Hand – insgesamt über den Betrag von fünfundvierzigtausend Mark. Da an eine Verlängerung dieser Wechsel nicht mehr zu denken war, musste

François' Geschäft zugrunde gehen. Kurzerhand zahlte ich bei der Bank den fehlenden Betrag ein. Das war ein grober Schnitzer: Ich hätte das unbedingt durch einen Mittelsmann tun lassen müssen. Nun forschte nämlich der Kommerzienrat nach und kam bald dahinter, warum ich den Betrag eingezahlt hatte – weil nämlich Hertha meine Tochter ist. Jetzt drohte ihr Gefahr. Allerdings hatte der Verbrecher nicht die Absicht, sie umzubringen – nein, er wollte sie nur als Geisel in seine Hände bekommen, um nötigenfalls über eine Waffe gegen mich zu verfügen. Ich konnte mir nicht anders helfen, als indem ich selbst das Mädchen rauben ließ und es hier unter Bewachung hielt. Das Weitere war dann schon viel einfacher. Bis zuletzt wusste der Kommerzienrat nicht, dass ich ihn durchschaut hatte. Nie und nimmer wäre er sonst heute Abend gleich allen anderen meiner Einladung gefolgt.«

Bergengrün machte Anstalten, sich wieder zu seinen Gästen zu begeben, aber Friede hatte noch eine Frage:

»Wie war das doch mit dem Totschlag, wegen dessen der Kommerzienrat verhaftet wurde?«

»Ja, einer meiner Diener wurde erschlagen«, sagte Bergengrün ruhig.

»Aber doch nicht vom Kommerzienrat?«

»Nein, von … einem anderen. Dieser Diener war nämlich ein Bandenmitglied der ›Viper‹ und spionierte in meinem Hause. Sergius, mein Faktotum, überraschte ihn bei einem Ferngespräch, bei dem er Mitteilungen über die Lage des Schlafzimmers Herthas weitergab. Ich hoffe, Sie haben mich verstanden?«

»Herr Bergengrün«, begann Friede endlich nach einer längeren Pause, »ich will mir nicht anmaßen, ein Urteil abzugeben, ob Ihre Rache an dem Verbrecher angebracht ist oder nicht. Ich will auch nicht davon sprechen, ob die sichere Erwartung der Hinrichtung nicht doch eine noch größere Strafe ist als zehn Jahre Zuchthaus … Aber –«

»Es gibt kein Aber, das mich von meinem Vorhaben abbringen könnte!«, rief Bergengrün heftig.

»Vielleicht doch«, erwiderte Friede leise. »Haben Sie denn überlegt, was geschehen würde, falls es den Bandenmitgliedern der ›Viper‹ gelänge, dem Verbrecher zur Flucht zu verhelfen? Soll der Unhold dann wieder auf die Menschheit losgelassen werden? Oder glauben Sie, dass er aufhören würde zu morden?«

Sprachlos starrte Bergengrün den Detektiv an. Es war nur zu deutlich, dass er die Sache von dieser Seite noch nie betrachtet hatte.

Friede stellte die letzte, entscheidende Frage:

»Ist Ihnen Ihre Rache wirklich so viel wert, dass Sie das Leben – sagen wir – eines einzigen unschuldigen Menschen dafür opfern wollten? Und«, fügte er mit Nachdruck hinzu, »es würde bestimmt nicht bei dem einen bleiben ...«

Bergengrün hatte endlich seine Sprache wiedergefunden.

»Wie konnte ich nur diese Möglichkeit vergessen?!«, rief er aus. Dann streckte er rasch die Hand aus: »Hier, Herr Friede, mein Wort darauf – noch morgen soll der Staatsanwalt alle nötigen Papiere erhalten; auch Ihre ›Beweise‹ ... Und jetzt wollen wir nicht mehr davon sprechen, nicht wahr? Gehen wir zu den Gästen.« Er nahm Friede beim Arm und zog ihn zurück ins Esszimmer.

Ein seltsames Bild bot sich ihren Blicken. In der Ecke saß François, rechts und links von ihm Hertha und Peter. François hatte die Köpfe der jungen Leute ganz nahe an sich herangezogen und rief mit seinem dünnen Stimmchen laut und fröhlich:

»Hiermit habt Ihr meinen Segen, liebe Kinder ... Ich war ja erst gegen deine Wahl, Herthing, aber wenn er kein Brudermörder ist, sollst du ihn haben. Amen.«

Kaum hatte das Mädchen Bergengrün bemerkt, sprang sie auf und lief auf ihn zu.

»Ich kann nicht …«, flüsterte sie erregt. »Ich kann es ihm nicht sagen, dass ich nun nicht mehr seine Tochter … Er ist so glücklich …«

Bergengrüns Lippen waren ganz fest aufeinander gepresst. Er sagte kein Wort.

»Ich heirate ja nun doch bald den Peter«, fuhr Hertha hastig fort. »Da könnte ich doch – nicht wahr? – die paar Wochen noch wie früher beim Va … bei François wohnen … Darf ich, ja? Dann braucht er doch nie zu erfahren …«

»Du darfst, Kind«, sagte Bergengrün endlich leise. »Du darfst alles, was du willst … Und wegen deiner Mitgift spreche ich später einmal mit Peter …«

»Danke, ich bin ja so froh! Und … und ich werde dich natürlich auch öfters mal besuchen …«

»Natürlich besuchst du mich … öfters mal«, sagte Bergengrün freundlich, und Friede war der einzige, dem der Ton dieser Worte ein wenig traurig vorkam.

»Hallo, Herr Kranich!«, rief Bergengrün plötzlich wieder ganz munter. »Wie geht's? Sie haben ja wacker zugegriffen, als es galt, den Kerl festzuhalten.«

Kranich, den Hals mit allerlei Pflastern beklebt, kam freudig näher.

»Wenn ich nicht gewesen wäre, Herr Bergengrün – ich glaube, der Kerl hätte ein halbes Dutzend von euch kaltgemacht …«

Bergengrün lachte. »Ich weiß, Sie sind sehr tüchtig. Sagen Sie mal, haben Sie irgendeinen bescheidenen Wunsch, den ich Ihnen erfüllen könnte?«

In den Augen Kranichs leuchtete es auf.

»Ich glaube, ich wünsche mir augenblicklich nichts sehnlicher, als mit meiner Braut – gestatten Sie: Agnes Wieland, Georg Kranich – Verlobte – eine Weltreise zu machen.«

»Nun, und was, denken Sie wohl, würde diese Weltreise kosten?«

»Vielleicht dreitausend Mark ...«

Bergengrün zog sein Scheckheft und füllte rasch ein Blatt aus.

»So, lieber Kranich, das soll mein Hochzeitsgeschenk für Sie und Ihre Braut sein.«

Kranich bedankte sich stürmisch und eilte davon, um Agnes sein Glück zu verkünden. Es waren aber noch nicht zwei Minuten vergangen, da stand er schon wieder mit nachdenklich gefurchter Stirn vor dem Hausherrn.

»Ich habe mir die Sache durch den Kopf gehen lassen, Herr Bergengrün«, sagte er traurig. »Für dreitausend Mark – eine Weltreise? Überlegen Sie sich's mal – eine Weltreise? Das wäre denn doch eine etwas schäbige Weltreise ...«

Bergengrün war so verblüfft, dass er tatsächlich noch einmal sein Scheckbuch hervorholte und eine zweite Anweisung über dreitausend Mark ausstellte.

ENDE

Nachwort

Viele der deutschsprachigen Genreautoren, die sich in den späten 1920er-Jahren auf dem Gebiet des Kriminalromans tummelten, waren Edgar-Wallace-Epigonen. Der Erfolg der Thriller von Edgar Wallace war wie eine Lawine, die alles unter sich begrub. Ich kann mir diesen Erfolg nicht so recht erklären, denn ich gehöre nicht zu den Bewunderern von Edgar Wallace.

Auch Arno Alexander, das ist Arnold Alexander Benjamin, gehörte neben dem unsäglichen Hermann Hilgendorff (das ist Kurt Müller) und Piet van Eyk (das ist Paul Edmund Koch) zu den Epigonen von Edgar Wallace und Sax Rohmer. Doch nur wenigen Autoren war es vergönnt, sich qualitativ von ihren Vorbildern abzugrenzen und einen eigenen unverwechselbaren Stil zu entwickeln.

Arno Alexander, der 1902 in Moskau geboren wurde und schon im Sommer 1937 in einem Berliner Krankenhaus starb, gelang es, einen eigenen Markenkern zu kreieren. Sein Erstling *Dr. X* (1929) war noch ganz einer dieser hysterischen Actionkrimis, die von Verfolgungsjagden und Gewaltszenen dominiert werden – und von der Jagd nach einem Superschurken namens Dr. X handelt, der sich am Ende als der ein Doppelleben führende Polizeichef entpuppt.

Leider ist es so, dass die meisten Autoren ein einmal entdecktes und halbwegs erfolgreiches Romankonstrukt wie eine schlechte Angewohnheit bis in alle Ewigkeit reproduzieren. So wie zum Beispiel Agatha Christie, von der man abfällig behauptete, dass sich ein Roman von ihr wie der andere lese: »Kennt man einen, kennt man alle.«

Obwohl sich Arno Alexander dieser effizienten Schreib-
methodik anschloss und sich einer bevorzugten und ihm
geläufigen Romankonstruktion bediente, gelang ihm mit
Detektiv Kranich (die deutsche Erstausgabe erschien 1932
unter dem Titel *Die Viper*) eine neue, innovative Variante.
Detektiv Kranich emanzipiert sich nämlich von dem hyper-
ventilierenden, humorlosen Actionthriller und wendet sich
auf gekonnte Weise der Posse oder Detektivkomödie zu. Im
Stil der Zeit und doch darüber hinausweisend schafft Arno
Alexander hier einen Detektiv, der eine echte Nervensäge ist,
und der noch am ehesten mit Prof. Dr. Karl-Friedrich Boerne
aus dem Münsteraner *Tatort* zu vergleichen wäre.

Allerdings steht der junge Detektiv noch ganz am Anfang
seiner Karriere, er muss sich seine Sporen noch verdienen.
Doch ebenso wie Boerne liebt er den Luxus, das gute, ver-
schwenderische Leben, das aus dem Vollen schöpft. Dabei
zeigt er ein unverwüstliches Selbstbewusstsein, eine an Nar-
zissmus grenzende Frechheit und Überheblichkeit, die ebenso
wie bei Boerne fast autistische Züge trägt. Denn Boerne wie
Kranich kennen Empathie nur vom Hörensagen, sie betrachten diese Eigenschaft mehr als eine Kulturtechnik, die ihnen
auf rätselhafte Weise fremd bleibt, denn in ihrer Welt steht
das Ich an erster, zweiter und dritter Stelle. Dieses Selbstver-
ständnis führt naturgemäß zu einer gewissen Rüpelhaftigkeit,
die das Publikum amüsiert zur Kenntnis nimmt. Um auf den
Punkt zu kommen: Detektiv Kranich ist ein Gegenentwurf
zum klassischen Meisterdetektiv und zum Superhelden.

Im Gespräch zwischen dem Kommerzienrat und dem
Detektiv Friede wird Kranich in beruflicher Hinsicht treffend
charakterisiert:

»Lieber Herr Kommerzienrat«, sagte er [Friede] begütigend.
»Sie sprechen da von Methoden ... Aber Kranich hat doch
überhaupt keine Methode ...«

Der Kommerzienrat schien völlig ratlos.

»Wie? Keine Me–tho–de?«

»Nein«, bestätigte Friede vergnügt. »Aber er hat etwas anderes, für einen Detektiv viel Wichtigeres ...«

»Und das wäre?«

»Er hat Glück!«, sagte Friede einfach.

Kranich ist ein Epikuräer, ein egomanischer Materialist und dennoch kein dummer Mensch – aber er verfügt auch über keinerlei Eigenschaften, die der Leser mit einem erfolgreichen Detektiv verknüpft. Kranich besitzt weder die Gabe analytischen Denkens noch den Fleiß und die Sorgfalt eines Ermittlers. Kranich ist weder eine Denkmaschine noch ein spurenlesender Lecoq – und selbst Gewalt liegt ihm fern, sodass er auch als Actionheld nicht taugt. Sein berufliches Substrat besteht lediglich in der Unverfrorenheit seines Auftretens und seines Glücks, das ihn unbeschadet durch die größten Widrigkeiten führt.

So hat Arno Alexander also eine eigene Form gefunden und einen ganz neuen Typus des Detektivs etabliert. Ähnlich arbeiteten beispielsweise noch die Brüder Egon und Otto Eis (das sind Egon und Otto Eisler), die mit ihrem geistreichen Roman *Gesucht wird Chester Sullivan* (1932) ebenfalls eine witzige Kriminalkomödie schufen, die sich wie der *Detektiv Kranich* einer neuen literarischen Mode anschloss, die nicht zuletzt im Tonfilm ihren Niederschlag fand.

Nachdem Ende der 1920er-Jahre der Tonfilm eingeführt worden war, gerieten die Dialoge in den Fokus des Publikumsinteresses. Schlagfertige und komödiantische Dialogformen wurden zunehmend zum Qualitätsmerkmal der Unterhaltungsindustrie. Film, Radio und Literatur befruchteten sich gegenseitig – und Arno Alexander beherrschte offenbar den neuen Ton der Branche.

Leider fand ich beinahe keine Informationen über den

früh verstorbenen Autor. Es gibt jedoch merkwürdige Überschneidungen der biographischen Daten seines Romanhelden Inspektor Minz in seinem *Dr. X* und denen des Autors. Inspektor Minz wurde wie Arno Alexander in Moskau geboren und ist im gleichen Alter, nämlich 27 Jahre alt – wie übrigens auch Detektiv Kranich. *Dr. X* ist bei Wilhelm Goldmann in Leipzig erschienen, als der Autor 27 Jahre alt war. Um meinen Verdacht zu erhärten, dass es sich hier um autobiographisch gefärbte Übereinstimmungen handelt, zitiere ich aus *Dr. X*:

»Inspektor Minz mochte etwa 27 Jahre alt sein. [...] Sein Vater wurde von seiner Firma von Bukarest nach der russischen Stadt Archangelsk versetzt, und unterwegs überfiel ihn sowie Frau und Kind der tückische Typhus. Während aber der kleine, damals elfjährige Kurt von der Krankheit genas, fielen die beiden Eltern der Seuche zum Opfer.«

Des Weiteren berichtet Arno Alexander, dass der junge Minz nach Moskau gebracht und von den russischen Behörden ins nächste Waisenhaus geschickt wurde. Die Behörden hätten nach der Verwandtschaft von Minz geforscht, aber dann begann der Erste Weltkrieg, und man sah von weiteren Nachforschungen ab. Kurz nach der Revolution sei Minz aus dem Waisenhaus nach Archangelsk geflüchtet, habe sich monatelang bettelnd, stehlend, hungernd und frierend über Wasser gehalten, um dann als blinder Passagier im Frachtraum eines englischen Dampfers zu reisen. In England angekommen, wurde er von den britischen Behörden festgesetzt. Minz berief sich auf eine Tante, die in England lebte. Aber diese Tante war unlängst verstorben und hatte ihr Vermögen einem Verwandten, dem Stiefbruder von Minz' Mutter, in Bukarest vermacht. Der junge Minz schrieb diesem Onkel nun einen Brief, und der Verwandte fand sich bereit, seinen Neffen aufzunehmen und sich um ihn zu kümmern.

Dies ist in Kürze die Biographie des Inspektors Minz, die nach meinem Dafürhalten durchaus als teilweise wahrscheinlich angesehen werden kann in Bezug auf Arno Alexander selbst, da sie in einigen Details der Biographie des Autors in auffallender Weise ähnelt. Schlussendlich sind diese biographischen Informationen über den Helden der Geschichte in keinster Weise relevant für den Roman, sodass man sich fragen muss, warum der Autor sie so ausführlich darlegt – wenn nicht eben seine eigene abenteuerliche Biographie davon Zeugnis ablegt und sein jugendliches Mitteilungsbedürfnis ihn dazu verführt hat.

Der Roman *Dr. X* spielt in Bukarest, und Arno Alexander lebte wohl zeitweise in Reval, später in Chemnitz, Leipzig und Berlin. Die spärlichen Informationen zum Autor lassen darauf schließen, dass er sich teilweise im Ausland aufgehalten hat. Doch dies ist und bleibt Spekulation.

Mit *Detektiv Kranich* präsentiert die »Berlin-Bibliothek« eine spannende Neuentdeckung, die den Berliner Zeitgeist der ausgehenden 1920er-Jahre auf amüsante Weise illustriert.

Mirko Schädel

MIRKO SCHÄDEL, Jahrgang 1967, treibt kaum noch Sport, liest aber viel. Bibliograph, Sammler, Leiter der Krimimuseums, Betreiber der Seite www.todspannung.de. Autor der Titel *Illustrierte Bibliographie der Kriminalliteratur 1796–1945 im deutschen Sprachraum*, Achilla Presse 2006; *Bibliographie für Amateure oder: Auf den Spuren einer verloren gegangenen Kultur der Bücher. Ein Dutzend Weltliteraten und ihre Editionsgeschichte in Deutschland*, Privatdruck 2018; *Spannung 90 Grad. 333 ausgewählte Schutzumschläge der deutschen Spannungsliteratur von 1910 bis 1942*, Privatdruck 2018; in Arbeit: *Hochspannung. Eine illustrierte Geschichte der Kriminalliteratur im deutschen Sprachraum von 1790 bis 1945*